Characters
欲望の外道転移者
新田 明
現代からハブられ転移し
ダンジョンマスターに
なる。欲望のため
他人を陥れることを
ためらわない。
良心なき先導者
ターニヤ
手の平サイズの妖精。
天界出身で
新田のサポートのために
受肉した。
新田以上の外道。
薄幸の即堕ち村娘
フィリア
アリスと同じ村の
出身。村の掟の
犠牲になる寸前に
逃亡し、ダンジョンに
迷い込んでくる。
Gedou tenisha no
harem dungeon seisakuki
ピュアおっぱい
アリス
魔法使いの美少女。
真面目で活発だが
世間知らず。
新田に囚われて反感を
抱いていたが…!?
ワケあり冒険者
ユーリ
ギルド所属の
敏腕冒険者。
剣技と魔法に長け、
相棒のリュートと数々の
クエストを制した。

外道転移者のハーレムダンジョン製作記 1

Gedou tenisha no harem dungeon seisakuki

著作 たけのこ

イラスト ちり

VN
Variant Novels
TAKESHOBO

Contents

Gedou tenisha no
harem dungeon seisakuki

第一章　外道転移者と村娘

1

「ヘイヘーイ、起きてくださーい」

女の声が聞こえる。これは誰だろうか。俺の交友リストの中に女は少なく、声からすると歳下っぽいので、妹だろうか。

しかし、妹は俺の部屋で自作の使用済みオナホールを発見して以来、部屋には死んでも来ないようになっているので、その線はあり得ない。だとすると、俺の母親だろうか？　しかし、声からするに、これはアニメっぽい声色なので、母親ではない。というか、俺の精神的な健康のために、母親じゃないで欲しい。

目を開けると、そこはレンガ作りの天井が広がっていた。なんなんだ、ここは。少なくとも俺の家ではないはずだ。親に勘当されたか？　今時、そういう旧習をするとは普通は考えないが、否定できないのが悲しいところだ。

「えへへ、起きましたか～？」

そこには屈託のない笑顔で俺を見つめる一人の少女がいた。髪はピンク色で、短めの癖っ毛が少し多い髪をしている。体躯《たいく》は手のひらサイズで、背中には昆虫の羽らしきもの。言っておくが比喩表現ではない。

「よしっ……！」

俺が横になっている場所がベッドなのをこれ幸いとばかりに、さっそく毛布を頭まで被る。

「寝るか」

そして、速《すみ》やかに寝直すことにした。どうやら童貞を拗《こじ》らせて夢を見ているようだ。どうせファンタジー世界に異世界転生したとかいう設定の夢なのだろう。とりあえず、日本食の料理店でも開店すれば商売繁盛するって流れなんだろ。それで、奴隷《どれい》ヒロインとベッドインする前に目が覚めて現実とのギャップに苛《さいな》まれて死にたくなると。

こうならないために自慰行為をして、疲れた状態で寝るというのは実は大事なことである。これからは気をつけよう。

「ちょっ……何、勝手に寝ているんですか!?」

身体《からだ》を揺する感覚がする。どうせ夢なら、エロい感じに俺を起こせよ。おしゃぶりするとかさ。ピンクは淫乱《いんらん》。俺の国ではガキでも知っている常識だ。

「まあ、いいです。そちらがそう来るというのなら、私もこう行くとしましょう。『ウォーター』！死ねぇ！」

「ごぼっ、ぐべぇ、あばっばばばばぁ！」

突然、プールからひっくり返されたかのように大量の水が俺の頭上に降り注《そそ》ぐ。

ベッドが水びたしになって、冷んやりとした感覚が肌に伝わり、服の中に水が入って不快になる。

そして、息が吸えないほど苦しくなっても、水は止まらない。

俺の脳裏に死という言葉がよぎる。

水に関係する夢がおねしょを意味するとか、そんな戯言《ざれごと》をぬかしている暇はなかった。

声をなんとか出すが、何を言っているのか自分でも分からない。精いっぱい首を縦に振ることで、これ以上はやめてほしいという意思表示をする。

「ヘイヘーイ、起きましたか？」

なんとか分かってもらえたらしく、ピタリと水流は止《や》んだ。

「ぺっ、ぺっ！　おゔぇゞぇゞぇゞぇぇぇぇっ！」

しばらく息ができなかっただけでなく、鼻や耳、口の中にしこたま水が入ったので吐き出す。水はカルシウムやマグネシウムを多く含んでいる硬水だ。味はスーパーで60円くらいで売ってるようなものだ。こんな安い水で殺されてしまっては後世までの恥となってしまう。俺を殺したいのなら、最高級ミネラルウォーターを用意しておくんだな。

「まったく、真面目にやってくださいよ」

「ぜーはっ、ぜーはっ！」

不足していた酸素を補給するついでに頭上を見るが、そこには水を排出する穴らしきものは無い。

「お前は一体何なんだ？」

「私はあなたの味方ですよ」

水をぶっかける前に死ねとか言っていたのを、俺は聞き逃してはいない。これで味方だったら、俺が安眠できる日は来そうもないな。

しかし、俺の方も相手の話を聞かずに寝ようとしたのだから、非がないとは言えない。とりあえず、話を聞いてみることにした。

「お前が味方というのは信じてやろう。で、お前は何なんだ？」

ピンク色の髪に、一生仰向けで寝られなそうな羽を背中に生やしている、手のひらサイズの少女。俺の家族や知り合いにも、そんな人物は誰一人としていない。いや、こんな面白生物は世界のどこにもいないと断言できる。

「えーっ、申し遅れましたが、私はタイタニアと申します。友人からはターニャと呼ばれてますので、以後よろしくお願いしますね」

タイタニアとは、シェイクスピアの戯曲に出てくる妖精の女王の名前だ。たしかに羽は透明に透けており、妖精に見えなくもない。

しかし、おとぎ話の妖精というと、心が純粋な子供にしか見えないと相場が決まっているものだ。自分でいうのもなんだが、俺自身は純粋さとは無縁だと思う人間である。

「ほう。それで、タイタニアさんとやらは俺に何の用なんだ？」

「おや、新田《にった》さんにはここまでの記憶が無いのですか？　それと、私の呼び方はターニャでいいですよ」

ここまでの記憶……。それは……まあ、覚えている。そもそも俺は学校にいたのだ。死ぬほど退屈な授業中に進路表を書いていて、その最中に魔法陣のようなものが床に浮かんだ。それが発光した瞬間に、こんなところにいるってわけだ。その証拠として、俺は学生服を着ている。

「思い出しましたか？」

目の前には少女の顔があり、俺の視界には髪から滴《したた》り落ちる水滴があった。冷たいという感覚があるから、おそらく俺は生きているのだと思う。それと、外履き用の革靴も履いているので、足もある。幽霊というのは感覚と足がないというのが、相場らしいからな。なったことないから分からんけど。

「思い出したようですね。本来であれば、新田さんはクラスごと勇者として剣と魔法の異世界に召喚されて、とある場所へ送られる筈《はず》だったのですが、こちらの手違いで新田さんだけこんなところに送られてしまいました。てへぺろ」

そう言ってターニャは舌を出した。うっぜぇ……。

ということは、アレか。本来であれば、俺は勇者として召喚されて、可愛《かわい》い女の子や奴隷と一緒に旅をしながらラブコメをすることができたっていうことなのか。いや、しかし……俺の力だったら序盤に殺されてそうだな。けど、物語的には序盤に弱い奴は後から覚醒してハーレム作れるっていうのが相場なので、万が一の可能性として俺が主人公という展開もありえたわけだ。

ちくしょう、なんということだ！　異世界に行ったら奴隷ハーレムが作れると思ったのに！

「それで……ここはどこなんだ？」

「ここは地下ダンジョンです。といっても、まだまだ未完成なものなのですが……」

そう言われると、ここはなんだか薄暗くてジメジメとしている気がする。

辺りを見渡すと、そこには巨大なモニターと操作パネル、そしてSFで使われそうな大きなカプセルがあり、ここの光景が映されていた。しかし、天井を見渡してもカメラ等は見つからない。これも魔法の類《たぐい》とでもいうのだろうか？

「ハブられて哀れな新田さんに対する神様からの施し物です。ありがたく受け取ってください。それで私の役目は、異世界初心者であると同時にダンジョンマスターの新田さんのサポートをすることなのです。下等生物なりに理解できましたか？」

つまり勇者としてではなく、ダンジョンの経営者として異世界を生きろということか。まぁ、こっちの方が合っている気がする。俺ってば、昔から「なかまにいーれーてー」の一言が言えずクラスメイトからハブられていたから、勇者とか冒険者だとかは向いていないだろう。

それに俺は提督やプロデューサーや市長などをやったことがあるから、ダンジョンマスターくらい楽勝な気がする。ゲームの話だが、経験が全く無いよりはマシなはずだ。

「まあ、新田さんのダンジョンコアは本人よりも優秀なので、経営といっても難しいことはありません。慣れてしまえば、お猿さんにもできちゃいますよ」

それでいいのか、なんて思うものの、俺はチュートリアルや説明書を読んで瞬時に理解できるほど頭が良くないので、むしろ助かる。羽虫チックなターニャにおつむが足りないと言われるのは癪《しゃく》だが、ここで見栄を張ってもしょうがない。

「まず、今ここにいる場所……『コントロールルーム』ですが、ここが一番重要な場所です。ダンジョンの核となるダンジョンコアもここにあります。施設の設置やモンスターの召喚、アイテムの購入など、ダンジョンの運営に関することや困ったことがあったら、だいたいここで解決できます」

「さっきから言ってる、そのダンジョンコアってなんだ？」

そう訊《たず》ねるとターニャは、背後にある大きな円筒形の装置の中でぷかぷか浮かんでいる、スイカくらいの宝石を指し示した。それはお気に入りのマグカップを壊されたときのお袋の怒り顔のように赤く光り輝いていて、宝石関連には詳しくないが、高い値段になるであろうことは想像できた。

「これがダンジョンコアです。これがある限り、このダンジョンは存在し続けることができます。逆に言えば無くなってしまうと、私が路頭に迷うはめになります」

「俺はどうなるんだ？」

「新田さんを含めてダンジョンにいる者は全て消え去りますので、死にたくなければどのような手を使ってでもダンジョンコアを守ってください」

コアとはいわば、心臓のようなモノなのだろう。さらに、俺の命と直結していると。命を刈り取る形はしていないが、うっかり割れないように気をつけることにする。

「なるほど、ダンジョンコアが無くなれば、俺の負けということだな。んで、俺が死ねばダンジョンコアも無くなると？」

「いえ、その場合は新田さんが死ぬだけです。もっと言うと、普通の侵入者はダンジョンの生成物を売り捌《さば》いて生活しますので、ダンジョンの核であるコアを奪取したりする可能性は低いですが、ダンジョンマスターは邪魔なので殺されます」

なにその一方通行な関係。ダンジョンコアが壊されても、俺が死んでもゲームオーバーってことかよ。しかも、邪魔だから殺されるって狩られる側かよ。

「それと我々の稼業はアコギなものなので、やりすぎると国に目をつけられてダンジョンコアを破壊されちゃいますね。イヒヒヒ」

「ふざけんな。こんなところにいられるか。俺は家に帰る」

「ここから出るのは勝手ですが、ダンジョンから一定距離離れると、ダンジョンコアを放棄したと見做《みな》されて新田さんは死にますよ」

「おいおい、マジでふざけんな。頼んでもいないのに、人を異世界に連れてきやがって。こんなんなら、家でエロゲーやってた方がマシだよ」

つい頭を抱えて、理不尽すぎる状況から逃げたくなった。

他人の命ならともかく、自分の命をゲームのようなお手軽なものに変えられて平気な奴がいるものか。こいつの言っていることが嘘ということもあり得たが、命がけのテストを自分の身体でする勇気は無い。第一、目の前にいる妖精が魔法を使った時点で、ここは非現実な空間なのだ。

「まあまあ、ダンジョンマスターになったら、新田さんの人生では一生経験できないような夢の生活が送れますよ」

「例えば？」

「エロ同人みたいな――」

「仕方ない、やるか」

そう言われると、俺もやる気が起きるってものだ。我ながら変わり身が早いが、なってしまったものは仕方ない。

それに、単なるクソ野郎として元の世界で童貞街道を突っ走るよりも、ダンジョンマスターとしてエロ同人みたいな生活を送る方がはるかに有意義だろう。

「やる気になってくれたということでチュートリアルを再開しますね。ダンジョンを運営する為の資源としては、DPというものがあります」

「なんだよ、それは?」

「ダンジョン・パワーとダンジョン業界の方々が呼んでいる魔力のことです。略してDPっていうことですね」

なんでもかんでもアルファベットに略すればカッコイイと思っているのか。NAFTAとかASEANとかわざわざ翻訳しなきゃいけない受験生のことも考えて欲しい。

しかし、郷に入ればなんとやらだ。先人たちの用語を使った方が会話的に楽になるだろうから使っておくか。ターニャの話だと、他にもダンジョン経営者がいるらしいし。

「主にDPは、施設の建設・増築・改装やモンスターの召喚に使えます。あとは施設を運用するためのエネルギー源にもなります。DPが枯渇してしまえば、ダンジョンが機能しなくなりますので、注意して運用しましょう」

「それを稼《かせ》ぐ方法は？」

「ここに簡単にまとめましたので、これでも読んでください。一応、中学生でも読めるように書きましたが、難しい漢字が読めなかったらターニャちゃんが読んであげまちゅよ」

中学生に読める漢字が読めない馬鹿とでも思われているのだろうか。羽虫にここまで馬鹿にされるとは心外であるが、今はダンジョン経営の方に集中しよう。

ターニャから渡された紙によると、ＤＰが増える方法は主に四つ。
・地脈による自然回復。
・侵入者がダンジョンに入ってくること。
・侵入者を倒すこと。
・死体やお宝をコアに捧《ささ》げること。
「基本的には侵入者を誘い込んだ後にぶっ殺して、その生命エネルギーをいただくってのが普通ですね。地脈からの回復量は微妙ですし」

ゲームなんかでよくあるように、ダンジョンでモンスターが人間を襲ってくるのはそういう裏事情でもあるのだろうか。

侵入者が来るだけでダンジョンマスターにとって稼ぎになるし、倒せばＤＰが貰《もら》えて、さらには死体やお宝でもＤＰが増える、というわけだ。ちなみに、侵入者の強さによって、入ってくるＤＰの量は変わるとのことだ。

「ああ、それと生命の営みをするっていうのもありますね」

「なんだそれは？」

「女の子の口からそれを言わせるなんて、セクハラですよ。まあ、子作りですよ、子作り。もしかして、子供はコウノトリが運んでくれると思ってましたか？　そうでしたら、夢を壊して申し訳ありませんね。ゲラゲラ」

なめんな。しかし、これはやる気を起こさせてくれるな。俺とて善良な一般人のつもりなので、無理やりヤるっていうのは気が進まないが、ダンジョンのためなら仕方ないという気になれる。

エロいことをするにしても、子供が欲しいとか金が欲しいくらいの言い訳は必要だ。

ターニャの言うように、エロ同人のようなことをする環境は整っているってわけだ。必要なのは、それを実行するための準備くらいだろう。

「とりあえず、最初は採石場でも建てましょうか。モンスターに命じておけば、ＤＰに変換できる魔石を採掘してくれますよ。コントロールルームの操作はパネルをタッチするだけでできます」

「ふーん、そうなのか」

さっそく、ターニャに言われるがままにパネルを弄《いじ》って、採石場という項目を選んで設置してみる。すると、建てる人が一切いないというのに、あっという間にコントロールルームの近くに大きなスペースが広がり、通路が繋《つな》がった。スペースの中では大きな岸壁ができ、通路の入り口の前には『採石場』と書かれた看板が建てられていた。

現実ではあり得ない光景だが、俺が一から建てるとなると、とんでもなく時間がかかりそうだから、深く考えずにありがたく使わせていただこう。

経営と聞いたから中々難しいように思えたが、想像していたよりもゆとり仕様なので簡単にできそうだ。経営っていうよりもゲームをしている感覚だな。

「モンスターはどんなのが雇えるんだ?」

「現状からしますと、我々が雇えるのは、ゴブリンとワイルドウルフ、それにコウモリくらいですね」

どれもファンタジー世界だったら雑魚キャラに相当する連中だな。コウモリに至ってはモンスターですらない。

俺はゴブリン十体とワイルドウルフを二体買う。パネルの購入ボタンを押すと、足元に俺がこの世界へ召喚されたように六芒星《ろくぼうせい》の魔法陣が浮かび、次の瞬間には緑色の小人と犬が召喚されていた。

ゴブリンはファンタジー図鑑で見るような、体長約五十センチ程度の小さな人間をそのまま大人にしたような外見をしており、耳と鼻が尖《とが》っているのが俺との大きな違いだ。

そして、ワイルドウルフはというと……

「子犬じゃないか」

「可愛いですね。へイへーイ」

こちらの方は体長約三十センチの子犬である。ワイルドなウルフというよりも、トイプードルっぽいコロコロとしたキュートな犬ってなものであった。

どこがワイルドなんだよ。ゴブリンの腰布と付属品の木の棒というスタイルの方がよっぽどワイルドである。

「どうやら、ダンジョンコアで召喚できるワイルドウルフは、幼犬から育てるってスタイルのようです。こういう動物系のモンスターはそういう形態で売るのが流行《はや》っているとか」

他のダンジョンマスターはスイーツ脳ばっかりかよ。俺が欲しいのは癒しじゃなくて戦力と労働力なんだが……。

「まあ、大きくなればゴブリンより強くなりますし、戦力としては期待できますから育てておきましょう。召喚してしまった以上、返品はききませんし。それと、罠《わな》も買っておきましょう」

「ああ、そうだな……」

コントロールルームの端っこで粗相をしている子犬を眺めながら、俺は今後の行く末に不安を感じてため息をついた。

2

ダンジョンマスターには支配下にいるモンスターを従わせる能力がある。俺はその力を使い、購入しておいたツルハシと手押し車をゴブリンたちに与えて採掘をさせることにした。

現実においても、戦略シミュレーションゲームにおいても、序盤はとにかく金がいる。ダンジョンの場合はＤＰであるが、似たようなものだ。これが無ければ何も始まらない。

ＤＰがあれば、良い施設を買うこともできるし、強いモンスターを召喚することもできる。とにかく、貯蓄を増やすことに専念すべきだ。

それと、もう一つ重要なことがあるとすれば、ダンジョンの防衛にも気を配らなければならない。

この世界の文明レベルがどれくらいなものだとしても、ゴブリン十体に子犬二匹では心許《こころもと》なさすぎる。

　せめて、ターニャがダンジョンの防衛に励んでくれるなら話は別だが——

「というか、お前は俺の手伝いしてくれるんだろ。だったら、ダンジョンの防衛してくれよ」

「はぁ？　なんで、神の遣いたるエリートの私が戦闘員なんてクソ底辺の仕事をしなきゃならないんですか。私の仕事は新田さんのサポートであって、ダンジョンの雑用ではありません。まあ、小指を自分でへし折って、土下座してくれるなら一秒くらい考えてあげても良いですが」

　小指を犠牲にしても、考えるだけなので、従ってくれるとは思えない。しかし、ホワイトカラー系の事務仕事ならある程度手伝ってくれるので、今はそれで構わないだろう。一応、最終手段として土下座と小指はとっておくことにするか。

　初期のダンジョンは俺がいるコントロールルームから外に通じる出口まで一本道であったので、多少マシになるように分岐を増やしたり、コントロールルームの場所を移動させたり、罠を配置したりとやっていたら、あっという間に朝になってしまった。

「ふぁ……この世界の時間単位は地球と似たようなものか？」

「だいたい新田さんの世界と似たようなものですね。へイへーイ」

　ターニャは子犬を撫《な》でながら答える。一日の長さは約二十四時間。一週間は七日で、闇・火・水・風・雷・土・光が七曜に当たるらしい。俺の世界の月曜日が闇に置き換わっているあたり、制度を定めたのは俺と同じ世界の住人なのかもしれない。

「なるほど、だいたい似たようなものだな」

「多少違った部分もありますが、それよりもダンジョンについて考えた方が良いですよ」

たしかに、世界がどうなっているかを考える前に、まずは自分のことをどうにかしないといけない。

経営として考えてみると、まず俺は利益を上げる活動を最優先にすべきだろう。

ダンジョンにおいての利益は至って単純で、侵入者を倒したり死体や宝物を捧げることで増えるDPがそのまま利益になる。通常の経営よりも簡略化されているので、学生の俺でも分かりやすい。

あとはエロいことをするのも手段であるが――

「おいそこの羽虫、股開けよ。オナホ代わりにしてやるぞ」

ターニャの指先から超高圧の水が撃ち出されて俺の横を掠《かす》める。一瞬の出来事で反応できず、後ろを振り返ると、そこには壁に穴が開いていた。

「おや、寝言が聞こえた気がしましたが……。何か言いましたか？」

「…………今ので眠気が覚めたよ。ありがとう」

「いえいえ。愚か者を諌《いさ》めるのも天からの使者たる私の仕事ですから」

ターニャを妖精オナホにしようにも、魔法という攻撃手段を持っている相手を襲おうとするのは得策じゃない。命がいくらあっても足りないだろう。そこまでするなら、自分でオナホを製作した方が遥《はる》かに安全だ。

エロいことは置いておいて、今のところはゴブリンに魔石を掘らせることでDPを稼ぐというのが現実的だ。彼らを働かせることでＤＰが獲得できるのだから、彼らが撃破されることが俺にとっての損失になる。一応、死体を捧げればＤＰは入るが、召喚したときの十分の一程度なので、ゴブリンが死ねば死ぬほど俺にとって不利になるってことだ。

侵入者が来たときに、いかにモンスターを死なさず敵を葬り去るか考えるのが、ダンジョンマスターとしての俺の役割ってところか。

そんなことを考えながら、しばらく仮眠していると、ジリリリという防犯ベルのような警報がコントロールルームに鳴り響いた。

「何の音だ？」

「ヘイヘーイ。どうやら侵入者がやって来たようです」

侵入者という言葉にギョッとする。おいおい、まだ一日経っただけだというのに、こっちは何も準備をしていないんだぞ。

しかし、嘆いても仕方ないので、モニターに目を移すと、そこには三匹のアライグマっぽい生き物が画面に映し出されていた。

「おやおや、可愛らしい侵入者だこと。これはオスカルですね」

「色んな意味でやばそうな名前だな」

名前を付けたのは絶対俺と同じ世界の住人だろ。

「この辺りにいるケダモノで、メスの方はメスカルと呼ばれてます」

安直すぎる名前だが、同じ生物でオスとメスの名前が違うってややこしすぎる。というか、こういう小動物の雄と雌の違いって一目で分かる奴いるの？

「まあ、この程度の相手なら何もしなくても良いんじゃないですかね」

モニターを眺めていると、オスカルどもが罠に引っかかって動けなくなっていた。仕掛けたのはトリモチと呼ばれる粘着性のある物で敵の動きを止めるだけの、ごく初歩的な罠。殺傷性が低いが、足止め程度なら簡単にできる。

そこへ、警報を聞いて駆けつけてきたゴブリンらが複数で攻撃を加えた。棍棒《こんぼう》を、動けなくなったいたいけな小動物に容赦なく叩《たた》きつけている。良い子には絶対見せられない光景だ。

コントロールルームには鈍い音や小動物の悲鳴が満ちて、やがてそれらの音はぱたりと止んだ。

「なんてこったオスカルが殺されちゃった！」

「このひとでなし！　いや、まあ、落ち着いてください、新田さん。古今東西どのＲＰＧでも、小動物を虐殺して経験値を手に入れるのは自然の摂理です」

その論には人として反論したいところだが、俺にとって大変都合がいいものなので採用することにした。

まあ、アレだ。可愛いから可哀想《かわいそう》っていうのは人間のエゴだ。

雑魚を殺して経験値。それ、自然の摂理。うん、新田覚えた。

叩き潰されて動かなくなった二匹のオスカルは生肉のまま、ゴブリンに食べられていく。死体を捧げてＤＰにするのも稼ぐ手段なのだが、小動物程度では大した稼ぎにならないので、栄養にして貰った方が有意義だろう。

とりあえず、一匹だけトリモチに引っかかったまま元気そうな個体がいたので、家畜として飼うことにしようとモニターを見たら、あることに気づく。

「ん？　あのオスカル首輪しているぞ」

「あー、そうですね。この辺りにいる村人のペット的ななにかでしょうか。毛並みが整っていますし、脱走したっていうよりも散歩の途中ではぐれたって感じですね」

となると、飼い主が近くにいるってところか。村があるっていうのは新事実だが、まずはそいつをどうにかするのが先だ。

「さらに言いますと、人間一人がダンジョン入り口辺りに接近しています」

「どうして分かるんだ？」

「勘です」

根拠もクソもないが、ターニャの言うことを信じてみることにする。こちらには高度な策を巡らせる時間すら無いので、即席の罠を仕掛けることにした。

『こんなところに洞窟が……ドナルドもここに入ったのかな……？』

数分後、一人の女性がダンジョンの入り口にやって来た。異世界人って奴だろう。

濃いめの茶髪をロングにした女で、おっとりとした雰囲気が感じられる。なんとなく、ダンジョンに慣れているような人間ではないように思えた。

まあいい。どちらにせよ、捕らえることには変わりない。

「どうやら、彼女のペットだったようですね」

「見りゃ分かる」

それにしても、ダンジョンであることには気付いていないのか。服装もロングスカート姿と、動きやすさとは無縁の格好である。しかも、よく見てみると、小枝や葉っぱなどが妙に彼女の服や髪に付いていることから、なにやらワケありっぽい気がするのだが。

女性はキョロキョロと辺りを見渡しながらダンジョンを探索する。しばらく歩いていると、トリモチに引っかかっているオスカルを発見した。

『良かった。何かに引っかかっているけど、無事だったんだね。今助けるから――きゃあ！』

オスカルの前に駆け寄った瞬間、女性の身体が地面に沈んでいった。引っ掛けたオスカルの前に、落とし穴を設置しただけの単純な罠だったが、こうも簡単に引っかかってくれるとは……。

どうやら、本当にダンジョンであるとは思っていなかったようだな。簡単すぎて達成感が全くないが、今後もこれくらいの調子で進んでくれれば楽なものだ。

しかも、侵入者の女は落とし穴にハマったときの驚きで気絶していた。

あまりにも楽すぎて罠かと疑いそうなくらいイージーモードである。

「やりましたね、新田さん。これからお楽しみということですが、我々に戦力がない以上、彼女には我々の味方になってもらいます」

そう言って、ターニャは黒革の首輪を取り出した。犬に着けるものに比べると少し大きく、話の流れからして俺はそれが何に使われるのかある程度察しがついてしまう。

「彼女を隷属させましょう。心を折るか、快楽によって堕《お》とすかは新田さんにお任せしますよ。イヒヒヒヒ」

そりゃ、やっぱり……後者に決まっているじゃないか。悩むまでもない二択であった。

3

さて、オスカルらを倒して、女性を捕まえたわけなのだが、成果としてはしょっぱいものだ。ゴブリンが三体買えるかというくらいのレベルである。

だが今は、DPよりも俺がエロいことができるという方が重要である。命の危険に晒《さら》されているダンジョンマスターとしては、これくらいの役得がなければ、やっていけない。言い訳をするなら、ストレス管理も上に立つ者としてやるべき立派な業務なのだ。

新しく作っておいた個室の中に入ると、そこにはベッドに大の字になって、四肢を布で縛られた女が待っていた。モニターで見るよりも美人という印象。年齢は俺と同じか、上くらいか。

落とし穴にハマったときに気絶していたおかげで、ゴブリンに手足を拘束させるのは簡単だったが、このままずっと気絶されっぱなしというのもアレだ。

「おい起きろ」

「ぅ……うぅん……」

死んでなきゃ簡単に目覚めるはずだ。女は俺に声をかけられると、瞳をゆっくりと開けて目を覚ます。若干、寝ぼけている様子だが、自分が拘束されていることに気づくと、すぐに意識を覚醒させた。

「な、なんですか⁉　これは⁉」

「やっと目覚めたか。侵入者が」

「なんのことですか⁉　というか、あなた誰ですか⁉」

異世界人は外人のような容貌をしている癖に、日本語を喋《しゃべ》ることができるのかと感心するが、おそらくこれは、異世界に来たときに付いてきた、言語が自動的に翻訳される俺のスキルなんだろう。

しかし、言葉が通じるのなら話はスムーズに進められるはずだ。

「お前は俺のダンジョンへ侵入して捕まったんだよ。そして、お前の目の前にいる俺はダンジョンマスター。分かったか？」

「……つまり悪い人ってわけですか？」

「まあ、そうだな」

悪い人間というには間違いないのだが、それだと本当の極悪人から絵本に出てくるような奴まで幅が広いから、微妙に恐ろしさが伝わりづらそうである。

「お前には聞きたいことがある。まず、お前の名前と何処《どこ》から来たか教えろ」

「フィリアです……。ここから少し降りていった先にある村の出身です」

ターニャの話を疑っているわけではないが、やはり村があったのか。集落があるということは、外敵から身を守るための武装集団がいてもおかしくはない。このフィリアという女を捕らえたこともあって、もはや何もしないという選択肢は無くなったわけだ。

「村っていうのはどれくらいの規模なんだ？」

「あなたのような悪い人には……教えません……」

仮に敵対することになったら、彼女の両親に危害を加えることになるのだから、俺にとって有利になるような情報は教えないというのは人間としては正解だ。そうでなくては面白くない。

無論、フィリアが出会ったばかりの俺の言うことを素直に聞くとは思うわけがないので、ちゃんと対策はしてある。

「ほう、大した忠誠心だな。ちなみに良いことを教えてやろう。お前には特別な首輪を着けているんだがな……」

「いつの間に……」

手足を拘束されているので、直接触って確かめることは不可能だろうが、首の違和感でなんとなく分かっているらしい。

「これは隷属の首輪といってな。その名の通り、相手を隷属させるための道具だ。使い方はまぁ……これから覚えていくつもりだ」

侵入者を服従させるための道具らしいが、使い方についてはイマイチ把握できていない。付属の説明書とターニャの説明によれば、相手の心を折るか快楽によって従わせることで隷属させることができるとあるが、説明がザックリとしすぎだろ。

心を折るにしても快楽に堕とすにしても、どの程度やればなんてハッキリと聞いてないし書いてもいなかった。一応、快楽を増幅させる機能はあるそうだが。

「隷属させるのに、心を折るか快楽に堕とすかだったら、俺は断然後者だけどな。くっくっくっ」

幸いなことに実験台となる人間は俺の目の前にいる。四肢をベッドに縛られて身動きできない女なので、抵抗される心配は無く、俺としても調教がやりやすい。

「や、やめてください……私には婚約者が……」

「へぇ。その婚約者を放っておいて、何でお前はこんなダンジョンに来たんだ？」

婚約者っていうのがいるのなら、周囲が森で囲まれた場所に女が一人で入っていくのを止めるはずだ。動物を飼っているとはいえ、こんな何もなさそうな場所に好《す》き好《この》んで行くよりも、婚約者とやらと乳繰り合っている方が健全だろう。

「それは……村の掟《おきて》から逃げて……」

「なんだと」

村の掟っていうのがどのようなものかは知らないが、村の秩序を守るために決められたルールなら、それから逃げた奴は何としても捕まえに来るはずだ。

「いつから逃げてるんだ？」

「一昨日からです……」

二日前か。女一人で動く距離を考えると、村まではそう遠くはないと考えられる。どんなにダンジョンが自然に擬態していても一～二週間で見つかってしまうだろう。それまでに何としてもダンジョンを強化しなくてはならない。

「自警団に見つかるのも時間の問題です。このまま、私を逃してくれれば……」

「はっ、嫌だね」

フィリアの提案を鼻で一蹴する。村の自警団がフィリアを探しにくるというのは予想できるし、ここに攻めてくるというのも想像に難くない。だが、このままこいつを逃したところで事態が大きく変わることもないだろう。

「言っただろ。快楽に堕として隷属させるって」

「な、なにを……あっ！」

自警団とやらがどれくらいの規模なのかは知ったことか。何人来ようとも、俺の邪魔をするなら皆血祭りに上げることだって躊躇《ためら》わない。

俺は手を伸ばして、フィリアの膨らんだ胸に触れる。初めて故意に触る胸というのは、服越しとはいえ、柔らかくて生温かい。

そして、異世界の人間といっても、同じ人間なようだ。左胸から伝わる鼓動は早鐘を鳴らしていた。

「な、なにをするんですか!?」

「わからないのか？　胸を触っている」

フィリアは顔を真っ赤にして俺に怒鳴りかけるが、そこには怒りよりも恥ずかしさが勝っている様子である。ベッドをガタガタと揺らして抵抗しているが、壊さんばかりの激しさはない。

「あっ、んっ、や、やめてください……」

元の世界で、俺は自分を善良な一般市民だと思っていたのだが、いま俺の胸にあるのは罪悪感ではなく、興奮と快楽であった。

そして、胸を揉《も》まれて涙目になっている女に対する征服欲のようなものが生まれつつある。

俺は胸を揉みながらベッドの上のフィリアに馬乗りになって、ブラウスを脱がす。ボタンを外すと、そこには雪のように透き通る白さの乳肌があった。初めて見る肉親以外の胸に生唾を飲む。

「い、いやぁ……触らないでください……」

「いやいや、これほどのモノを触らないなんて勿体無《もったいな》いことができるかよ」

まろび出た生乳へ、白いブラの中に手を差し込んでゆっくりと手を伸ばす。少ししっとりと汗ばんだ感触とともに、その柔らかさと重さが手のひらに伝わってきた。

五本の指を大きく広げて、乳房を鷲掴《わしづか》みにする感じで包むように揉むと、指先が乳房へ埋まるような感覚が伝わってくる。

「んっ……あっ、そんな、乱暴にしないで……ぁっ」

「そう言っている割には乳首が硬くなっているじゃないか」

俺の手のひらの真ん中で、小さな突起が自己主張して硬くなっているのが分かる。清楚《せいそ》そうな見た目に反して、意外にスキモノだったのかもしれない。

ぐにゅぐにゅとフィリアのその形と柔らかさを楽しむように揉んでいく行為に、次第に股間が熱くなっていくのを感じた。

「あっ……あぁあ……んふっ、あぁぁぁぁ……」

身体をわずかに震わせ、唇を半開きにして上ずった声をあげて、普段の半分ほどに細められた目の奥で、フィリアの瞳が潤んで濡《ぬ》れる。

その姿を見下ろして、俺の心の奥底では言いようのない感情が湧き上がってくるのが分かった。

少しずつ強く、手のひらで乳首を押しつぶして揺らすように揉むとフィリアが息を荒らげる。

乳房をこね回すことで反応していくフィリアに興奮して、ブラを剝《は》ぎ取る。童貞あるあるな失態として、ブラの外し方が分からないなんてのがあるが、この世界のブラは紐《ひも》で結ぶだけの単純なものなので俺でも簡単に奪えた。

ブラからプルンと弾むように大きな乳房が剝《む》き出しになる。手のひらには収まりきらないくらい大きく、張りのある瑞々《みずみず》しい乳房であった。

「綺麗《きれい》だな。お前の婚約者もこれを楽しんだのか？」

「アルトは……そんなことしません……」

「へぇ、ヘタレなんだな」

俺の世界だったら、これほどの上物はアイドルやモデルにスカウトされるというレベルのものなのに、手を出さないなんて勿体無さすぎる。

「んっくっ……そんなこと……ありません……。あんっ、アルトは……私の他に……あんっ！」

「はいはい、わかったわかった」

婚約者とやらが馬鹿だろうとヘタレだろうと、俺にとっちゃフィリアに手をつけずにいてくれたのだから、ありがたい存在だ。むしろ、ヘタレでいてくれたことを感謝しなきゃ。

「くっ、んっ、ああんっ」

先ほどよりも大きくフィリアは身体を震わせて、より甘みを含んだ声を漏らす。ビクンと肢体を震わせる。

その素直な反応が面白くて、乳房をこねくり回す。マシュマロのような胸が自分の指で形を変えていく。

「あっ、そ……そんなっ！　んひぃ！」

さらには乳房に顔を寄せてピンと勃っている乳首に口付けをする。少し汗っぽい味に混じって、ミルクっぽい甘さが口の中に広がった。

もちろん、キスをするだけでは終わらない。舌を伸ばして、突起を舐《な》める。転がすように乳首を刺激して、これを咥《くわ》える。そのまま頬を窄《すぼ》めて赤ん坊のように胸を吸う。

「ふぁっ、だめぇ……んんんっ！　おっぱい、吸わないで……あぁぁあ！」

吸引に合わせて可愛らしい声を漏らしつつ、フィリアは身体を戦慄《わなな》かせる。そんな反応を確認しながら、片方の胸を指で捏《こ》ね回しつつ、ときには軽く乳首を摘まみ上げる。

「あひぃいい!!　だめ、いじらないでぇ……あっあっ！」

だめと言いながらも敏感な反応を示すフィリア。実に艶やかな様子で啼《な》きながら、我慢できないといった様子でシーツを強く握り締める。

「さて、ここはどうかな？」

「やだぁ、あぁぁ……んっ！」

乳房だけでは物足りない。フィリアの下半身にも手を伸ばして、スカートの中から下着に触れる。

「嫌と言う割には濡れているじゃないか」

「んっ、んぅうっ……いやぁ……」

下着はローションを塗ったようにグチュぬるりと湿っていた。ビクンとさらにフィリアは肢体を震わせる。

指先には発熱しているのではないかと思うくらいの熱感が伝わる。それと共に糸を引くように濃厚な粘液が絡み付く。

初めて触る愛液は、想像以上にねっとりとしたものであった。その汁を絡め取るように、ゆっくりと指を動かす。

「んっんっ……あぁっ！　くひぃん！」

愛撫《あいぶ》に合わせてフィリアが喘《あえ》ぐ。同時にジュワリと更に多量の愛液を溢《あふ》れ出させてきた。

「ははは。見ろよ、メチャクチャ濡れてるぞ」

「そんなの見せないでぇ……」

フィリアの愛液によってテラテラと妖しく濡れ光る指を見せる。ぬるぬるとしたソレは粘性が強く、ハサミのように指を動かすと太い透明な糸ができた。しかも、二度三度チョキチョキとしても切れない。

「まあ、お遊びはこれくらいにしておいて、本番に勤《いそ》しむとするか」

「はぁはぁ……本番……？」

「いくら、おぼことはいえ、婚約者がいるんだからそれくらい分かるだろ」

フィリアの目の前でベルトをカチャカチャと鳴らして緩めながら準備をする。

「何を……きゃあっ！」

そして、ぼろんと目の前に肉棒を取り出すと、フィリアは驚いて目を背ける。

女の前で勃起した男性器を曝《さら》け出すのは初めてであるが、フィリアの素直な反応に股間へ血が集まるのが分かった。

「へんなものを近付けないでください！」

「変なものとは失礼だな。というか、婚約者がいるんだからコレで経験しているだろ」

「村の掟で、結婚式を挙げていない者は、か、姦通《かんつう》してはいけない決まりなんです！」

へぇ、それは良いことを聞いた。つまりは処女ということか。古臭い村の掟と馬鹿な婚約者には感謝しきれないな。

「それじゃあ、俺が初めての男ということになるな」

「っ……！　最低です、あなた……」

「はっ、掟とやらから逃げてきたフィリアに最低だなんて言われたくないね」

フィリアの正論を鼻で一蹴する。俺が最低なのは百も承知だし、嫌いな教科は道徳なので今更な話だ。

しかし、村の掟ってやつがどんなものか知らないが、それから逃げたフィリアに糾弾される謂《いわ》れはない。

「まあ、お前はこれから俺に犯されて、俺のモノになるんだから、掟だのなんだのなんて知ったことではないけどな」

スカートをめくり、濡れたパンツをズラして、女性器を露わにさせる。

大陰唇が曲線を描きつつ、左右が合わさる綺麗な形だが、今は一筋の谷間が綻びかけてテラテラと濡れ光っていた。そして、小陰唇は控えめながら充血し、外へ這《は》い出たがっている。

男を誘う湿った甘酸っぱい匂いが鼻腔《びこう》をくすぐる。

「いやぁ……アルト……助けてぇ」

「はははは！　村の掟からも俺からもフィリアを守れない奴が助けてくれるかよ」

アルトってやつがどんなのか知らないが、この場にいないってことはその程度のヤツなんだろう。

足の拘束を解くと、フィリアの太腿《ふともも》を掴んで股を開かせる。そして、そこに自分の下半身を割り込ませた。

肉棒を右手で握り、角度をフィリアの割れ目に合わせる。そして、にじり寄るように亀頭を濡れそぼつ秘裂にめり込ませた。

「んん、んんぅう！」

腰を押し出すと、小さな穴がグイっと広がって、亀頭が中に入っていく。肉穴は意外に伸縮して、肉棒に合わせようとしてくれる。

ツプツプとフィリアの膣《ちつ》内にゆっくり入っていくと、進む鈴口が弾力を宿す薄い膜にぶつかる。

「ここが処女膜か。これからフィリアの初めてを頂くわけだけど、何か言うことはあるか？」

「いやぁ……やめて……ください……」

「はっ、やめたところでどうなるんだ？　婚約者に操《みさお》を立てても村から逃げたんじゃ意味ないだろ」

どんな人間も、社会が無ければ生きていくことは難しい。女一人で野生動物や危険な大人がいる世界を生き残れるほど甘くはないのは、容易に想像できることだ。少なくとも、俺のような奴に捕まるようじゃ、無理だったのだろう。

「お前に残った選択肢は俺に隷属して俺のために働くか、俺に使い捨てられて惨《みじ》めな人生を歩むかの二択だ。そこのところを良く考えるんだな」

フィリアの腰を掴み、肉棒を真っ直ぐ繰り出して、生娘の証《あかし》を貫いた。プツンと、呆気《あっけ》なくフィリアの純潔が散る。

「あううぅっ!!」

肉先に濡れた肉ヒダが吸い付いてくる。肉棒の先端部に伝わってくる生温かな秘部の熱気に屹立《きつりつ》が震えた。その震えに反応するように、密着部分から花が蜜を分泌させるようにドロっとした愛液が溢れ出してくる。

「んっ、ふぅっ……あっあっ、あひぃいんっ!!」

さらに腰を突き出すと、甘みを含んだ吐息を漏らす。濡れそぼった肉壺《にくつぼ》で亀頭を咥え込み、膣口を押し開き、襞の一枚一枚が肉棒に絡みつく。

「な……なにこれ、私の身体……どうなっちゃってるの……あっあっあっ」

嬌声《きょうせい》を漏らしながら、フィリアの蜜壺は俺の肉棒を包み込んでいく。柔らかな媚肉《びにく》は亀頭だけではなく、肉茎まで溶かしてしまうくらいのものであった。

ぐじゅぐしゅと音が部屋に鳴り響いて、挿入を繰り返すごとに、膣口が広がっていく。それに対して、膣壁はさらに収縮し、これまで以上に肉棒を締め付ける。挿入しているのは男性器だけだが、フィリアに強く抱きしめられているようであった。

その感触の堪《たま》らないほどの心地よさに、限界近くまで膨れ上がっていた射精衝動が膨張していく。

「んんんっ、あんっ、くふぅう……あっ、あっ、これ……すごい……！　んふっ、あっ、私の……なかで、おち×ちんが、膨らんで……あっ、あくぅう！」

フィリアの胎内に精液を流し込みたいと訴えるように、肉棒が痙攣《けいれん》するのが分かった。

「はぁぁあんっ！　だ、出しそうなのですか……ビクビク震えて……あっあっ、私のなかに……」

荒い息を吐きながら、熱感の籠もった声で俺の様子を問いかける。その言葉に俺は頷《うなず》いた。

いつ爆発してもおかしくないくらいに、亀頭が不気味に膨れ上がっているのを感じる。

「んっく……あぁぁあんっ、だめです……なかに出しちゃったら、赤ちゃんできちゃいます……うっ、あぁっ！」

精液を子宮に注ぎ込むと精子と卵子が結合して子供ができるというのは保健の授業で知っているが、改めて口に出されると興奮する。忘れがちであるが性交とは元来そういうものである。

フィリアの言葉でよりやる気になり、一定のペースで前進し続ける腰遣いにする。快楽は格段に強くなって、暴発しそうになるが、後に続く快楽で上書きさせてやり過ごす。そして、その快楽も次に来る快楽で上書きさせる。

相手を快楽で隷属させるのなら、じっくりと焦《じ》らすべきで、こんなのは火に油を注いでいるような行為だ。だが止まらない、すぐに射精してしまいそうだが、今はそんなことはどうでもいい。

「ひぃ、ううぅっ、あぁあんっ！　これ、熱くてっ、ジンジンしてぇえっ！」

激しい突き込みにブルンブルンと乳房も上下に揺れ動く。さらに膨れ上がる性感に比例するように、フィリアの全身が燃え上がるほどに火照《ほて》っていく。

身体中から汗が溢れ出し、白い肌はピンクに染まっていった。

「ふぅああっ！　あぁあああぁ……何かっ、来てるぅ！　変なのがっ、はひぃ！」

胸を突き出すように仰《の》け反《ぞ》り、シーツを強く握りしめるフィリア。肩を竦《すく》ませ、下半身を揺らす。

「それがイクってことだ。フィリアは初めてのセックスで俺のチ×コに突かれて絶頂するんだよ」

「っあぁ、いやぁ……あんっ、イキたくなんて……あぁぁあぁああ!!」

俺と初めて繋がった女の子を、初セックスでいきなりイカせられるなんて、考えてもみなかったことだ。俺の征服欲が一塊になって突き抜けてくる。

射精欲求が駆け抜けて、さらに激しく突いていく。ズブズブと秘裂の内を掻《か》き分けていった。

「ひぃああぁあっ！　あっあぁあんっ！」

痛々しいほどに膨れ上がった肉棒を、多量の愛液を垂れ流す膣口へ根元まで咥え込ませて抉《えぐ》る。

膣壁は縮み、精液を搾り取る動きに変わっていた。

「くっ、イクぞ、フィリア！　俺の精液を受け止めろよ！」

「んぁあぁあぁあああ！　せいえき、きちゃだめぇぇえええ!!」

その身体の求めに応じるように、子宮を押しつぶすくらいにプレスして、奥まで肉棒をねじ込む。

「んひぃぃいいぃいいいあぁあああ!!」

――どくっ、びゅばっ！　ぶびゅどびゅっびゅびゅびゅるるるるぅ!!

散々我慢しておいた欲望が一気に解放されていく。俺の子種が、一気にフィリアの子宮を満たし、膣中を白く染めるほどの量が放出していった。

やがて、終わりの一滴までフィリアの中に注ぎ尽くすと、まるで魂の一部を解き放ったかのような疲労感を覚えた。自慰行為では決して味わえない快楽だ。

「あぁあっ……はぁ、はぁあぁぁ……なにこれ、白くなって……いやあぁ……」

人生初となるセックスと絶頂の余韻に浸りながら、くたりと脱力したフィリアが全身を震わせる。

「ふぅ……」

「あぅっ！」

膣内から肉棒を引き抜くと、愛液が名残惜しそうに糸を引いてくる。さっきまで交わっていた膣口をみると、溢れた白濁液が破瓜《はか》の血と一緒に逆流していっていた。

初めてにしては上出来な方だろう。隷属の首輪効果もあるだろうが、これだけの反応と快楽を与えることができたのならDPもそれなりに溜《た》まっているはずだ。

「どうして、私だけがこんな目に……。耐えたんですよ……お父さんとお母さんが村長に売られたときも、アルトをあの娘《こ》に譲《ゆず》ろうとしたときも……」

俺がベッドで一息ついているときに、フィリアがポツポツと吐き出すように語り始めた。

どうやら、彼女は両親が生贄《いけにえ》という名目で人身売買の犠牲になり、さらには婚約者がフィリア以外の娘に惚《ほ》れていたので、その娘に譲ろうと決めたのだそうだ。

「私、頑張って我慢したんですよ……。それなのに、こんな……」

彼女の境遇には多少同情できる。やってしまったことに後悔はないがな。

「耐えることが良い結果になることはないし、それは努力ではない」

「……分かってます。でも、そういうことにしときたいんです」

我慢することで成長することとなんてない。ＲＰＧだって敵を殴らなければ、レベルアップすることはないし、下手すればそれにつけ込まれてさらなる困難を課せられる。

「それにこれが私の性格なんです。駄目で臆病で弱くて……でも、性格なんて今更変えられないじゃないですか」

自分を変えるなんていう言葉はそれができて成功した奴だけの言葉だ。本当に駄目で弱い奴にはできるわけがない。俺もそうだ。異世界に来たというのに、少しも変わる気配がなかった。

「弱い人は……駄目な人は一生だめなままなのでしょうか……。幸せになろうと頑張ることすら許されず、どれだけ耐えても変わらないのなら、いっそ、いっそ……」

声を震わせながら矢継《やつ》ぎ早《ばや》に話すフィリア。精神が限界に達しようとしている。暴れられても対処できないので、とっさの判断で俺は彼女を強く抱きしめる。

「あっ……その、ええと……」

「安心しろ、これからは何も考えなくて良い。悩むこともない。俺の命令だけに従っていれば、毎日が楽しくなるようにしてやる」

「あぁ……ありがとうございます……」

フィリアが陶酔した顔で微笑《ほほえ》むと、首輪が小さく発光しだした。何事かと一分くらい眺めてみたが、フィリアがまた発情して悶《もだ》えはじめたこと以外に別状は無さそうだ。

しばらくして発光が止まると、フィリアは糸が切れた操り人形のように、力を無くして気を失った。

4

「あー、それは隷属完了してますね。おめでとうございます新田さん。ついでに童貞卒業おめでとうございます。お赤飯でも炊いときますか？」

「童貞卒業って赤飯なのか？」

「では、ついでに処女も卒業しておきますか？」

では、じゃねーよ。俺はまだある程度のプライドを持っているわけだから、そんな真似をするくらいなら首を吊《つ》る。

というか、そもそもこの世界に赤飯なんてあるのか？　フィリアやターニャなんて思いっきり外人の名前だっていうのに、そいつらが銀シャリうめぇなんて言っている姿、想像できないぞ。

「冗談はさておき、フィリアさんはひとまず隷属が完了してます。高度で超強力な魔法による解呪ならどうなるか分かりませんが、一般ピーポーにはそこまでできないでしょう」

ひとまず性行為が終わったので、ターニャを呼び寄せてフィリアの状態がどうなのかを調べさせたところ、命に別状は無いらしい。どうやら、奴隷化の方法は俺がやったことで合っているということなのだろう。まあ、快楽による隷属はこいつが提案したことなので真実でなくては困る。

「それと、子作り行為によるDPの増加が見られました。このようになっています」

ターニャから渡された表には、俺がフィリアに性行為をしたときのDPの増加が記されていた。だいたい、ゴブリン一ダース買えるくらいだ。儲《もう》けたといえば、儲けた方だろうか。まあ、一回の性行為でこれくらい稼げるなら御の字ってところか。

「ちなみに内訳としては、新田さんとフィリアさんの童貞処女卒業ボーナスに、同時絶頂ボーナスを加えたものとなっています」

「ほとんどボーナスじゃねーか」

「ちなみに新田さんの童貞の方が価値が高いですね。まあ、腐っても転移者ってところですかね」

こっちに転移してきてから何日も経っていないのに、人のことを腐っているとかやめてくれないかな。

というか、ゲームのようにスコア換算でDPが貰えるにしても、童貞卒業に処女卒業という特別なボーナスがあって、ゴブリン一ダースしか召喚できなかったのは微妙だな。次に活かせないじゃないか。

「もう隷属させて身内にしちゃいましたから、フィリアさんとハメハメするメリットはあまり無いですね。まあ、性処理するティッシュ代わりか人間製造機くらいには役に立つんじゃないですか？」

こいつほど言葉の選び方が下手なわけじゃないが、だいたい俺も同意見である。

「というか、セックスによるＤＰの回収ってこんなに微妙なものなの？」

「いえ、冒険者や貴族でしたら、結構いきますよ。今回は戦闘能力も血統も大したことの無い一般ピープルでしたので、しょっぱい成果でしたけど」

たしかに、フィリアは戦闘をするっていう身体をしていたわけじゃなかったな。モブ村娘にしては美人であったが、彼女の価値はそれくらいだ。だからこそ、俺のダンジョンに無警戒で侵入して、あっさり捕まったわけなのだが。

フィリアのような一般人で大量にＤＰが回収できるのなら、奴隷を大量に購入して、その中で繁殖させる人間牧場を作ればＤＰがだいぶ増えそうと思っていたが、そう上手《うま》い話ではないか。

そんなこんなで、ターニャと話し合っていると、ベッドで寝かせておいたフィリアが起き上がる。

隷属に成功したらしいとはいえ、俺の世界には無い概念なので、念のためにまた手足は縛らせてある。

「やあ、フィリア。おはよう」

「おはようございます！　マスター」

縛られた状態だというのに、ニッコリと元気よく俺の挨拶に応えるフィリア。瞳には洗脳された証のようにハートマークが浮かび、俺がジッと見つめる度に恍惚《こうこつ》の表情を浮かべる。

俺を嫌悪していた女と同一の人間とは思えない反応だ。これが異世界の洗脳だというのか。

「突然ですが、フィリアさん。確認のために質問させて頂きますね。あなたのご主人様は？」

「ここにおられます。凜々《りり》しくも聡明《そうめい》でいらっしゃるダンジョンマスター様です」

何を当たり前のことをと言わんばかりに、フィリアは一瞬の躊躇いもなく即答した。

「あなたの好きな人はアルトという方ですね？」

「違います。一時期はそう思っていましたけど、マスターに女にして貰ってからは、アルトなんて床の埃《ほこり》と一緒です。チ×ポのサイズも膜を破ることもできそうにないくらい小さいですし、そもそも虫ケラと交わるなんてあり得ないですよね。私が愛していますのは、どんな雄よりも優れた殿方であるマスターだけです」

かつての婚約者をここまで詰《なじ》るとは。演技でも、もう少し躊躇いがあっても良いはずだ。しかし、婚約者をこき下ろし、俺を持ち上げていることに下卑た喜びを感じる。

「あなたはダンジョンマスターの何ですか？」

「牝《めす》奴隷です。いついかなる時も身体を差し出して、おま×こでもお口ま×こでも精液を受け止めます」

フィリアは卑猥《ひわい》な表情で、大人しそうな外見には相応《ふさわ》しくない淫語を連発する。

「どうでしょう？　新田さん」

「あ、あぁ……すごいな……」

元の彼女がどんなのかは知らないが、少なくとも公然と淫乱なことを言うようなビッチではなかったはずだ。

こうまで変わるとは……奴隷化は成功したという言葉を信じるしかない。

人間ひとりを根っこからぶち壊してやったと実感すると、やっちまった感があったが、うだうだ悩んでもやってしまった後のことだし、しゃーない。

「それじゃあ、フィリア。聞きたいことがある」

「何でしょうか？　私の性感帯でしょうか？」

「違う。お前の村のことだ」

ここまで従順になれば、エロいことをしたいという欲求はもちろん湧いたが、フィリアを隷属させたのは、ダンジョン周囲にある村のことを聞き出したいという目的もある。

「そういえば、フィリアさんは村の掟から逃げてきたそうですね。ある程度予想はできますが、どんな感じの掟だったのですか？」

「三年に一度、一人か二人を選んで、村の外れにある神殿に生贄として捧げるというものです。前回は私の両親が選ばれました。それで、今年は私が生贄になる、と村長たちが話しているのを偶然聞いてしまって……」

「それで、怖くなって逃げたと？」

俺がそう訊《き》くと、フィリアはぎゅっと目を閉じた。

「それだけじゃありません。あいつら、本当は生贄なんて出していなくて、私を……」

「あー、なるほど」

ターニャが一人納得したような声を出す。まあ、たしかにある程度は察せられるだろう。要は生贄と称して、村外れの神殿とやらでフィリアを犯そうということだったのだろう。閉鎖的な村ならありそうなことだ。

国からの圧力がかからないので、個人が権力や暴力を行使して他人を自由に従わせることができる。学校と似たようなものだ。

「そりゃ、逃げたくもなるわな」

「奴らは私を犯した後に、奴隷商人に売り飛ばす相談までしていました。それでわかったんです。私の両親も生贄になったんじゃなく、売られたんだって……！　怖くて、誰も信じられなくて、とにかく村から逃げたんです……」

思ったよりも、闇が深そうなことに巻き込まれてしまった気がする。敵としては、こちらが正義側としていられるので、気持ちよく蹂躙《じゅうりん》できそうだが、あまりガチなのは正直困る。

「自警団ってのが追ってくるらしいが、どんな連中なんだ？」

「村の成人男子を掻き集めた集団です。人数は忙しい時期なら十人、農閑期は五十人くらい集まります」

常備兵ではなく、畑や田んぼの作業をしている者を引っ張っていくというカタチなのか。練度は低そうだが、それはこちらも同じだろう。体格差という部分ではゴブリンは完全に負けているので、真っ正面からやり合うのは選択肢から外すべきだ。

「今攻め込まれたらヤバイですね。ここはフィリアさんを返還しましょう！」

なるほど、ターニャの言うことも尤《もっと》もな意見である。村の自警団が出張ってくるとしたら、フィリアの救出という名目でダンジョンに攻めてくるのだろうから、フィリアを返してしまえば大義名分が無くなる。その後に、どんなイチャモンをつけられるかは知らないが、戦力を整えるだけの時間は確保できるだろう。だが。

「嫌だね。せっかく手に入れた獲物をみすみす敵に渡すかよ。それに、遅かれ早かれ戦うのなら、早い方がいい」

フィリアの拘束を解きながら、俺はターニャの意見に反対した。確かに今戦うのはリスクが大きいが、自分だけの奴隷を人に譲るなんて気分が良くない。

「勝算は？　地の利があるとはいえ、こちらの方が不利なんですよ」

「不利には違いないが、これは俺がこの世界にいられるかどうかの試練だと思うことにした。まあ、死んでも異世界転生とやらで次の人生に期待しよう」

できなきゃ、ただの強姦魔で終わるだけだ。まあ、周りに媚《こ》びへつらいながら生きるよりも、戦って死んだ方がマシだろうよ。

「実は自殺願望でもあるんじゃないですか？　新田さんは数で圧倒している相手に戦略で負けて『ば……馬鹿な……!?』っていうのがお似合いですよ」

「なんだその具体的なイメージは」

「でも、新田さんのクソみたいな生き方も好きですよ」

全くもってフォローになってないだろ。そもそも、俺は自殺願望なんて持っていない。親に自殺する奴は死体に湧く蛆虫《うじむし》以下のクズ野郎と教えられてきたので、そんな最低なことをしない。行儀よく諦めるくらいなら、自分以外の人間を不幸にした方がマシだ。

「まあ、そういうわけだ。お前にも協力してもらうぞ、フィリア」

「は、はぁい。喜んで」

フィリアは艶めかしい声で答える。若干、声が弾んでいるように聞こえたが、たぶん気のせいだろう。

このまま、ご奉仕専門の性奴隷にするという選択肢もあるが、今は猫の手も借りたい状況だ。エロいことをしたい欲求はもちろんあるが、それで身を滅ぼすのは自殺行為である。

「そうだな……フィリアは村で何をしていたんだ?」

「えっと、家畜の世話や畑仕事と……あとは、織物や編み物とかもやってました」

見事にダンジョン防衛の役に立ちそうもない仕事だ。

「農作業で使えそうですが、ダンジョン施設の畑って人の手を加えなくても勝手に育ちますしね」

基本的には、ダンジョンというのは一人で経営できる造りになっているので、わざわざフィリアに世話をさせる必要はない。まあ、手間をかければ良い作物ができるかもしれないが、今は食い物を充実させることよりも戦力を充実させたい。

「家畜の世話をしていたなら、ワイルドウルフとゴブリンの世話をさせてみてはいかがでしょうか?　オスカルを飼っていたわけですし、それなりの成果を得られるかと」

家畜の世話とモンスターの世話が一緒なのかは疑問であるが、無いよりはマシだ。ダンジョンの主戦力は奴らなので、モンスターどものモチベーションを上げることは戦力の向上に繋がる。

「そうだな。それじゃあ、ゴブリンたちと犬っころの世話をしてくれ。奴らはこのあたりにいる」

「はい、分かりました！　頼まれたからには全力で取り組みます！」

フィリアにダンジョンの大まかな図を見せると、彼女はゴブリンたちがいるところへ走っていった。やる気はいまのところ十分ってところか。

武器も練度も足りないわけだが、こちらにも強みはある。それを活かせば、こちらの二倍以上の敵だって倒すことは可能……だと信じたい。俺も命がかかっているのだ。死にたくないのなら、できる限りの足掻《あが》きはするべきである。

第二章　ツンデレ娘の油断と村娘の開花

1

俺がダンジョンマスターになってから、そろそろ一週間になる。その間、やはり問題は食事によく発生した。現代人たる俺はゴブリンが食うような虫が湧いた食事や生肉を食べて平気なわけがない。火を通さなければ、細菌やらで身体《からだ》を壊してしまいそうだ。

実際、何度か腹を壊して死にかけたということがあった。この経験から分かったことは、いくら腹が減っても森のキノコを適当に食うのだけはいけないということだ。

ダンジョン施設の畑から採れたイーモと呼ばれる木の根っこだけは大量にあったが、味が人間向きに作られていない。ＤＰを消費して塩を振りかけたり、すり潰して七味を入れたりしても、マズイものはマズイ。

既にゲッソリと痩《や》せ細りそうであった。現代ダイエットは何かを食べることで痩せるなんて言っているが、食欲さえなくせば楽に痩せられるということを、俺自身の経験を踏まえて体感する。

「ヘイヘーイ、おはようございます新田さん！」

「お前は元気だよな……腹空かないの？」

「私たち天界の者は不老不死なので、食べ物は必要ないのですよ。食べるとしたら娯楽として食べるって感じですね。この身体のおかげで飢えに苦しむ人の姿を見て笑うことができます。ほら、私の目の前にも。ゲラゲラ」

なんとまあ便利な身体しているな、おい。それに実に素晴らしい趣味をしていらっしゃる。こいつ、実は悪魔だろってオチとか無いのかな。

「それはそうと、新田さん。あなた、臭いですよ」

人前で思ってはいても言ってはいけない言葉ベスト10に入る言葉を易々と口にするターニャ。まさか異世界に来てからイジメが起きるとは思わなかった。

「生理現象から体臭が強くなるのは当たり前ですし、こんな環境なので身体が洗えないというのは仕方ないことです。しかし、まあ……一週間に二、三度くらいは近くの川で水浴びをしても良いかと思います」

水浴び！　そういうのもあるのか。

冷水を身体に浴びるというのはあまり体験したくないものだが、いい加減に身体を洗いたいという気持ちの方が強い。

風呂やシャワーの設置にはけっこうＤＰがかかるので我慢していたが、やはり一日一度は風呂に入らなきゃ気が済まない人間としては、身体を清潔にしたいという欲求が強かった。

「外ではダンジョンマスターの権限は使えませんから、私が護衛として着いて行きますよ。か、勘違いしないでくださいね！　新田さんがいなくなったら、私が路頭に迷うハメになるんだから！」

うーん、可愛《かわい》くねぇ……。もう少しあざとい感じにできないかなぁ。しかし、こいつがあざとさを持っていたら何か企んでそうなので、無くても別にいいか。

護身用として、ＤＰで買った鉄の剣を制服のベルトに挟んでダンジョンの外に出ることにする。斬れ味は悪く、鉄の剣というよりも棒に近いのだが、無いよりはマシだ。熊とかに出くわしたら、俺が異世界からの転移者である補正を期待して戦うことにしよう。

外はフィリアの言っていたように、ザ・田舎という感じの場所であった。街道どころか獣道しかなく、草を踏み固めたような場所を歩くことにした。

「ぜぇ、ぜぇ……」

「まったく……新田さん、引きこもりっぱなしだから歩くだけでこんなに疲れるんですよ」

「お前はいいよな、飛べるんだから」

しばらく運動していないから、歩くということだけでも苦痛だ。現代人の貧弱さをなめてはいけない。今は体育会系じゃないので、ペンを持つのも重く感じるのだ。

歩くたびに身体が軋《きし》むようだ。下手したらどのモンスターよりも俺は弱いのかもしれない。

森の生き物がギャアギャアと声を上げて通り過ぎていくのを見て、動物になりてぇなどと考える。

色々と末期であった。

「毎日の運動と栄養価の高い食事。そして十分な睡眠をとれば誰だって健康で丈夫な身体を手にできるのですよ。だらけすぎな新田さんはそれら三点を守っていないから、こんなことになるのです。そんな体調管理のできていない身体じゃこの世界では通用しませんよ！　まあ、私は妖精なので、そんなことしなくても可愛いし健康ですがね！」

一見、正しいことを言っているように見えるが、最後で台無しだよ。というか、やっぱりこいつ妖精じゃないだろ、悪魔だよ悪魔。

こいつの言う神とやらはきっと死神みたいなものに違いない。

「ちゃんとついて来てくださいよ。新田さんはダンジョンから一定以上離れると死にますので」

なるほど、ターニャとはぐれることは死を意味する可能性がある、と。こんな奴が命綱だなんて、嫌すぎるな。

「ここが川ですよ」

しばらくすると川が見えた。都会のゴミが流れている緑色のドブや入ったら死にそうな糞の浮いた茶色い川ではない。透き通って川底が見えるくらいに清涼な水が流れる小川だった。

俺はさっそく、学生服を脱いで裸になると、川に入る。水風呂並みに冷たかったが、汗や老廃物を流すために我慢した。

「うわっ、女の子がいるところで躊躇《ためら》いもなく脱ぐあたり、新田さんって変態ですね」

ターニャには悪いが、彼女を女として見たことはない。確かに美術家が描いたような造形をしており、手のひらサイズながらもスラっとしたシルエットが見える。さらには乳房が程よく育っていて、腰回りが括《くび》れていながらも、全体的に肉感的な体型をしている。

しかし、所詮はドールサイズの話であって、コレに欲情するのは、よほどレベルの高い変態である。性のエリートたる俺でも、こいつの糞みたいな性格のおかげで食指が動くことはなかった。

そもそも襲いたくても襲いようがない上に、返り討ちに遭う可能性の方が高い。魔法らしきものが使える以上、力でどうこうというのは得策ではないだろう。

アレコレ考えていると、いつの間にターニャがいなくなった。どこに行ったのだろうか。

今更ながら心細くなる。思えば、ダンジョンの中ではターニャやゴブリンがいたわけで、厳密には一人ではなかった。しかし、今この状況は、ターニャがトイレにでも行ったのか分からないが、俺を守るものは一つもなかった。頼れるのは自分の肉体のみだ。

そう思うと、余計に不安だ。なんだかんだで元の世界では警察がいて、インフラも整備されていたので、日常における命の危機なんて学校にいたらテロリストに襲われるくらい稀《まれ》だ。

しかし、ここでは肉食動物に出くわすだけで、おそらく俺は死ぬだろう。それに俺はこの世界の住民票も身分証も無い身なので、悪意を持った人間に襲われでもしたら少年十字軍と同じような末路を迎えるのは想像に難《かた》くなかった。

なんにせよ、丸裸っていうのは気分的に落ち着かない。身を守るための服を着た方が良いだろう。学生服と安い剣とはいえ、無いよりはマシだ。

「あ」

そう思って服を取ろうとした瞬間、茂みからガサリという音が聞こえて、人が出てきた。

山吹色の髪の毛をまとめてサイドテールにした女だ。年齢は俺と同じくらいか。第一印象としては、胸がデカイという感想しか浮かばなかった。

「いやあぁぁっ、変態！」

「おわあっ」

女はしばらくキョトンとしていたが、視線を俺の股間に移すと顔を赤くしながら悲鳴を上げ、持っていた杖の先から火球を出す。とっさに避けたが、手に取った学生服に引火してしまう。

「な、なんだ、どうしたんだアリス!?　って、なんだこの変態は！」

そして少女の悲鳴を聞きつけて同い年くらいのスラっとしたツンツン髪の男が現れ、俺に襲いかかってきた。もちろん、性的な意味ではなく、暴力的な意味だ。

「かはっ！」

「テメエ、アリスに何をしようとした！」

顔面をグーで殴られて、血の味が口いっぱいに広がった。

何をしようとしたなんて聞かれても、会ってから一分も経ってない女に何かができるわけないだろ。

「やめて、アルト！　私は何もされてないから！」

さらにもう一発というところで、山吹髪の女が止めに入った。どうせなら、殴られる前に止めてほしいのだが。

これもターニャに全裸を見せたのが悪かったのだろうか。というか、俺を守るとか言ってたターニャはどこに行ったんだ。こういう時こそ奴の出番だというのに。

「ごめんなさい、アルトが乱暴して……。ほら、謝りなさいよ」

「けっ、悪かったな」

まったく申し訳なさそうに見えない加害者と、深く頭を下げる加害者ではない少女。まあ、彼女の悲鳴が発端なんだが。

とりあえず俺は服を着ながら、奴らの話を聞く。ポリエステル製の学生服とシャツはよく燃えて、袖が無くなっていた。ダンジョンに戻ったら捨てよう。

「珍しい服ね。王都の学院のものじゃなさそうだし……よその国の人？」

「ああ、そうだな。ここから東の国から来たんだ」

よその世界に転移したときには、とりあえず東の国って言っておけば、なんとかなるってファンタジー小説に書いてあった。

「東の国っていったら、エルフやドワーフしかいないんだけどな。アンタ、身長を見るからにドワーフじゃないし、エルフみたいな……顔じゃねーな」

「ちょっと、アルト！　失礼でしょ！」

エルフみたいな顔じゃないって、美形じゃないとでも言いたいのか。喧嘩《けんか》売ってんのか、コイツら。

「ところで、あなた名前は？　私はアリスよ。それで、コイツはアルト。私たちはこの近くに住んでいるの」

少女がアリスで、ツンツン髪のイケメンくんがアルト。アルトってどこかで聞いた名前だが、どこだろうか。まあ、忘れるってことは大したことじゃないんだろう。ふははは。

「俺は新田だ」

「へぇ、珍しい名前ね」

だろうな、元いた世界では全国に六万人くらいはいそうなメジャーな名前であるが。

「オレたちはフィリアさんを探しにきたんだ。濃い茶色の長い髪をした女性なんだけど……あんた、何か知らないか？」

怪訝《けげん》な顔をしながらアルトという奴は俺を睨《にら》みつける。なんとまあ、時期が悪い。つい先日フィリアに聞いた情報だと、ここいらに彼女が逃げたと村人たちも見当をつけているらしい。既に怪しまれているかもしれない。

ここでコイツを倒すべきか。だが奴らはこの道を汗ひとつかかずに歩いてきているが、俺は既にバテている。この時点でこちらが不利だと分かる。さらに二対一では勝ちの目がない。

そうだ、ダンジョンに引き込もう。二対一なら勝てないが、ゴブリンを入れて二対二十四にすれば、俺にも勝機がある。

「そうだな……このあたりに洞窟があるから、そこに逃げたんじゃないかな？」

「本当!? でも、もしかしたらダンジョンかもしれないわ」

「だとしても、オレたちが付いているから平気だ。もしかしたら、ダンジョンの宝を手に入れられるかもしれないしな」

ダンジョンという言葉に目を輝かせるアルト。てっきり行くことを反対するのかと思ったが、乗り気なようだ。無鉄砲なのか、それとも自信があるのか。どちらにせよ、こいつらとは遅かれ早かれこのあたりに住んでいる村人な以上、戦わなければならない。気にし過ぎてもしょうがないか。

それに、せっかく異世界に来たのに殴られっぱなしというのは性に合わない。口の中から流れる血を舐《な》めながら、奴らにこの借りを返すことを想像した。

ダンジョンへ帰るには来た道を引き返せばいいのだが、ひとつ問題がある。それは、俺が特に何も考えずにターニャについて来たせいで、道順がさっぱり分からないのだ。下手に動いてダンジョンから離れ過ぎ、コアを放棄したと見做《みな》されれば、俺の命が無くなる可能性があるので、迂闊《うかつ》には動けなさそうだ。

『聞こえますか……くくっ、愚かな人間よ……』

ふいに頭の中に声が響く。

その半笑いで失礼な言葉を俺の頭に送ってきているのは、ターニャに間違いない。魔法が使えるのだから、テレパシーくらいでは流石《さすが》に驚くほどじゃないな。隷属の首輪にもコントロールルームから命令を送る機能が付いているし。

『どうやら、まだ生きているようですね。少しお花を摘みに行っていましたら、面白いことになってきたじゃありませんか、新田さんの格好とか』

どこがだよ。こっちは、ツンツンヘアーのリア充に顔面を殴られたんだぞ。口の中がまだジンジン痛むし、血の味が広がって気持ち悪い。

ターニャがいれば、こんなことにはならなかったはずだ。

『まあまあ。怒る気持ちは分からなくもありませんが、今はこの状況をどうにかするのが優先でしょう』

上手《うま》く言いくるめられた気もするが、ターニャの言うようにアリスとアルトとかいう男女をどうにかするのが先決ってところだ。

アルトは剣を、アリスは杖を装備している。また、フィリアと違って動きやすそうな軽装で、準備は万端な様子だ。やや浮かれている気もするが、フィリアのように落とし穴一発で捕らえられるほど楽じゃないだろう。

『私は先に戻って、ゴブリンたちの指示と罠《わな》の配置をします。ダンジョンマスター権限じゃなくてもできますが、時間がかかるので、新田さんには遠回り気味になるようなオペレートナビをします』

俺的には、さっき殴ってきた奴らと一緒にいるなんて真っぴらゴメンだが、ダンジョンの準備を優先すると、ターニャの言う通りにしておいた方が賢明か。彼らの力がどれくらいのものかは知らないが、対策はしておいた方が良い。

『まあ、その間、彼らとお喋《しゃべ》りしながら歩き回っててください。そうそう、アルトって人はフィリアさんの例の婚約者らしいですよ』

そういえば、フィリアが婚約者うんぬんとか言っていたな。詳しくは覚えていないが、短小すぎて膜を破れないとか言っていたか。

だからといって、さっき殴ってきたことは許さないけどな。

それにフィリアは婚約者を別の娘に譲《ゆず》ろうとしてたはずだが、もしかしてこのアリスとかいう女のことか。最初の接触では、アルトとアリスはごく普通のカップルに見えたのだが、フィリアという婚約者が絡んでいるとなると、なかなか複雑そうな関係な気がする。

さり気なく聞いてみるとするか。

「ところで、二人ってどんな関係なんだ？　あっ、ひょっとして、恋人同士とか？」

言っておいてなんだけど、全然さり気なく聞いてないな。まあそういう経験とか無いから、仕方ない。ストレートすぎるのは、ターニャの悪い癖が移ったのだろう。

「なっ……そ、そんなわけないじゃない！　私たちは幼馴染《おさななじみ》ってだけで……アルトにはフィリアさんっていう婚約者がいるのよ！」

これまた、どストレートな質問にどストレートな反応を返してくれるアリス。顔を赤くして、視線をアルトから逸《そ》らす。分かりやすいツンデレな反応である。もはや、古典的といっても過言ではないだろう。

「だから言ってるだろ、フィリアさんとの結婚は親同士が勝手に決めたことだって」

「でも、嫌いじゃないんでしょ？」

「ま、まあな。フィリアさんがどう思っているかは知らないけどな。やっぱり、結婚って好き同士じゃないと……」

「はぁ……そんなんだから、何年もそんな関係なのよ……」

親同士が決めた結婚とはなんとベタな。しかも、互いに好きじゃないと結婚に踏み込めないとか、いつの時代の人間だよ。俺がフィリアレベルの婚約者を得られるのなら即ＯＫして初夜を迎えるわ。

モテる努力をしないで女を手に入れられるなんて恵まれているとは思ってないのだろうか、こいつは。

「へぇ。じゃあ、アリスさんはフリーってわけ？」

「そうだけど……」

「それじゃあ、俺と付き合わない？」

「えっ……？」

自分で口に出しといてなんだが、なんだこの軟派野郎は。自分で無ければ、顔面を殴っているレベルで気味が悪い。今の時点でも、俺の黒歴史に刻まれるだろうが、ターニャがダンジョンで準備を整える時間を稼《かせ》ぐためだ。吐きそうになるが、我慢しよう。

「アリスさんって、可愛いし、スタイルも良いし、俺の好みのタイプだよ」

「なっ、何言ってんのよ！」

褒められ慣れていないのか、手をブンブンと回しながら、再び顔を赤くするアリス。まあ、これに関しては嘘ではない。

彼女の容姿は人形のように可愛らしく、吊《つ》りがちな目、瞳は切れ長、そして、髪は絹糸のように滑らかそうで、太陽に反射して輝いていた。

背丈はフィリアよりも低いが、腰は細く、手足もスラリと華奢《きゃしゃ》。しかし、胸は非常に大きい。

今もこうして恥ずかしさを紛らわせるように動いている時に、胸が揺れているのが見える。

「ちっ、そんな茶番してねーで、さっさとフィリアさんのところへ案内しろよ」

俺がアリスの胸に見惚《みと》れていたら、アルトが俺とアリスの間に立って遮ってきた。まあ、この反応は予想していたけどな。

「お前もこんなのを相手にするなよ。大事な幼馴染が変な男に誑《たぶら》かされるのは黙っておけないからな」

「うん……」

この二人がただの幼馴染ではないというのは、幾つものラノベを読んでいる俺には簡単に分かる。というか、幼馴染同士が好き合っているなんて、よくある物語のテンプレートだろう。

そして、アルトに婚約者がいるっていうのも、アルトとアリスの物語のちょっとしたスパイスだ。このまま、フィリアとアリスでハーレム展開になるか、フィリアとの婚約を蹴ってアリスと結ばれるか、どちらになるにしても時間の問題だったはずだ。俺という第三者の介入が無ければな。

いかなる正義も、揺るぎない愛も、それを上回る圧倒的な欲望と野心の前には無力なのだ。

2

川からダンジョンまでの距離は約三十分であるところを、約二時間かけて遠回りをさせることに成功した。さすがにこれ以上無駄に歩き回らせると怪しまれるし、俺の行動範囲のこともある。成果としては上々というところだろう。

脳内に鳴り響くターニャのアナウンスが止《や》んだことを考えれば、こちらの準備はできたと考えても良い。

ひとつ問題があるとすれば、舗装されていない歩きづらい道を通っているのに、獲物の二人が息切れひとつしていないことくらいだ。都会っ子たる俺には結構なハードワークだったのに、奴らには大したことがないとは、身体の造りからして違う可能性が高い。

さすがは異世界人だと感心してしまうが、こちらにとって不利になることは間違いない。

これは、村と戦う前哨戦《ぜんしょうせん》くらいに考えていたが、少しばかり認識を改めなくてはならないか。

前回は何も警戒していない相手を捕まえるための狩りだったが、今回は相手も準備をしてきたようだから戦闘だ。下手したら俺が死ぬ可能性もあるだろう。

戦力差はこちらの方が上だと思うが、奴らが一騎当千の力を持っていないとも限らない。

「ここがダンジョンか。なんだか、ショボいところだな」

山の斜面に開いた小さな洞窟に着くと、アルトが拍子抜けしたように言った。

悪かったなショボくて。確かに、俺のダンジョンの入り口は一見すると子供の秘密基地くらいにしか思えない粗末さだ。

大人一人がギリギリ入れるくらいの幅の入り口に、アルトが入っていく。

「ちょっと、アルト！　フィリアさんがいなくなったっていうからには何かあるはずでしょ。気をつけなさいよ！」

「平気だって、ビビってんじゃねーよ、アリス」

続いてアリスがダンジョン内に侵入して、俺が後ろから付いていく。ダンジョン内は薄暗いが、ところどころから外の光が入るし、ダンジョン内の壁が発光して、全く見えないわけではない。

とはいえ、全体を見通せるわけじゃないので、気をつけないと死角は生まれる。足元――そして、背後とかな。

今の時点で俺が持っている鉄剣でアリスの後頭部を殴れば、確実に殺せるはずだ。

残りはアルトだけなので、ターニャと連携してゴブリンらに命令を下せば、確実に全滅させることができる。

ベルトに挟んでいた鉄剣に手をかけたとき、俺は無意識のうちに生唾を飲んだ。当たり前の話だが、俺は人を殺したことなんか、ない。これが初めての――

『はいはい、待ってください、新田さん。早まる気持ちは分かりますが、落ち着いてくださいね』

――殺人童貞を捨てるため、鉄剣を鞘《さや》から抜こうとした瞬間、ターニャの制止する声が頭に鳴り響いた。なんだ、邪魔しにきたのか？

『いえいえ、そんなつもりはありませんよ。有利な状況でチャンスをフイにしようとしている新田さんを諫《いさ》めにきただけです』

『どういうことだ？』

『アルトって人はともかく、アリスっていう人は魔力を持っているので、生かして捕まえた方が良いですよ』

『ふーん、なるほどねぇ』

確かにアリスは宝石が付いた杖を持っているし、いきなり火球をブッ放してきたので魔法使いなんだろう。剣士のアルトと魔法系のアリスで、一応バランスのとれた二人パーティといえる。

『魔法使いには、捨てるところがありません。髪は繊維として高く売れますし、肉は魔力を高める食材として食べることができます。そして、なによりも、魔法使いを産めるというのが素晴らしいところでしょう。イヒヒヒヒ』

その価値観にはいまいち賛同はできないが、捕まえて飼うというのは良いアイディアだ。当初の目的もそれだし、一時のチャンスで全てをフイにするのは愚か者のすることである。

いきなり背後から襲おうとするのは、テンパりすぎだったようだ。その点だけは、ターニャに感謝しなくてはいけない。

やがて狭い通路を抜け、俺たちは教室一つ分ほどの広さの広間に出た。さほど広くはないが、少人数が休憩するにはうってつけの場所である。

「おい、アレを見ろよ！」

「あっ、宝箱ね」

アルトが指差した先には一つの宝箱があった。大きさは工具箱一ケースくらいのもので、剣や盾を入れるには結構小さい。おそらく、ターニャがあらかじめ仕掛けておいたのだろう。

「トラップは仕掛けられていないようだな……」

「中身はなんなの？」

アルトらが宝箱を開けてみると、そこにあったのは一塊の魔石であった。俺のダンジョン内で簡単に採掘できる魔力の純度の低いもので、価値にすればゴブリン一体くらいしか召喚できない。

「おぉ、これくらいの大きさの魔石なら、高く売れるぞ」

ガッカリするものだと思っていたが、そうでもないようだ。ダンジョン内と外では魔石の価値が違うのかもしれない。

外貨の獲得手段として魔石を売りさばくのも良いかもと思いかけるが、そうなると誰が外へ売るのかを考えないといけないから後回しにしておく。

「しかし、深度が浅いところに宝があるんだから、奥に行ったら、もっと良いのがあるかもな」

「ちょっと、もう少し慎重にいきなさいよ」

「平気だって。ここまで来てモンスターが一匹もこないんだぜ。きっと無人か、できたばかりのダンジョンだって！」

アルトはいきなり宝を見つけて興奮したのか、不用心に奥へと進んでいき、アリスも文句を言いながらアルトについてゆく。

「それにしても、静か過ぎて気味が悪いわ……」

「アリスは心配性だな。何が起きても俺が守ってやるよ」

「アルト……」

一見、正統派主人公とヒロインの会話のように思えるが、男の方は婚約者がいるのだ。これ以上にないってくらいのリア充ぶりだ。

そういう連中の糧《かて》として生きてきた俺にとって、奴らは忌むべき対象で、息をしているだけでも腹の立つ存在である。たとえ異世界だろうが、そんなことは関係無かった。

これまでは壁を殴って鬱憤《うっぷん》を晴らしていたが、今は違う。ダンジョンマスターになったからには、必ずやこの手で二人の仲を引き裂いてみせよう。

「なんだ……行き止まりか……？」

それから、奴らは奥へと進み、何個かの宝箱から魔石を手に入れて、やがて分かれ道から行き止まりに突き当たった。このへんで良いだろう。

俺がここに来るようにターニャに念じると、それを受けてか、最初からそういう計画だったのか分からないが、背後からゴブリン三体がやって来た。

「へへっ、やっと来やがったか」

「どうやら、ここで獲物を狙っていたようね。ニッタ、下がってなさい」

アリスの言葉に従って、俺は彼らの後ろで戦闘を眺めることにする。

アルトたちの行動は素早かった。アリスが何語かよく分からない呪文を唱えると、杖の先から火の玉が噴出する。魔法はゴブリンを直撃して、さらにその衝撃で土煙が上がった。

「おらぁっ！」

そして、土煙に隠れてアルトがゴブリンをバターのように一刀両断する。残ったゴブリンも、回し蹴りを食らわせて、壁に叩《たた》きつけた。

「すごいわ、アルト！」

「ゴブリンくらい、俺の敵じゃねーって！」

鼻の穴を広げて愉快そうな表情を浮かべたのも束の間、ビュンと空を切る音がして、アルトのこめかみを何かが掠《かす》める。

「え……なんだこれ……？」

状況が理解できず、アルトはぼんやり側頭部を触り、付着した赤い血を呆気《あっけ》にとられて見つめていた。

何かが飛んできた方向を見ると、そこにはゴブリンたちが列をなして、紐《ひも》を振り回していた。

なるほど、投石紐《スリング》か。ゴブリンらに近接戦闘させるよりも、火力が集中できて良いかもしれないな。しかも、ダンジョン内では弾となる石がゴロゴロとあるので、矢のような特殊な補給もしなくて済む。

「フフフ、来ると思っていましたよ、アルト」

ゴブリンたちの間から女性が不敵な笑みを浮かべながら現れた。奴らが探していたフィリアその人だ。

「フィ、フィリアさん……なのか……？」

「はい、その通りです」

アルトは口をわなわなと動かし、目を丸くしてフィリアを見る。それもそのはず、フィリアの格好はすこぶる露出度の高い、薄緑色のボンデージっぽい衣装であった。凹凸の激しいスタイルの持ち主であるフィリアに似合っているが、最初ここに来たときの印象からすれば倒錯感が激しい。

「なんで、そんな格好を……」

普段の彼女を知っているであろうアリスらは、なおさら衝撃を受けたようだ。手に持った武器は震えて、ろくに構えることもできずにいた。

「ご主人様《マスター》の趣味だって、ターニャ様が言ってました。私の格好に鼻の下を伸ばしても、身体を楽しめるのはマスターただお一人。贅沢《ぜいたく》な料理を見せびらかしたくなるマスターのお気持ち、分かるでしょう?」

アリスの質問に陶然と酔いしれながらフィリアが言ってのける。俺はそんなことを一言も言った覚えはないが、その心理は理解できる。

「何言っているんだよ！　目を覚ましてくれよ、フィリアさん！」

「ふふふ、目なら覚めてますよ。口ばっかで格好つけるためだけに『守る』なんてペラペラな言葉を吐くアルトよりも、マスターの方が数億倍素晴らしいってことに気がつきました」

洗脳の効果はちゃんと現れているようで、アルトが何を言ってもフィリアには通じない。創作物でよくあるような愛の力ってヤツで洗脳が解けるっていうことはなさそうだ。

「くっ、こうなったら、オレたちで目を覚まさせるしか……」

婚約者が洗脳されて現れたのに、それでも戦意を取り戻すとは意外に根性のある奴だと思うが、しかしもう遅い。

「きゃっ！　なにするのよ!?」

ふいに背後からアリスの腕を掴《つか》むと、彼女はびっくりして杖を取り落とす。

「おっと、動くなよ。抵抗したら、コイツの命はないからな」

「いやぁ、アルト……」

アリスを羽交い締めにし、剣を突きつけながら、小物くさいセリフでアルトを脅すと、奴の足が止まって構えを解いた。どうやら、アリスには人質の価値があったらしい。

「て、テメェ……裏切るのか!?」

「裏切るなんてとんでもない。俺はお前の仲間になったつもりなんかないしな」

俺はフィリアのいるところへ案内するとは言ったが、お前らの味方だなんてことは一言も言っていない。俺のことを信頼していたのか、蚊ほどにも思っていなかったのかは知らないが、今度からは人をナメないように気をつけるんだな。

3

アリスらは装備をひっぺがした後、手足に枷《かせ》を嵌《は》めて薄暗い地下牢に別々に放り込んだ。

牢屋は、これからどんどん女の冒険者を捕まえて隷属させていくつもりなので、収容のための施設が必要だろうと急遽《きゅうきょ》増設したものだ。おかげで現在のＤＰはほぼ空《から》だが、エロいことには投資を惜しみたくないのが男というものだ。

そのため、アリスに着けた首輪にはエロい気分にさせる催淫機能が付いているものの、洗脳機能はほぼ無いに等しい。

本音ではさっさと捕らえたアリスの調教に取りかかりたかったが、やりたいと思っていても、ダンジョンの方も考えなくてはいけない。

服が燃えてしまったので、ＤＰで新調した服に着替える。ファッションには疎《うと》いので、もとの制服のようなデザインのものを買ってみたが、なんだか秘密組織の首領みたいな格好になってしまった。深夜のテンションで衝動買いするもんじゃないな。

まあ、それはそれとして、コントロールルームで今回の戦闘結果をまとめてみることにした。

捕まえたのは、ツンツン頭のリア充のアルトとおっぱいのアリスの二人で、こちらの被害はゴブリン二匹が剣と火球で死んで、壁に叩きつけられた一匹が軽傷ってところだ。奴らが陽動してくれたおかげで、投石紐の距離が保てたのだから、無駄死にではないにしろ、数が減るのは好ましくない。戦い方に関しては、もう少し考慮すべきだろうな。

しかし、それでもアルトらを無力化したDPで考えれば、プラスな方だ。さらには、アルトとアリス、そして奴らの装備とアイテム一式をダンジョンコアに捧《ささ》げたら、結構なDPとなった。これなら、ダンジョンの拡張も可能だろう。

「マスター、お茶を淹《い》れました」

「ああ、ありがとう」

ダンジョンの構造をどうするかを考えていたら、フィリアがティーカップを机に置いてきた。異世界のお茶だろうか。紫色の液体で、見るからに怪しい感じな見た目をしているが、匂いは悪くない。味は、お茶というよりもコーヒーのような酸味がある複雑なものだ。

「どうでしょうか？　ダンジョンの外にある食べられる草から作ったブレンドなのですが」

「飲めなくはないぞ。ところでフィリア。ゴブリンらが投石紐を使っていたのは……」

「あっ、私がゴブリンたちに教えました。昔、戦記モノの本を読んで、もしかしたら使えるかと思って……」

剣と魔法のファンタジー世界で、華麗な剣技でも派手な魔法でもなく、投石で敵を倒すというのは、なんともショボい戦術であるが、馬鹿にしてはいけない。

人類最古からの遠距離攻撃手段であり、古代イスラエル王のダビデが巨人を打ち倒した武器として有名だし、日本でも戦国時代に武将が投石隊を率いていたとされている。

「どうやって、教えたんだ？」

「えっと、ゴブリンたちに手本を見せて教えました。ペットに芸を仕込むのが得意なので……」

「ほほーう。そりゃ、すごい才能ですね」

俺とフィリアの間に突然ヌッと現れるターニャ。小さいので、さっきまで気づかなかった。

「ダンジョンマスターの命令でも、ゴブリンらに投石という概念が無ければ実行させることはできませんから、フィリアさんの調教の才能は貴重ですよ」

ダンジョンマスターがモンスターに下せる命令は、あくまで素の状態でモンスターができることだけだ。例えば、弓の使い方を知らないモンスターに弓を持たせて撃てと命令しても、その技術《スキル》がないモンスターは撃つことができない。だから、ほとんどのダンジョンマスターは遠距離攻撃役が欲しければ遠距離攻撃ができるモンスターを買うしかないとのことだ。

そういう意味で、フィリアの才能は凄《すご》いものであった。

それに加えて、アルトとアリスの前に対峙《たいじ》したとき、彼女がゴブリンらの指揮を執っていたので、少なくとも俺よりは現場指揮に優れているようだ。

「よし、フィリアを今日から部隊長に任命する。モンスターらの全体指揮を任せるぞ」

「は、はい……！」

性処理道具として置いたり、家畜やモンスターの世話だけさせて使い捨てるのは勿体《もったい》無いだろう。現時点で階級に意味なんて無いが、モチベーションの向上には繋《つな》がる。

「働きによっては、新田さんのご褒美が与えられますので、頑張ってくださいね」

「はいっ！　より一層努力します！」

さっきよりも返事が元気な気がするのだが、気のせいだろう。名誉よりも肉欲の方が好きなんて、エロゲじゃあるまいし。ふははは。

「ところで、ターニャは何しにここへ？」

「あー、それがアリスさんが暴れて面倒くさくなったので、逃げてきました」

「面倒って……お前、もう少し建前とか使えよ」

「素直なところが私の無限にある美点の一つなので！」

コイツ自己評価高すぎだろ……まあ、いい。どのみち、アリスの調教は俺がやる予定だったしな。

「アリスに会うのでしたら、私も一緒に行っても良いでしょうか？」

「いいけど、どうしたんだ？」

「アリスとはかつて同じ男を好きになった仲でしたので。是非ともマスターの素晴らしさを知って、目を覚まさせるべきかと」

目を覚まさせるねぇ……。はたしてどちらの目が眩《くら》んでいるのやら。

コツコツと、フィリアと並んで歩きながら、鉄格子の嵌め込まれた空っぽの小部屋が並んでいる通路に靴音を響かせる。

アリスがいる牢屋の前に立ち止まると、岩壁に造りつけたベッドの上でうなだれている彼女に、上機嫌な声で挨拶をした。

「よお、アリス。ここが俺の家なわけだが、居心地はどうかな?」

「最悪よ……裏切り者……」

アリスは俺の方に向こうともせず、質問には悪態で答えた。

顔は見えないが、こうしてじっくりと見ると、やはり良い女だ。色白な身体は出るべきところには豊満な肉が盛り上がり、腰は絞られたように細い。絶世の美女というほどでは無いが、少なくとも俺のような冴《さ》えない男じゃ正攻法でぶつかっても一生相手にされないような相手であった。

「裏切り者とは酷いな。こうして、フィリアに出会えたんだから、むしろ感謝してほしいくらいだ」

「くっ……フィリアさん……!」

瞳にハートマークを浮かび上がらせたフィリアに、顔を向けて気丈に睨《にら》みつけるアリス。

「アンタがフィリアさんに何かしたんでしょ!?」

「ああ、したよ。処女を奪って、セックスをして、中出しをした」

「なっ……!?」

今度は顔を真っ赤にさせながら目を丸くする。こういう風に返されると思っていなかったのか、それともこういう話題に疎《うと》いのだろうか。

「本当なの……?」

「はい。マスターのオチ×ポで女にして頂きました。マスターのたくましいオチ×ポが……私の初めてを奪っていって……あぁ、身体だけではなく、心まで犯してくださいました……」

俺はアリスに見せつけるようにフィリアの腰を掴んで自分の方に抱き寄せる。そして、フィリアもウットリと俺の肩に頬《ほほ》ずりを始めた。

「あんっ、マスタぁ……。そんな見せつけるように……」

「くっ……」

そんな俺とフィリアのイチャつきを見せつけると、アリスは吊り目がちな碧《みどり》色の瞳を燃やすように、俺を睨みつけた。

「アルト……アルトは無事なんでしょうね……。もし、死んでたりしていたら、アンタを殺してやるから!」

「ああ、無事だよ。奴なら別の牢屋の一室でゴブリンに拘束されている。ほらっ」

指を鳴らすと、牢屋の壁に半透明なディスプレイが表示される。その中に、愛おしい男の姿を見つけたアリスは、思わずといった風に手を伸ばす。

「アルトっ!」

手首と足首を縛られて、地面に転がされたツンツン髪の男はアリスの姿に驚き、口をパクパクさせながらこちらに対して何かを呼びかけていた。

「アンタ……アルトに何をしたの!?」

「俺は何もしてないよ。まあ、あいつはゴブリンを殺したからな。リンチを受けたんじゃないか?」

よく見て見ると、奴の顔や身体に痣《あざ》や傷がところどころに付いている。一応、殺すなとは言っているが、殴る蹴るをするなとは言っていないからセーフだろう。

「そんなことでこんな……」

「俺からすれば、お前らの方が酷い奴だけどな。人の住処《すみか》に勝手に入って、持ち物を盗んで、あまつさえ住民を殺した。そこいらの強盗殺人犯と何か変わりがあるか?」

「ご、ゴブリンはモンスターだし、ダンジョンは忌むべき対象よ……」

「ははぁ、なるほど。それじゃあ、そいつらに捕まったお前らがどうなるかは分かっているんだろうな」

俺は唇を歪《ゆが》めてアリスらにとって忌むべき対象に相応《ふさわ》しい笑みを浮かべると、アリスの牢屋に侵入する。彼女のベッドの横に腰を下ろすと、彼女は小さく悲鳴を上げた。

この分だとロクな抵抗ができないだろうと俺は考え、彼女の手首を縛っているロープを解く。金糸の髪から香るかすかな甘い匂いが鼻腔《びこう》をくすぐった。

「お前をどうするかは俺の気分次第だ。少しでも寛大な処置をしてほしかったら――」

俺が言い終わる前に鋭い音が鳴り響き、首が横を向いた。強い衝撃を受けて、頬が熱くなる。どうやら、アリスにビンタをされたようだ。

「ふざけないで！　アンタなんかに好きにされるくらいなら、死んだ方がマシよ！」

フィリアが眉を顰《ひそ》めて拳を握り、今にもアリスに襲い掛かりそうになるのを手で制す。

「……死ぬのは勝手だが、そうなったら男の方も死んでもらうぞ」

アルトはアリスに言うことを聞かせる人質にするためだけに生かしておいている。アリスが死んでしまったら、ゴブリンたちのサンドバッグになったあとに、ＤＰに転生してもらうことにする。男を調教する趣味はないし、餌代だってかかるからな。

「くっ、卑怯者《ひきょうもの》！」

男らしくすれば、大人しく従うものかね……。

アリスは、フィリアの方を見てから、しばらく目をつむる。しばらく考えたのち、自分に退路がないことを悟ったのか、しぼり出すように声を漏らした。

「……好きに、しなさいよ」

しかし、生死を握られている男にこうして反抗するとは見上げた根性だな。これは隷属させるのに時間がかかりそうだ。

「それじゃあ、誓いのキスをして貰《もら》おうかな」

「キ、キス!?　そ、そんな……」

「いきなりギブアップか？」

「やっ、やってやるわよ……！」

そう言うと、アリスは瞳を閉じて小鳥が餌をねだるように唇を近付ける。少し前までそういう経験がなかった俺でも分かるくらいに初々しいキスである。

しかし、こうして顔を近づけると、睫毛《まつげ》は長いし、スッと鼻筋が整っている。顔にあどけなさは残っているが、画面の向こうでゴブリンに押さえつけられている男には勿体無いレベルの美少女だ。

俺はアリスの顎を掴み、反抗的な口を塞いでやった。アリスの柔らかい唇と俺の唇が触れ合う。

「んっ……」

それから十秒くらい、唇同士を触れ合わせると、アリスの瞳から涙が溢《あふ》れ落ちた。キスをしただけで泣かれるとは思わなかったが、気持ちは分からないでもない。

セックスはオッケーでキスは駄目なんていうのはよく聞く話である。いや普通は逆だろ、なんて思うが今ならなんとなくその気持ちが分かるような気がする。チ×コやマ×コというのはだいたい似たようなものだが、キスというのは相手の顔などの特徴が直接伝わってくる。

だからこそ、愛情表現のために用いられるらしいのだが、好きでも何でもない奴にやられると、悔しさの方が増すようだ。

「ちゅ、んんっ！」

アリスの唇が柔らかくぷるりと弾む。触れ合っている唇が熱くなる。俺の舌がアリスの唇に伸びていき、柔らかい唇を濡らしていく。驚いて唇を閉ざす力が抜けた一瞬の隙をついて、舌がアリスの歯列に割り込む。

「あっ、はぁ、ちゅる……」

舌を口内に入れたら、諦めたようにすんなりと受け入れられて、歯茎、歯の裏、頬の内側に至るまで、口腔を隅々までねっとりと舐め味わう。

舌を舌で絡めとり、扱《しご》くように愛撫《あいぶ》をすると、アリスは口の隙間から甘い吐息を漏らす。

「ぷはぁ……」

しばらくキスをしていくうちに息苦しさと嫌悪感からアリスは俺の身体を押し返して、唇を離す。

唇からは銀色の糸が橋となって架かっていた。

「情熱的なキスだったぞ」

「はぁ、はぁっ、ふざけないでよ！　この変態！」

そうアリスは怒鳴るが、頬は紅潮していて、息遣いは荒い。首輪による催淫効果がキスによって出始めたようだ。

「ん？」

チラリとフィリアの方に脇目を振ると、彼女は俺とアリスのディープキスを目の当たりにして、モジモジと身を捩《よじ》らせていた。

「どうした、フィリア？」

「マスターのキスを見て……エッチな気分になってしまいました……」

トロンと陶酔しきった瞳で、熱い吐息を交わらせながら、フィリアは先ほどの光景に興奮したということを恥ずかしげもなく言い放った。

「お前もしたいか？」

「はい……フィリアにお情けをください……」

頬を染めながら、フィリアは俺の前に跪《ひざまず》く。村娘だった頃は清純そうな女であったが、今はその中に官能性を感じさせる一匹の雌だ。

「今日はよく頑張ったな。ご褒美を与えてやるよ」

「はい！」

「ちょっと……フィリアさん……!?」

ひとまずアリスからは離れて、フィリアをベッドの上に腰掛けさせると、彼女の肩を掴んで強引に唇を奪う。

「んっ……」

フィリアは目を閉じて、おとなしく口付けを受け入れる。

「んんっ……！　はぁ……んっ……あぁ……」

自分から積極的に唇を押し付け、抱きしめる腕にも力を入れて身体をすり寄せ、俺を求めてくる。

「んっ……ぁ、ぁむ……れろ……」

さらには唇を付けるだけのキスでは我慢できなかったらしく、フィリアは自分から舌を出して俺の唇をチロチロと舐めて求めだす。ついこの間まで、婚約者（笑）に操《みさお》を立てようとしていたのと同一の女とは思えなかった。

「はぁ……ん、むぅ……」

向こうの方に見える婚約者とやらが、なにか叫んでいるが、フィリアが俺を求めているのなら応えてやらないとな。フィリアの求めに応えて、舌を出して彼女の舌先を軽くノックしてやる。身体がピクリと軽く震えたが、フィリアはすぐに落ち着いて、おずおずと様子を窺うように俺の舌を自分の舌でなぞり出した。

「んっ、ちゅぅ……れろ……んっ」

チロチロとフィリアの舌が俺の舌を舐めて擦れ合い、官能を生む。俺も舌を重ね、フィリアの舌を舐めてやると彼女の口の端から熱い吐息が漏れ出る。フィリアは一層強く唇を押し付けて舌を絡め返してくる。互いに行為がエスカレートしていき、淫《みだ》らなディープキスに変わるのに時間はかからなかった。

唾液で蕩《とろ》けたフィリアの甘い粘膜を捕まえて、舌を激しく絡めて舐め回す。フィリアも絡め返し、彼女の唾液が舌の上に乗った。

舌と舌が絡み、唾液が混ざり合う淫らな水音が鳴り響く。フィリアはさらに行動をエスカレートさせ、俺の舌だけでなく、頬肉や歯茎にまで舌を擦りつけて舐めてくる。口全体が彼女の唾液でヌルヌルして気分がいい。

「んんっ〜〜〜!?」

俺は口内で動き回っているフィリアのベロを捕捉し、舌に乗せて捕まえる。そして、捕まえた彼女の舌に唾液を注ぎ込んで、奉仕のキスのお返しをしてやった。

すると、フィリアの身体が大きく震え、息遣いが荒くなっていく。動きを止めた舌に自分の舌を絡ませると遠慮なしに舌を素早く動かして、激しく何度も擦りつける。フィリアのヌルヌルの粘膜と俺の舌が擦れ合って、凄い気持ちがいい。

「んんっ……!?　んっ、ん、ん……！」

キスの快感で腰砕けになって俺にしがみついて、必死に耐えるように寄りかかってきた。俺もフィリアの背中に腕を回して彼女を抱きしめてやる。腕から身体の温かさと柔らかさが伝わってきた。

「んっ……はぁ……」

最後にフィリアの舌を口で吸ってやって、俺は彼女の口を解放してやった。

「ぁ……マスターのキス……すごいです……。頭が溶けてしまいそう……」

フィリアは荒い息を吐きながら、キスの気持ちよさに腰を抜かして俺にもたれかかった。

「婚約者のキスとどっちが良かったんだ？　キスくらいヤッたことあるだろ」

「あんなの……キスのうちに入りません……。これが私のファーストキスです」

処女を奪ってしまった上に、ファーストキスまで奪ってしまうとは画面の向こうにいる婚約者に申し訳ないな。ふははははは。

「もっと……ご褒美をください……」

フィリアは熱に浮かされた瞳で俺を見つめ、服の袖を摘まむ。そして、上目遣いでおねだりをしてきた。あざといが、悪くない。フィリアの男を誘うキスにズボンが盛り上がって欲求不満を主張している。そろそろ我慢の限界だ。

「フィリアさん……あなた……」

俺たちのキスを横で見ていたアリスは、変わってしまった彼女に呆然《ぼうぜん》と口を開いて呟《つぶや》いた。

「くっくっ……それじゃあ、お前の後輩になるアリスに牝奴隷《めすどれい》としてのお手本を見せてやろうか」

「きゃあん！」

フィリアをベッドに押し倒すと、可愛らしい悲鳴を上げる。倒れた拍子にフィリアの胸がぷるんと揺れた。

「あぁ……すごいカチカチ……」

鼻にかかった甘ったるい声色。うっとりと潤んだその双眸《そうぼう》は心から慕う恋人を見つめるような、愛情の籠った視線を向けてくる。ついこの前まで、それを嫌悪していた目とは大違いだ。

「今からコイツでフィリアのことをメチャクチャにしてやるからな」

「はい……私も精一杯、マスターのこと気持ち良くしたいです……ちゅっ」

優しい手つきで俺の肉棒を撫で、ズボン越しに股間にキスをされる。ズボン越しだというのに、彼女に触れられているという事実だけで、下半身に血液が集まってくるのが感じられる。

「ひぃ！」

「きゃ、すごい……こんなに大きくなって……」

そして、フィリアはそのまま舌を這《は》わせて、はしたなく口でファスナーを下ろすと、パンツに収まりきらなかった肉棒がブルンと飛び出してきた。目の前で男性器が出てきたフィリアはもちろんのこと、アリスもそれを見て驚きのあまり目を丸くしている。

「あぁ……素敵です。大きくて……逞《たく》ましいおチ×ポ……。たくさん気持ち良くしてください……」

まるで発情した牝犬みたいにフィリアが擦り寄ってくる。二の腕でおっぱいを挟むようにして谷間を強調するポーズを取りながら、長い睫毛を震わせて上目遣いでおねだりされると不覚にも鼓動が早くなってしまった。

「ふぃ、フィリア……さん……」

「ふふふ……しっかり見ていてくださいね、アリス。アルトなんかよりもマスターの方が何倍も……何十倍も男として……雄《おす》として優れているところを……」

そんなフィリアの婚約者のアルトといえば、ディスプレイの向こう側で口を開いてあんぐりとしている。一緒にいた女が別の男に濃厚なキスをされた挙句、婚約者のフィリアがこうして俺に迫りながら肉棒をねだっているのだから、無理もない。

「マスタぁ……きてください……」

「ああ、いれるぞ」

脱力しながらフィリアは仰向けに寝転がる。目を閉じ、熱を帯びた吐息を吐いてフィリアは息を整える。呼吸に合わせてフィリアの胸がぷるぷると震えて官能的であった。

下半身に目を移すと、脚を広げたフィリアの淫肉がヒクヒクと物欲しげに動く。広げた脚の間に入り、俺は膣《ちつ》内に入るのをいまかいまかと待ちわびている肉棒をフィリアの膣口に押し当てる。

「ふぁぁ…あっ…あっ…入ってきてます……」

腰を前に突き出すと、ぐちゅりとぬかるみを踏み抜く音をさせて亀頭が膣肉に埋まっていく。あと少しで全部入りそうというところで、おずおずとフィリアの腕が上がった。

「あっ、あぁぁぁ……ますたぁ、手……手を握ってください……」

「こうか……？」

フィリアの右手を取って手を繋ぐと、指と指を絡ませる恋人つなぎが出来上がった。

「ありがとうございます……あっ、あっ、きてます！」

繋いだフィリアの手がキュッと絡み、こわばっていた表情が和らいだ。

「ますたぁ、動いてください……私がマスターの所有物っていうことを……アリスたちに見せ付けましょっ」

「わかった、いくぞ……」

フィリアの肉ヒダがざわざわと蠢《うごめ》くおかげで俺としても動くのはもどかしい気分に襲われて限界であった。

フィリアの言う通りに、遠慮なく腰を振って彼女の膣壁を押し拡げる。

「あっ、はぁっ、ひゃんっ！　んはぁっ、はひぃっ、凄いっ、ゴリゴリってぇ！」

「そんなにいいのか、この淫乱め！　これがイイのか！」

「はひぃいっ！　これがイイんですぅ！　あんっ、あぁっ！　突かれるたびにっ、きもちいいのがきてっ、あぁんっ！　オチ×ポに屈服しちゃうんですのぉっ！」

ギシギシとベッドを揺らしながら激しくフィリアに腰を叩きつけ、子宮口を何度もノックをする。

「ははっ、フィリアは俺のモノだって見せ付けないとな」

「んひぃいいい！　あああぁ！　分からせてくださいぃ！　あっ、あっ、屈服させてっ！　躾《しつ》けてえっ！　あああぁああ!!」

肉棒の体積によって膣洞から空気の混じった淫液が押し出され、泡の弾ける淫靡《いんび》な音を響かせて飛び散り、白いシーツに幾つもの染みをつくった。

「ますたぁっ、あぁぁっ！　いっぱい……いっぱい私の中に熱い精液を、だしてください！」

柔らかな美乳を押し付けて、尖《とが》った乳首を擦り付けながら、舌足らずな声で膣内射精を求めるフィリア。本来ならば、ディスプレイの中で喉が張り裂けんばかりに叫んでいる婚約者に言うべきセリフであるが、自分の意思でそう言ってもらえるのは優越感が満ちる。

「いいだろう。たっぷり出してやるよっ！」

肉感ある尻に両手を食い込ませると、そのままフィリアを対面座位の形に持ち上げた。

「あぁんっ！　ひゃあぁっ、あぁああんっ！」

子種を求めて降りてきた子宮口を肉の槍先で抉《えぐ》ると、艶めく唇から甲高い嬌声《きょうせい》が迸《ほとばし》った。

「あぁぁ……フィリアさん、すごい……」

すっかりとメスの顔になってしまったフィリアを見て、一番間近でそれを見ているアリスも飲み込まれつつあった。いくら嫌悪しているとはいえ、首輪から与えられる興奮と性欲の高まりは本物であって、それを解消する手段は目の前にある。刻一刻と空腹になり続ける人間が、ご馳走《ちそう》を前にして我慢できるだろうか。

「いいの！　あんっ、ん……あひぃっ！」

身体ごと弾ませて猛り狂う雄棒を突き上げ、子作り部屋の入り口を何度も何度もノックしてやる。一突き毎に達しているかのように仰《の》け反《ぞ》って震えた。無意識なのか下腹部をへこませて力を込め、チ×コを逃すまいと締め付けてくる。

「あっ、あっ、あっ！　んんんっ！　あっふ！　んふうぅぅ！」

すらりと長い美脚が胴に巻き付き、白いふくらはぎを交差させてしがみ付いてきた。どこを触っても柔らかいエロボディーをこれ以上ないくらい密着させながら、肉厚で色っぽい唇を唇に押し当て、自ら舌を深く挿し入れて悦楽を貪る。

「ちゅ、ちゅぷっ……はぁっ！　ますたぁ……きてくださいっ！　なかにだしてくださいぃいっ!!」

はしたない腰振りに合わせながら下半身を跳ね上げて、肌のぶつかり合う音が一層激しく鳴り響く。

そして、フィリアの言葉と同時にギュウウッとこれまで以上に蜜壺《みつつぼ》を収縮させてきた。

限界に達し、俺は短く呻《うめ》くとこれまで以上に肉棒を深く突き込む。

「あぁっ、ひあぁあぁぁぁああっ!!」

――どびゅっ、どびゅるるるるるるぅ！

一瞬視界が白く染まったかと思えば、その刹那、射精が始まった。粘り気の強い白濁色のマグマが尿管を内側から擦り上げながら登り、鈴口から噴火じみた勢いで迸った。

「でてる……ますたーの熱いのが、はふうぅっ！　すごく……いいっ！　気持ちいい！　熱い子種……あっあっあああぁぁっ！」

熱く煮えたぎった精液を子宮で受け止めたフィリアは、さらなる絶頂の高みへと昇っていき、再び絶頂に至った。

対面座位で繋がりあったまま、背筋を仰け反らせ、背中まで手を回されながら全身を小刻みに震わせる。

「あっあっあっ……はふぁあぁぁ……」

肉棒を引き抜くと、全身に心地よい脱力感を覚えながらフィリアは熱い吐息を漏らす。そして、そのままベッドに倒れ込んで眠ってしまった。

俺も射精後の虚脱感が抜けきれずに、眠気を感じていたが、それ以上に——

「あっ……いやぁ、こないでぇ……」

——この目の前で交尾を見せ付けられた恐怖と羞恥に震えている金髪の美少女を眼前にして、俺はさらなる快楽を求めた。

4

「ふぅ……っと、お次は……」

「ひぃっ！　いやぁっ！」

ベッドの隅で震えているアリスの眼前に勃起したチ×コを見せびらかす。さっきまでの情交を示すように、フィリアの愛液で肉棒がコーティングされて、てらてらと妖しく光っている。そして、射精しきっていないので、亀頭の先に白濁とした精液が垂れていた。

「なにおぼこぶってるんだ。ちゃんと、見ておけよ。これから、お前を女にしてやるモノなんだからな」

「だれが……アンタなんかの……！」

羞恥に染まりながら嫌がっているこの表情。今なら露出狂の気持ちが理解できる。

赤面した顔で、嫌悪に満ちた顔をするが、目の前にあるチ×コから目を逸《そ》らさない。俺と同じくらいの年齢なら異性の生殖器に興味があるだろうし、さきほどのフィリアの光景を見ていたなら尚更だ。隷属させているとはいえ、肉棒で感じていたというのは本当のことだし、ベッドのシーツの乱れ具合からも見て取れる。

「どうだ、俺のチ×コは？」

「………何がよ」

「他のチ×コと比べてだよ。どうせ、チ×コ咥《くわ》えてんだろ？」

「きゃぅ！」

彼女の顔の近くまでチ×コを近づけて、ペシペシとシミ一つ無いすべすべした顔に叩きつける。

「うっ、いやぁぁ……変な臭い……」

「これがチ×コの臭いだ。しっかり覚えておけよ」

川で身体を洗ったとはいえ、フィリアとのセックスによって愛液と精液が混ざり合ったモノが無臭であるはずもない。個人的には嫌いではない臭いであるが、処女っぽいアリスにとってはたまらないだろう。

「で、どうなんだよ」

「うぅ……ないわよ……」

「聞こえないなぁ。もっと、はっきり言ったらどうなんだ?」

「だから、他のおち×ちんなんて咥えたことなんてないから分からないわよ!」

ほほぅ。ということは本当の意味で清純な女ということか。コイツの連れが婚約者にすら手を出さなかったヘタレなのだから、意外でもなんでもないが。これで、アリスに手を出していたとしたら、俺以上のクソ野郎になることは間違いなかったな。

スクリーンの向こう側にいるフィリアの婚約者の方を見ると、スクリーンには何も映っていなかった。どうやら時間制限があったらしい。まあ、これはこれで趣のあるモノだ。

「へぇ……。でも他のチ×コなら見たことあるだろ?」

アリスの髪をチ×コに絡み付けながら、俺は彼女の目の前で扱きながら聞く。上質な糸のような髪が肉棒の汚れをそぎ落として清められていくようだ。

「うぅぅ……。小さい頃に、お風呂に入っていたときにお父さんのを。それとアルトが水浴びしていたときのをちょっと……」

「ふーん。それじゃあ、俺のと比べてどうなんだ?」

「どっちのおち×ちんもこんなに大きくなってないし、変な臭いもしないわ……。それよりも髪におち×ちんを擦り付けないでよ……。臭いが移っちゃうでしょ」

大方綺麗《きれい》になったので、もう手遅れなんだけどな。これでアリスはしばらくエロい臭いを纏《まと》って生活しなくてはならなくなった。

オナニーの道具にしていた髪を手放し、次に何をするか考える。

「さーて、綺麗になったから、次はチ×コにキスしてもらおうかな。フィリア、お手本を見せてやれ」

「はぁい」

さっきまでベッドに倒れていたフィリアが起き上がり、熱烈に亀頭へ唇を重ねた。

「んふーっ、ますたぁ、あいしてます……」

上目遣いでにっこり微笑《ほほえ》みながら、何度も何度もついばむキスをする。

「ひぃ……そんな汚いところに……」

「ちゅっ、汚くなんて……ありまへん、んちゅっ……」

キスを浴びさせられると肉棒が跳ねた。唇同士でキスをするときと遜色ない圧力で、唇が触れた部分から亀頭いっぱいに広がる甘い痺《しび》れで肉棒はさらに硬化した。

「それじゃあ、次はアリスにキスしてもらおうかな」

「こ、こんなところにキスを!?」

「フィリアがお手本見せただろ」

まあ、気持ちは分からないでもない。さっきまでフィリアの膣に入れており、それに精液を放出した排泄《はいせつ》器官を舐めるなんて、たとえ処女じゃなくとも抵抗があることだ。

「さっさとしろよ。じゃないと……」

「わ……分かったわよ……」

「ひどい……。髪が生臭くなってる……」

人質のことを口に出そうとすると、アリスはおずおずと肉棒を握った。フィリアの婚約者である男を庇《かば》うなんて、やはりアリスも並々ならぬ感情を抱いているのだろう。

アリスはせめてもの抵抗として、俺の方を思いっきり睨む。表情を見たフィリアが怯《おび》えた顔をするも、俺はなんとか無表情を取り繕った。

「くっ……ちゅっ」

俺が動じなかったのが悔しいのか悪態をつきながら、アリスはゆっくりと唇を近付けて、肉棒の先にキスをする。

「ははは、軽く触れる程度だったが、気持ち良かったよ。唇だけじゃなくて、チ×コにまでキスをしてくれるとは光栄だなぁ」

嫌悪感から素早く顔を離したアリスに向かって言い放つ。

「そろそろ、次にいってみようか。フィリア、手本を見せてやれ」

「はい！　アリス、今度はマスターのオチ×ポをナメナメしますね」

上目遣いで俺と見つめ合うフィリアは、慈愛に満ちた瞳で、にっこりと微笑みながら、分厚いカリを舐め始めた。

「れろぉ、んふぅ、ますたぁの……おいひぃれす……んくっ……」

舌を上下に動かして舐め上げるのみならず、舌先でほじるようにカリの裏を舐めて歩き、くすぐる感じに皮の繋ぎ目をひっかく。

「それじゃあ、アリスも一緒にやってみろよ」

「わ、分かったわよ……くっ……」

フィリアがやっていることをアリスは嫌悪感を押し殺して実行する。テクニックも何もないただヤルだけの作業であるが、美少女にチ×コを舐めさせるという事実だけで愉悦を感じてしまうのは男の性というものだろう。

「んはぁ……がまんじるが、きましたぁ……ますたぁ、感じてきたのですか……んちゅぱっ」

「れろ……あむ、へんなあじ……ちゅ……」

一回射精したおかげで、肉棒が敏感になり、既に二回目の射精の準備ができていた。

「ふぅ……射精したくなったな。アリス、フィリアが見本を見せるから、その通りにしてくれよ」

「うふふ、しっかり見ていてくださいね。あぁ、私、一人っ子だからアリスのような妹分が増えると嬉《うれ》しいわぁ……。チュっ」

フィリアはニコニコしながら、鈴口にキスをし、そのまま唇で歯をたてないように優しく口の中へと入れて俺のを少しずつ飲み込んでいく。

「ちゅっ……んちゅぅっ、ちゅぱ、ちゅぱっ」

半分ほど咥え込んだところで唇がすぼまり俺のモノに吸い付いて、しゃぶり上げながらフィリアの頭が前後に動き出した。

「くっ、上手いな……」

「ありふぁとう、ごはいはふ……へんひょうひまひたのへ……ちゅぱっ……」

「ははっ、なに言ってんのか分かんないな」

窄《すぼ》まった口が俺のを包み込むように根元まで吸い付いてきた。フィリアの顔が前後に動き、瑞々《みずみず》しい唇が竿《さお》を、カリをしごいてくれる。

「んふぅ、ますたぁ……ひもひよふなってくらはい……じゅぷっ……」

先走りが溢れたそばからフィリアの舌が絡みついて舐めとられていく。ついこの前まで処女だった女とは思えないな。隷属の効果とはいえ、ここまでのモノだとは恐ろしい。

フィリアの頭を撫でながら、フェラをたっぷりと時間をかけて味わう。

ちゅぅちゅぅとフィリアの口が、俺のチ×コを吸い上げる音とともに敏感なところを舐められた快感をしっかりと受け止めて愉しんだ。

「フィリア、もういいぞ」

「んぷっ、はあぁ……このようにマスターを気持ちよくしてくださいね」

フィリアは紅潮した顔を汗ばませながら、満足そうに笑って促した。

「初心者だから、亀頭まででいいぞ。フィリアは竿を頼むよ。上手くできたら、男の方を解放してやってもいい」

「……っ！　わ、分かったわ」

処刑される前の囚人のようだったアリスの瞳に生気が戻ってくる。自分の婚約者じゃないというのに、ここまで分かりやすく反応するなんて、よほどアルトのことが大切な存在だったのだろうか。

「頑張れよ、アリス。お前の頑張りで男の命が救われるんだぞ」

「……ちゅっ」

真剣勝負をするときのように気持ちを引き締めたアリスが、俺の亀頭を口に含んで、頬を窄める。

「ちゅぽっちゅぽっ……んぬぷぷ……くぷっ」

アリスはゆっくりと頭を振り始めた。フィリアを見習って呼吸は鼻で行い、口粘膜で締め付けている赤黒い亀頭をひたすらに扱く。

「あー、いい感じだ。それと、皮の間を唇で引っかけるようにするのを意識すると早く終わるぞ」

「んふ……もごぉ……あふっ、うるはひ……。くぷっくぷっ……ちゅぽっちゅぽっ」

ヤケになっているのか、さっさと終わらせたいのか、ただ勢いだけといった感じである。ジュボジュボと顔が前後に動くたび、口端から唾液が溢れ出すのが見て取れた。

「はぁむ、んむっ、れろ……ああ、アリスのおしゃぶりでマスター、気持ちよさそう……んふっ」

肉竿を上下に舐めまわしたフィリアは、頬がへこむくらい肉棒に吸いつく。そのままジュルジュルと音を立てて吸いつつ、激しく頭を左右に動かして扱いた。

「アリスもフィリアも最高だ。そろそろ出そうだ……なあ、アリス、精液を残らず飲んだら今日はセックスを見逃してやっても良いぞ」

肉棒の隅々まで悦楽をもたらす二人がかりのフェラチオに息を乱しながら、アリスに提案する。

これは別にアリスのことが可哀想に思ったとか、慈愛の心に目覚めたとかではなく、今後長い付き合いをさせるなら、早めに精液に慣れさせたいと思ったからだ。自分の頑張り次第で、嫌なことを避けられると希望を与えておけば、アリスも積極的になるというのは先程証明されている。

「ほんほうへ？　ちゅぽっ、ちゅぽっ、んふっ、くっぷっ、くぷっ」

頭を上下に動かしてぷりっとした唇で肉幹を扱きながら、眉間に苦悩の皺《しわ》を寄せて、俺を睨みつける。

「いいぞ、その恨み顔。俺のことなんて嫌いっていう気持ちが伝わってくる。射精《で》るぞ、ちゃんと全部飲み込め！」

――どびゅうぅぅ、どくんっ、どびゅるるるるぅぅぅ!!

「んむううううぅぅぅ～～～～!!」

言うが早いか鈴口から白濁液がアリスの口内へと勢いよく飛び出した。

睨み顔から目を白黒させる驚き顔に変わるアリス。思わず、口を開き、出された精液を床にこぼしてしまった。

「くっくっくっ、処女のアリスには口内射精は厳しいか？　これからも俺との関係は続くのだから、慣れないとダメだぞ」

「げほっ、げほっ……！　誰がこんなモノを！　いや！　熱いぃ！」

アリスが口を離しても吐精は終わらず、彼女の髪や顔を白く染め上げていく。

「あぁ、もったいない……じゅずずずっ、じゅぞぞぞっ！」

精液が空中に出されるのを見かねたフィリアが肉棒にしゃぶりつき、根元から引っこ抜くようなバキュームフェラで一瞬のうちに精液を吸い上げていく。彼女は長髪を揺らして激しく首を振りながら、しなやかな指を肉棒に巻き付け根本から半ばにかけて摩擦して、尿道に残ったものまで吸い上げてくれる。

「あー、フィリアは良い子だな。それと、アリス……さっきの男を解放する件は残念だったな」

「な、なんでよ!?　ちゃんと、ヤッたじゃない！」

「くっくっ……精液を全部ゴックンしてから、フィリアのように掃除をするまでがフェラチオだぞ。まあ努力に免じて、セックスは今日は許してやるよ」

及第点はくれてやるが、合格点はあげることはできないという出来だ。まあ、仮に飲めたとしても、フィリアの協力があってこそなので、どちらにせよ今のところはアルトを解放する気はない。

それに、アリスにはちゃんとした処女喪失の舞台を整えなければならないのだ。それまで、希望も絶望もきっちりと与えなければいけない。

5

「久しぶりのマトモな食事だ……」

蒸したイーモに、食べられそうな野草に塩で味付けしたスープ。色とりどりの木の実に、水が注がれたグラス。川で採れた小魚などなど。並んでいるのはそんなモノだ。やや貧相に感じるかもしれないが、ここ最近では一番マトモな食事である。

「どうでしょうか……?」

「ああ、上出来だ。食事にしよう」

それらを食べられるように料理してくれたのがフィリアだ。最初はただの村娘くらいにしか考えていなかったが、ゴブリンの世話もできて、料理もできるなんて、なかなかの拾い物である。

テーブルに座りながら、イーモや木の実を頬張る。現代の食事に比べれば、劣るところしかないのだが、女の子の手料理というのは生まれて初めてだ。

「うーん、天界の者に捧げるモノとしては微妙ですが、悪くないですよ。イーモの蒸し方がやや柔らかいのと、スープの塩加減がやや濃い気がしますが」

「も、申し訳ありません」

俺の向かい側で、美食家ごっこをしている蝿《はえ》モドキの雑音はともかく、久しぶりに腰を落ち着かせて食べられる食事だ。

個人的には肉のタンパク質が欲しいところだが、この状況で贅沢は言ってられないだろう。

「というか、お前って食事いらないんじゃなかったっけ？」

「ヒドイですね、これは妖精差別です！　然るべき機関に訴えますよ！」

然るべき機関ってどこだ？　森林保護団体かな？

「食事っていうのは生きるためだけじゃなくて、嗜好《しこう》にもなるんです。モチベーションを上げるためにも私だって食事を摂《と》りますよ」

まあ、言わんとしていることはなんとなく分かる。血の通ってなさそうな妖精でも美味《おい》しいということが分かるのなら、やる気を起こさせる動機にもなるってわけだ。俺だって不味《まず》いものよりも美味しいものの方が良いわけだし。

「それはそうと、我々の当面の目標をハッキリさせておきましょう」

ひとまず食事を終えてから、ターニャは真面目な顔つきで語り始める。

「フィリアさんも新田さんも当面の目標は、ただ一つ。外敵から身を守れる、安全な暮らしがしたいってことで間違いないと思います」

まあ、そうだな。ターニャはともかく、俺はダンジョン制圧を狙われるとあっては、命を危機に晒《さら》されているわけだし、フィリアは村の連中に追われているわけだ。このダンジョンだけが最後の砦《とりで》といっても構わないだろう。

「そのためには、このダンジョンの防御力は必要不可欠です。フィリアさんにも新田さんにも戦闘能力はありませんから、モンスターを従えて、罠を駆使して戦うっていうのが基本的な戦法になりますね」

残念ながら、その通りだ。川でアルトに殴られた際、とっさのことで反応できなかったというのもあるが、マトモに喧嘩しても勝てなかったと思う。だからこそダンジョンに引《ひ》き摺《ず》り込んで、不意をついて捕まえたわけだ。

現状では、俺はもちろんのこと、フィリアも今までのことを顧みるに、直接戦闘の能力は低いと考えても良い。

「当然のことながら、我々のダンジョンは完全なモノとはいえないでしょう。満足できるような出来にするには、最低でも軍隊を相手にできるくらいの防衛力があって、初めて安寧な日々になるといえますすね」

おそらく、これから相手にする村の連中というのが、小規模といえども軍隊に該当するモノなのだろう。こちらに関しては、通じるかどうか分からないが、策はある。

「そのためにはDPの効率の良い運用はもちろん、回収をしてほしいところです。そういう意味で、今回のアリスさんらは、我々にとって良い餌です」

コントロールルームのモニターを眺めると、そこにはフィリアを捕まえて処女を奪ったときよりも、はるかに多いDPが加算されていた。

「処女を奪ったというわけじゃないのに、これほどのDPは凄いですね。それくらいアリスさんが抱いているアルトさんへの想いは強かったんじゃないでしょうか？」

「どういうことだ？」

「DPっていうのは初日に言いましたが、魔力なんです。魔法を使えない新田さんたちに言っても分からないでしょうが、魔法学において感情の力っていうのは馬鹿にできない力を持っているんですよ」

魔法についてはよく理解できないところだが、少年漫画とかだと、感情を力にしてパワーアップするということが良くあるので、なんとなく分かる。

「主に負の感情——死への恐怖や絶望っていうのは、感情の力が強いので吸い取りやすいのです。侵入者たちの感情を吸い取って、DPが増えていくって感じですね」

要するに他人の不幸のおかげで俺たちは美味《うま》い飯を食べられるってわけか。最高だな。

「話は戻りますが、新田さんが相手を想うことで発揮される感情を踏みにじったおかげで、あのDPの増加がありましたって感じです。さすがは新田さん。なかなかできることじゃありません」

とりあえず、何故《なぜ》そうなのかっていう理論は分かった。だが、だとしたらフィリアの時はそれが適用されなかったのだろうか。

フィリアに顔を向けると、彼女は何かを察したように口を開く。

「たしかに……私は彼のことを想っていた気がしますが、村から逃げたときにはもう、諦めていました」

「あー、なるほど、自分が身を引いてアリスさんの恋を成就させようって考えもあったのですね」

「はい、アリスとアルトは幼馴染ですし、互いに好きあっていると、私でも分かりましたので……」

はぁ、なんというか、恋愛モノの映画やドラマでありそうな展開だな。チープっていうよりも陳腐だ。なによりも、他人のノロケを聞くことほどつまらないものもない。

「あの時は何もかも諦めてましたが、マスターと出会ってからは全てが変わりました。あんなにも逞しくて、凛々《りり》しい……マスターに比べればあんなのダニと一緒です」

「お、おう……」

フィリアの瞳にはハートマークが浮かんでいて、控えめに言っても正気ではないのが分かる。

「アリスもきっと分かってくれるときがくるでしょう。あぁ……マスターが地下に楽園を築く日が、楽しみです……」

頬に手を当てて、陶酔しきったうっとり顔で呟くフィリア。初めにここに来たときには言わなかったであろうセリフだ。

フィリアの言うとおり、俺はいずれこの地下に俺の楽園を作るつもりだ。そのためにも当面の危機を乗り越えなければならない。

「ヘイヘーイ、そういえば新田さん。野生のゴブリンがダンジョン内に住み着き始めましたよ」

「野生の……？」

「このあたりはもともと、ゴブリンたちの縄張りって聞きます。たまに村にやって来て、畑の作物などを荒らしていくのを見ました」

俺の疑問に隣に座っていたフィリアが答える。考えてみれば、ファンタジー世界なのだから、モンスターがダンジョン以外に生息しているのも当たり前か。

ん？　ということは、ターニャの野郎はモンスターに襲われる可能性のある外へ俺を連れて行ったということか。

「ダンジョンの構造によりますが、モンスターにとって住みやすい環境を整えれば、彼らは勝手に寄ってくるという性質があります。今後はその野良も、新田さんの命令に従いますよ」

「なるほどねぇ……」

「それと名声ですかね。モンスターっていっても、自分の身が第一ですから、強い者の下に付きたがります」

ゴブリンのような二足歩行のモンスターには、それなりに知能があるというのは、フィリアが投石紐を教えたことで証明されているから、そこまで意外でもないか。

「そういえば……アルトはゴブリン退治の名手って言われるくらい、ゴブリンを狩ってましたね」

「あー、なるほど。ゴブリンらに恨まれまくっているアルトさんを捕まえたから、我々の名声が上がったと」

なんだ。アリスだけじゃなくて、アルトにも使えるところはあったってことか。捕まえたことで、食費などのコストもかかるし、かといって今のまま解放すれば復讐しに戻ってくるのは目に見えているので、人質の役割が終わったら処分しておこうと思ったが、生かしておく言い訳が見つかったな。

「フィリア、そいつらの世話も頼めるか？」

「はい、努力してみます！」

野生のゴブリンの実力がどの程度のものなのかは、情報が少ないのでなんとも言えないが、数が欲しい今は四の五の言ってられない。朝食を済ませると、各自持ち場に戻って仕事となった。といっても、今のところ使える駒が一人しかいないが。

フィリアが自分の持ち場に戻ったあと、俺はダンジョンに手を加えることにした。

当面は村が敵であることは間違いない。しかし、村を倒したからといって、俺たちの戦いが終わるわけじゃないので、もっと戦力が欲しいところだ。

「ところで新田さんが新しく広げたダンジョンって、どのような構造になっているんですか？」

コントロールルームでうんうん唸《うな》りながら考えていると、ターニャが俺の頭に乗ってきた。他の奴の意見を聞くことも重要だろう。俺は彼女の尻の感触を頭で感じながらコントロールパネルを弄《いじ》って、ダンジョンの全体図を表示する。

「……って感じだ」

俺はダンジョンの概要と、どのような罠を仕掛けたかということを説明した。どんな感想が来るかと身構えていたら、ターニャは何とも言えない微妙な表情をしていた。

「つ……つまんねー」

つまらないの一言である。遊園地じゃないのだから、面白いものではないが、おそらくターニャが言いたいのはそういうことではないだろう。

「あっ、そういえば、ダンジョン周辺を偵察していたゴブリンが敵を見つけたようです」

「お前なぁ……そういうのは早く言えよ。で、何人だ？」

「二十人です。それも重装備で」

ついにおいでなすったか……。にしても、できたばっかのダンジョンに本気を出しすぎだろ。アリスとアルトが攻めてきたときの十倍の戦力で、しかも重装備とあっちゃ投石では殺せないかもしれない。

「ふふふ……村の自警団だわ。アンタたちみんな殺されるのよ」

どうしたものかと、虚空を仰いでいたら、背後からアリスの声が聞こえてきた。

「どうして、お前がここにいるんだ？」

「私が呼びました。イヒヒヒヒ」

ターニャは悪びれた様子もなく、イタズラを企む少女のように笑う。

「降伏するなら、今のうちにしておきなさい。アンタはクズだけど、命だけは助けてあげるわ」

「へイへーイ、自信満々ですね、アリスさん」

「そりゃそうよ。ウチの村の自警団のリーダーは村長で元軍人よ。こんなゴブリンだけの弱小ダンジョンなんかが勝てるわけないのよ」

そのゴブリンだけの弱小ダンジョンに負けた奴が誇らしげに言ってもなぁ……。

しかし、外の様子を眺めるに、敵になると恐ろしいが、味方とみなすと頼もしいのも分かる。もっとも、フィリアの事情を知らなかったコイツにとって味方になるとは限らないがな。

「そんなに自信があるならアリスさん……私と賭けをしましょう。我々と自警団、どちらが勝つかで」

「賭け……？　へぇ、何を賭けるっていうのよ。言っておくけど、ダンジョンコアって言ってもダメよ。そんなのコイツが死んだらどうすることだってできるもの」

ダンジョンコアが壊れたり、ダンジョンの範囲内に持ち出されたりしたら俺の命はそこで終わりであるが、俺が死んでもダンジョンコアは壊れたりしない。

自警団とやらがコントロールルームまで攻めてきた場合は、どの道ダンジョンコアは村の連中の手に落ちるので、賭けの対象にする意味なんぞないわけだ。

「そうですね……では、我々が負けたらフィリアさんを元に戻してあげましょう」

「戻すって……アンタらを倒せば、元に戻るんじゃないの？」

「隷属状態がそんなお手軽に解けるわけないじゃないですか。フィリアさんは死ぬまであのままですよ。ゲラゲラ」

俺の頭に乗っているターニャが腹を抱えながら笑う。隷属状態の理屈はよく分かっていないが、あれほど人格が変わるものが、首輪を外したり俺が死んだだけで簡単に解けはしないだろう。

「アレはフィリアさんの深層心理や記憶に、新田さんを親兄弟よりも大事なものとして刷り込ませるモノです。記憶や刷り込みって普通は消えないでしょ?」

「つまり……アンタらを殺しても一生このままということ……?」

「その通りです。まあ、新田さんが死んだら、フィリアさんは心中するんじゃないでしょうか?」

「……っ!」

要するに、隷属状態というのは、記憶の上書き保存のようなモノで、いったん保存したら元に戻せないってことか。そんな恐ろしいモノを俺は使っていたのかと慄いたが、どのみち使うしかなかったので仕方ない。やらずに後悔よりも、やって後悔した方がマシと世間の奴らは言うので、俺は悪くない。

「唯一治療法があるなら、記憶を消去することですね。アリスさんが勝ったなら、フィリアさんの記憶をダンジョンに来る前まで戻してあげましょう」

「くっ、それでいいわ。それで……仮に私が負けた場合、アンタは何を要求してくんの?」

「まあまあ。それは我々が勝ってからのお楽しみということで……イヒヒ」

ターニャがゲス笑いをしながら何やら企んでいるようだが、今はモニターの前の敵に対処しなければならないので後回しだ。

俺はコントロールパネルの伝声オーブに向かって叫び声をあげた。

「ダンジョン各員に告げる。敵がやって来るぞ。奴らに人間でいたことを後悔させてやれ!」

第三章　欲に目の眩んだ愚か者共に制裁を（ただし俺を除く）

1（side 村長）

「村長、このあたりにフィリアの痕跡らしきものが！」

山の斜面にぽっかりと洞窟が開いており、そこから空気が流れ出ている。自警団の猟師が飼っている犬にフィリアの匂いを追跡させたら、このような場所に辿《たど》り着いた。

「ダンジョンか……」

猟犬は入り口の周辺を右往左往するばかりで、入ろうともしない。勘の鋭い動物はダンジョンへの警戒心が強く、侵入したがらないと聞く。

「やはりダンジョンですか……。危険ですから、ここは冒険者あたりを雇うべきなのでは？」

「心配するな。お前らはワシに従っていれば良いのだ」

自警団の一人が勝手なことを提案したので、持っていた杖で小突く。

たしかに、ここは経験のある冒険者に依頼するというのが普通の対応である。しかし、入り口の壁を見てみると、使われている石はまだ新しく、苔《こけ》すら生えていないようだ。ここができてから、そう日にちが経っていないように感じられる。

「にしても……首謀者は本当にアルトなのでしょうか？」

本当のところはワシの知ることではないが、フィリアが逃げ、続いて奴とアリスまで消えたことから、責任を押し付ける人材としてはうってつけだ。まあ、よそ者がこんな場所に来るとは考えづらいし、アルトはフィリアの婚約者だ。真実を知って、協力しているに決まっている。

「皆の者、どうやらアルトの奴はフィリアやアリスを誑《たぶら》かして、このダンジョンでハーレムを作ろうとしている！　そんなことが許されて良いのだろうか!?」

「あの野郎！　ぶっ殺してやる！」

ワシが少し煽《あお》るだけで、自警団の若い者たちがいきり立って殺意を露わにしている。戦意は十分なようだな。気持ちはよく分かる。フィリアの婚約者を、村の中で顔が整っていて能力も高いアルトに決めた時も反対意見が多数あったものだ。それを、幼馴染《おさななじみ》というだけでアリスまでも独占したとあれば非難轟々《ごうごう》となるのは目の前にある光景の通りだ。

「しかし村長、よろしいのですか……？」

「何がだ？」

「アリスはともかく、フィリアは村の秘密を知っています。いっそ、ここで処分してしまった方が……」

「うむ、念には念を入れなければな。見つけたらスキを見て始末せい。婚約者が処刑されたから心中したとか言っておけば皆納得するじゃろ」

今回、フィリアが逃げた原因は、村の秘密を偶然知ってしまったことにある。処女を奪ったあとに、人身売買組織に売り飛ばそうと考えていたのだが、その前に逃げられてしまった。

このことがこの地方の領主の耳に入れば、最悪首が飛ぶことを覚悟しなければならない。アリスの方は単純ゆえ何とでも言いくるめ、適当なところで売り飛ばしてしまえば金になる。フィリアの母親も金になったが、アリスはそれ以上の値段がつくだろう。

「さあ、行くぞ勇者たちよ！　悪漢に囚われた乙女を助けられる者は、そなたらしかおらぬ！」

「「「おおう!!」」」

それっぽい演説をしてから、我々はダンジョンの中に潜ることにした。若い者を先頭にワシは部隊の殿《しんがり》を務める。いざという時の盾は多い方が良い。

ダンジョンの入り口は急な下り坂となっており、中は薄暗く、ここの持ち主の陰湿な性格を表しているかのようであった。

「なんだ、このダンジョン狭え」

「うわっ、押すなよ。馬鹿野郎。ここ急な坂道になって転びやすいんだぞ」

内部の道は一本しかなく、分かれ道のようなものもない。ワシの若い頃に潜ったダンジョンであったら、入った瞬間にモンスターに襲われるなんてことがあったので、やはりできたてのダンジョンと見積もっても良いだろう。

「へへへ、俺たちにビビって逃げちまったのかな？」

「アルトを痛めつけてぶっ殺したら、フィリアとアリスを犯してやろうぜ」

「んだんだ。けれど、終わったらアリスはオラの嫁にするだ。オラの子供を産んでもらうだ」

「じゃあ、フィリアは俺の嫁にするぜ。母ちゃんが喜ぶぜ」

「ズリイぞ！　オレんだ！」

敵が来ない安心感なのか油断なのか自警団の者たちは雑談をし始めた。実戦経験のない最近の若者はこれだから困る。アルトが相手だとはいえ、いつ敵に襲われてもおかしくないシチュエーションなのに、こうして雑談をしているなぞ、弛《たる》んでいるとしか思えん。

「うん？」

薄暗くてよく見えないが、はるか前方に何者かが現れた気配を感じる。長蛇の陣形の最後尾にいるワシでもわかるのだから、最前にいる者は姿が見えているはずだ。

「村長！　敵です！　ゴブリンです！　どうしましょう？」

「さっさと蹴散らしてしまえ！」

先頭にいた者が叫ぶ。見えていたのなら、ワシの指示を聞く前にさっさと突撃せい。ワシが若い頃は敵の首欲しさにあちこち戦場を駆け回っていたのに、まったく……最近の若者はコレだ。レベルが落ちたというべきか。しかし、かつては千人隊長も務めていたワシだ。アホな案山子《かかし》でも戦わせることはできる。ワシはすぐ前にいる側近の背中を押し、強制的に隊列を前進させた。

一本道の地形であるからこそ、密集した陣形が自然に作れる。ワシはそれを利用して、前進するしかないという状況を作り出した。

密集陣形には三つの利点がある。

一つ目は、兵を小出しにして各個撃破されるのを防げること。戦力がどれくらいか判別しづらいダンジョンでは一人二人を送り出しても餌を与えるようなものだ。いっぺんに出した方が、多少犠牲が出ようとも、トータルでは押し潰せるはず。

二つ目は、敵の戦意を削ぐために有効なことだ。できたばかりのダンジョンに対して、数が多いというのはそれだけで有利である。

「も、モンスターだ……オイラ怖いよ……」

「黙れ。逃げたら殺すぞ」

密集陣形の利点の三つ目は最前の兵の逃亡を防げることだ。前には死んでもいい役立たずを、後ろの方にはワシと手のかかった者を置いておき、逃げようとする者がいれば斬りすてる。そうすることで退路を無くせば、強制的に前進せざるを得ない状況を作ることができるのだ。

これでワシはかつての戦争を戦ってきた。捨て駒どもを使い、自分たちよりも何倍もの戦力を持った相手にも常に勝ち続けてきて生き残り、こうして村長の座に就いたのだ。

「うわああああぁぁぁ!!」

「痛えぇぇぇ!!」

突然、前方から悲鳴が響き渡る。歳のせいか、なかなか状況を確認することができないが、何かが起こっていることは確実だ。

「何が起こっておる?」

「村長、ゴブリンどもが石を投げてきます!」

「投石だぁ？」

ゴブリンはたびたび村へ畑を荒らしにやってきたが、物を投擲《とうてき》するなぞ聞いたことがない。奴らが使うとしたら、木の棒か山賊らが使うような近接用の武器だ。そもそも、まだゴブリンどもとは距離が離れている。石を普通に投げるとしても、ゴブリンの筋肉量からしてそこまで飛ばない。

「奴ら、投石紐《スリング》を使って攻撃してるんですよ！」

「なんだと」

たしかに投石紐を使えば、ゴブリンの細腕でもそれなりに飛ぼう。しかし、奴らに弓や投石紐を使う知能と技術はないはずだが。

だが、戦場では不測の出来事なんぞ日常茶飯事だ。臨機応変に対応していけばよい。

「ここは我々も遠距離から攻撃せい！　誰か弓を持っている者はいるか？」

「え？　村長が剣と防具さえあれば十分だなんて急《せ》き立てたので、そんな武器を持っている者なんていませんよ。ここは撤退をして態勢を……」

そういえば、急いで奴らを追うために持ってきたのは、鉄剣と鉄の鎧と兜くらいだったか。他は万が一に備えて置いてきた……ということにしておこう。

「ええい、弱音を吐くな！　所詮は石を投げているだけだ。鉄の兜を被っておれば、致命傷にはならん」

「は、はぁ……分かりました」

ふん、投石とは小知恵を働かせよる。不自然に高い天井も、放射線状に石を投げるために作られないのだ。

ていれば、痛みは感じるが、それで死ぬことはない。根性と気合いで乗り切れば、勝てないことはたものだろう。しかし、それで百戦錬磨のワシを倒そうだなんて甘い考えだ。鉄の装備で身を固め

「痛てえっ」

「うぎゃあぁぁ!!」

断末魔を響き渡らせながらも、背中を押したり、躊躇《ちゅうちょ》する仲間の背中を剣で突きながら、なんとか進む。石がくるといっても、投石紐は振り回さないといけない都合上、密集して使うことはできないし、投擲時間もラグがある。その間に近づきさえすれば勝てる。

「大変です！　村長！」

「なんじゃ？」

「味方の身動きが取れないようです！」

鉄の装備のおかげで、石が当たろうとも即死には至らないが、衝撃自体は肉体に伝わってしまう。それによって、死者は出ていないものの、行動不能に陥った役立たずが出てしまったようだ。

「どうしましょう？　ここは撤退を……」

「馬鹿を言うな！　こんなところでおめおめと引き下がれるか！」

ワシがあんな若造や小娘どもに負けるなんぞあり得ん。それに、ここで退却して何もせずに怪我人を出しただけの結果に終わったら、ワシの支持率が下がってしまう。

「しかし、この左右に身動きの取れない状況で進んだら踏み潰してしまいますよ！」

「構わん！　動けない者など必要ない！　このまま踏み殺してでも進め！」

多少の犠牲は覚悟の上だ。誰かが死のうとも、ここは勝ったという結果があれば良い。

「いや、ここは撤退すべきです村長！　連中、他にも何か策があるはずです！　このままでは全滅という可能性も――」

「甘ったれるなあぁぁ!!」

手に持っていた鉄剣で、撤退を主張する側近の身体《からだ》を斬り裂く。

「ぐっ……そんな、うそでしょう……」

うむ、久し振りに剣で人を斬ってみたが、どうやら鈍っていなかったようだな。ついカッとなってやってしまったが、考えてみれば、こ奴はしきりに撤退を主張していたな。アルトらのスパイという可能性もあり得るので、ワシの判断は間違っていなかった。撤退を主張してワシを退けて、時間稼《かせ》ぎをする。それこそが奴らの狙いなのだ。

「良いか、貴様ら！　逃げようとする者はこのクズのようになると思っておけ！」

敗北主義者のクズを踏みつけながら、ワシは高らかに叫ぶ。

「敵と戦って英雄となり末代まで讃《たた》えられるか、逃げようとしてワシに斬り殺された臆病者として末代まで蔑《さげす》まれるか、選ぶが良い！」

ワシの言葉に皆が固まる。いくら、士気の低い者でもこの言葉に奮い立たなければ男ではない。そうでなくとも、死にたくなければ進むしかない。

「ぐえぇぇ……」

しばらくすると、鉄の装備がせわしなく動く音とともにカエルを潰したような断末魔が耳に響いてきた。動けなくなった者を誰かが踏み潰したのだろう。狭い通路で密集して歩幅の間隔が狭い以上、誰かが踏み潰さなければならない。しばらく歩いて、ワシの番になると、その動けなくなった怠け者は既に息絶えていた。まったく、鍛え方がなっておらんな。最近の若者は甘えが過ぎる。

「ぎえぇぇぇ！」

「待ってくれ！　少し転んだだけ……うわあぁぁぁ!!」

「許してくれ……」

その後も、文字通り仲間の屍《しかばね》を踏み越えながら、ようやくゴブリンたちが目視できる距離まで辿り着いた。既にその頃には六人くらい減ってしまっていたが、目視できる限りで、ゴブリンは十匹。しかも接近武器を持っていないので、負ける道理はない。

「あら、村長ではありませんか」

ゴブリンどもの背後から、懐かしいような声。

そこにはフィリアが、ひどく扇情的な衣装を着て、村の者たちが死んだというのにニコニコと嗤《わら》って立っていた。

「お久し振りです、村長。それに自警団の皆さんも。顔色が悪いようですが、体調管理はちゃんとしないと駄目ですよ」

「黙れ！　貴様が逃げたせいじゃぞ！　貴様のせいでワシの計画は滅茶苦茶だ！」

「……はぁ」

ワシの怒りをものともせず、フィリアは片手に持ったムチを振り上げながら溜息《ためいき》をつく。

「……以前の私でしたら、あなたを斬り刻んで豚の餌にしようとしたでしょうが、正直どうでもいいです。あなた方のようなゴミでも、私がマスターに出会うきっかけになったと思えば許せますし」

マスター？　誰だ？　アルトと一緒にいるのではないのか？

「今から降伏するなら、命だけは助けてあげますよ。もちろん、村の財産はマスターに捧《ささ》げ、あなた方は然るべき処置をさせてもらいますが」

その言葉に疲弊した自警団の面々の顔色が変わるが、そんなことで揺らぐワシではない。というか、実質的にはワシにとって、不利益しかない提案ではないか。

「奴の戯言《ざれごと》に乗るな！　ワシらは奴を追い詰めたのだぞ！　全員、前進せい！」

剣を振り上げて、自警団の奴らを鼓舞する。フィリアのほか、ここにいるのは投石紐を持ったゴブリンのみ。負ける道理は何処《どこ》にもない。

「あの生意気な小娘に、ワシらに逆らったことを後悔させてやるんじゃ！　最もゴブリンを倒した者には小娘を褒美としてくれてやる！」

「さっすが、村長！　話が分かるっ！」

「やったぜ！　うおぉぉ！」

我先にとフィリアに目掛けて駆け出していく、自警団の面々。フィリアはゴブリンだけで、ワシらの数を減らしたのじゃから、多少は有能な指揮官だったかもしれんが、人間……そして、男というものを理解していない。こうして飴と鞭を使いこなせば、人なぞ簡単に動かせるのだ。

「……はぁ。同郷ということで、少しは手心を加えてあげようかと思いましたが、まさかここまでとは……。やっぱり、マスター以外の男なんて肥料になるしかないのですね」

再度溜息をついて、フィリアはムチをピシャリと音を立てて地面に振り下ろした。

「うっ、うわっ！　動けない！」

先頭にいる者が止まったかと思った瞬間——

「ぐえっ！」

突如、レンガほどの石が頭上に落ちてきた。鉄の兜をしているとはいえ、これほどの大きさの石が直撃すれば、首が折れてもおかしくはない。良くて気絶、最悪即死という攻撃。

断末魔を上げることもできずに、倒れていく自警団の者たち。

「どうなっておるのだ……？」

「村長さんに問題です。さて、ここはダンジョンの何階でしょう？」

フィリアの言葉でハッとし、奇妙に高い天井を眺める。よくよく見ると天井は吹き抜けになっていて、上のフロアからゴブリンが次々に石を落としていた。

「ここはダンジョンの地下一階ですが、一階とも繋がっているんです。マスターが、一階の床をブチ抜いて作ったんですよ！」

フィリアは好きな画家の話をするように目を輝かせる。そういえば、通路は急な下り坂になっていたし、天井も不自然に高かった。投石紐を使うためにそうしたのかと思ったが、大きな石を落とすための布石だったとは……。高所からの落石を使えば、ゴブリンの力でも十分に重装備の人間に致命傷を与えられる。

「さらに言うと、私の前方には罠《わな》が張り巡らされています。殺傷能力はありませんが、足止めするには十分ですよ。うふふふふ」

先頭にいる者は、トリモチに足を引っ掛けてしまって動けなくなっていた。そこをすかさずゴブリンが石を落として絶命させてゆく。

「うわあぁぁああ!!」

「助けてえぇぇ!!」

罠に殺傷性がなくとも、ここでは足を止めること自体が死を意味する。さっきまで、意気揚々であった自警団の面々は既に泣きじゃくり、目の前の獲物から逃げようとしていた。

おかしい。ワシらはフィリアらを狩りに来たつもりなのに、こちらが狩られる側になっている。

「駄目ですよ。あなたたちはダンジョンのために肥料となるのです。存在自体が害悪ですからね」

フィリアはニコリとしながら、ただ自警団の連中を機械的に仕留めていくように指示を出す。

『あー、フィリア。そのくらいにしとけ、全滅したらしたで困るんだ』

ダンジョン内に響き渡る一つの声。姿は見えないが、ここにいる者たちの動きが一斉に止まる。

声色からしてアルトのモノでは無い。

「けれど、マスター……奴ら生きて帰したら、また攻めてきますよ」

先ほどまで堂々と嗜虐的《しぎゃくてき》な笑みを浮かべていた彼女とは一転して、なんとか嫌われないようにしたいとばかりに乙女チックな表情を見せるフィリア。

『それについては、私に考えがあるので大丈夫です』

今度は聞き覚えのない女の声だ。どういうことだ。ここのダンジョンに潜んでいるのはアルトどもだけではないということなのか？

しかし、いずれにせよ、ワシの地位を脅かす者には変わりない。

「くそっ、くそぉ！　ワシは村長だぞ！　貴様ら、ワシのために死ね！」

剣を天に突き上げて、自警団に命令をする。どのみち奴らもワシと同じような下衆だ。

「もう……おやめ下さい」

部下どもに命令するワシの後ろから、先ほど斬った側近が苦しそうに声をあげた。殺したと思ったが、生きていたのか、運の良い奴。

「もう、誰も……あ、あなたの命令には、従いません。もはや、あなたの時代は……終わったのです。この上は、財産と地位を……差し出して、命を全うすることだけを、考えましょう」

「だまれ！」

命を全うするとはなにごとか。村も、フィリアも、自警団も、すべてワシのものだ。誰にも渡すものか。

「もう……もう、たくさんです。あなたの自己陶酔に付き合って、し、死ぬ者たちが可哀想だ。そんなに言うなら、あなた一人が犠牲になればいいでしょう！」

「な、なんだと……！」

剣を振りかぶって死に損《ぞこ》ないのクズに斬りかかろうとした瞬間、身体が大きく揺れる。

「ぐふっ……！」

地面に叩《たた》きつけられ、なにが起こったかを確認するために顔を上げると、そこにはまだ動ける自警団の者たちがワシを見下していた。

「な、なにをする……!?　お前ら、さっさと、フィリアを倒さんか!!」

「うるせぇ！　もうテメェの命令なんか聞けるか！」

「自分の責任くらい自分で取れや！」

自警団の者たちは、ある者はワシを踏みつぶそうとし、ある者は剣で串刺しにしようとする。

や、やめろ！　ワシは、死にたくない！　分かった、地位も財産も――

「だから言ったでしょう……もはやあなたに従う者はいませんって」

2

「よう、異世界人。今、どんな気分なんだ？」

「………………」

自警団を倒したＤＰで買った風呂から上がったあと、俺は軽めの服をまとい、湯冷めしないうちにアリスを収監している個室に向かう。

部屋の中では、首輪を着けたアリスがベッドの上で膝を抱えて丸くなっていた。

「これでお前を助けに来るっていう奴らは消えたぞ。次は誰が来ると思う？」

「黙りなさい……」

セリフは威勢が良いが、身体が震えているのは俺の目からも明らかだ。これからどうなるかなんて、察しの良い奴なら勿論《もちろん》だが、よほどの無知な奴じゃない限り分かりきっているから仕方ないか。

口角が上がっているのが自分でも分かるくらいに俺はニヤケている。

まあ、この手の美少女は俺が普通に生きていれば、永遠に手の届かない存在だ。同じクラスで消しゴムを拾ってくれたら即惚《ほ》れるとかそういうレベルで、そのあとリア充に取られるに違いない。

前の世界ではそういうことが一度ならずも幾度もあったので、鬱憤を晴らすには丁度いい機会でもある。

アリスの頭から足の先まで、一通り観察しながら、再び睨《にら》みつけてくる瞳に目を移す。捕まえた当初と違って弱々しく、今にも折れてしまいそうだ。

「当分助けはこないから、殺すも生かすも俺の裁量次第ってわけだな。あっ、とりあえずツレの男は殺さないから安心しろよ」

「お願い……アルトは見逃して……。なんでもするから……！」

いくら反抗的だとはいえ、アリスを処分するのは勿体《もったい》無いからしないが、無駄飯を食わせている男の方は彼女を脅す材料として有効活用しておこう。膝をついて許しを請うアリスに興奮しながら、俺は壁にもたれかかって命令をする。

「へぇ、何でもねぇ……。じゃあ、男を助けたかったら、俺の言うことはなんでも聞けよ」

「わ、分かったわ……」

アリスの言質を取ると、改めて俺は彼女の心が折れつつあると実感した。

「それじゃあ、服を脱げよ」

「え……？」

俺が命令すると、目を丸くして固まる。

「聞こえなかったのか？　俺は服を脱げと命令したんだ。それとも、さっきの言葉は嘘だったのか？」

「分かった！　分かったから！　脱ぐわよ！」

アリスがためらっているのを見て、俺はわざと背中を浮かせて、部屋から出て行く意思を見せると、アリスは慌てて手を服にかけた。

「ぬ……脱ぐわよ……」

「おう、早くしろ」

俺に見つめられながら、アリスはストリップしていく。顔を羞恥と恐怖に染めて、ブラウスを脱ぎ捨てる。大きめのシャツがパサリと床に落ちる。

そして、脱いだシャツの下からは、包帯のような布で女の部分を押さえ込んだアリスの素の胸元が露わになった。

「へぇ、それでデカイ胸を隠していたのか」

「………」

アリスは俺の言葉に一切反応せず、まだ続けるのかと言わんばかりの目で見つめてくる。無論、止める理由なんて何処にもない。

「くっ……」

観念したように、アリスがサラシを取ると、そこからは服の上から想像したよりも、ずっと大きな丘が現れた。アリスの柔肌から窺える白い丘の頂《いただき》には、可愛《かわい》らしい桃色の膨らみが鎮座している。

フィリアもデカイ方であるが、アリスに比べたら小さく思えてしまうな。

「ふぅ……」

あの大きな胸を締め付けている布が苦しかったのか、アリスはため息をつく。すると、彼女の呼吸に合わせて、胸がブルンと揺れたのが確認できた。

「服の上からでもデカイ胸だったのに、ナマで見るともっとデカイな。締め付ける意味あったのか？」

「……胸がおっきいと、アンタみたいな変態がジロジロ見るから……少しでも抑えようと思ってたのよ……」

まあ、これだけ大きいのは元の世界でも見かけなかったし、男が放っておくわけがない。

自分を辱めようとする言葉といやらしい視線に耐えて、アリスはスカートを脱ぐ。

黒のスカートの下に穿いていたのは、白い下着であった。

「これで……脱いだわよ……」

そして、最後の砦《とりで》であるショーツを脱ぎ捨てると、かすかに鮮やかな金色がかった陰毛が晒《さら》された。

「へぇー、金髪って下の毛も金色なんだ」

アリスは恥ずかしさのあまり目に涙を浮かべ、手で胸と秘所を隠す。

「お願い……これくらいでいいでしょ」

「駄目だ。手をどけろ」

「お願いします……許して……」

「手をどけろ」

アリスの懇願を無慈悲に切り捨てると、彼女は観念したかのように、ゆっくりと手を離していき、艶めかしい裸体が目の前に披露される。

「くっくっ……柔らかそうなカラダじゃないか。これなら元気な子供を産めそうだな」

「……っ」

欲望のまま素直にアリスの裸を見た感想を吐き出す。一〇〇%セクハラになる卑猥《ひわい》な発言であるが、俺を咎《とが》める者はこの場にいない。

「特に胸なんて……最高じゃないか」

「いやぁ……やめてぇ……」

正面から劣情をぶつけられたアリスの目から涙がこぼれ落ち、頬《ほお》を伝っていく。その涙を見て、良心が傷つくどころか嗜虐心が煽られ、より一層興奮が増した。

「ひぃっ！」

双丘を揉《も》みしだくとアリスは小さく悲鳴を上げた。手のひらでは収まらないくらいの巨乳が吸い付くように形を変える。

「あっ、ひぃ……んんっ、あうっ……」

力を入れればプルプルと震えて柔らかく形を変え、手のひらで乳房を弄《もてあそ》びながら乳首をつまむ。

「しかし……こんなイヤラシイ胸は隠して正解だったな。惜しみなく晒していたら、今ごろ性奴隷まっしぐらだ」

「イヤラシイ……私の胸っ……イヤラシくないわよっ、普通より少し大きいだけっ……や、あ、あぁん……」

手の中で乳房がもみもみとマシュマロのように柔らかく形を変えて、アリスに恐怖と快感を与える。

「そうか？　けどな……」

「きゃあ!?」

薄ピンクの乳首をつねり上げると、アリスは小さく悲鳴を上げる。

「感度もいいだろ？　ほら、乳首が硬くなってる」

「や、やあぁ……見ないでぇぇ……っ！」

指で乳首を挟み、クリクリと擦り揉む。さらには、引っ張って捻る。俺はオモチャを弄《いじ》るようにアリスの乳首を虐めて楽しんだ。

「ぁああっ、だめっ、いたい、んんんっ、はぁっ……」

アリスを好き勝手して苦悶《くもん》の表情を浮かべさせるも、その中には仄《ほの》かに快楽を感じる色があった。

痛がっているようであるが、吐かれる息は色っぽく、頬もわずかに紅潮している。

隷属の首輪の効果もあるが、フィリアのときとは少し違うので、本人の資質も関係あるのかもしれない。

「乱暴にされるのが好きみたいだな」

「そんなわけ……ひ、ぁっ、だめっ、あああぁっ……」

否定するアリスの左の乳首を引っ張ると、彼女の声は大きくなった。右の乳首を押し込み、左右違う刺激を与える。

「っあぁぁあ～～～～！　んんんんんっ！」

そうやって初めての巨乳を楽しむこと数十分。アリスの乳肌は火照《ほて》って汗ばみ、悲鳴は嬌声《きょうせい》に変わっていく。

「ひゃあんっ！」

続いて、俺は両手で支えるように乳房を揉みながらピンク色の乳首に吸い付く。とろけるように柔らかい乳肉と違って、先端はコリコリとしていてしゃぶりがいがあった。

「んはぁっ！　そんな……なめないでぇ……んっ、ぅあぅ……！」

ぷっくりと膨らんだ乳輪ごと舐《な》めると、汗っぽいしょっぱい味がして、女の子特有の甘い匂いが官能的であった。

「ゃ、あっ、んっ……あっ、ふあぁっ……だめ、おっぱい……んんっ……！」

生の巨乳に触れただけでも感動していたが、こうして極上の揉み心地を堪能しながら乳首を舐めているなんて贅沢《ぜいたく》すぎて心が踊る。俺は夢中になって、乳舐めに没頭していた。

さらには手のひらでは収まりきらないくらいの巨乳を鷲掴《わしづか》みにして、ミルクを搾り出すように揉む。

「あっ、ぁあああ……あぅ、はぁ……やだ、っあ、もう、やめっ……ひゃあぁん！」

興奮のあまりベッドの上に押し倒してもなお、生唾を塗り広げるように硬くなった乳首を舐め、しゃぶり、ずっしりとした重量感のある双丘を揉み続ける。

「あん、はぁあんっ……あ、うぅっ、ぁっ……！」

両手で乳房を中央に寄せて先端を交互に舐めしゃぶると、アリスは甘い喘《あえ》ぎ声を漏らしながら、腰をうねらせる。

「や、やだぁっ！　んんんっ、ぁぁああっ！」

そうして舐めていくうちに、しっとり濡れた乳肌が手に吸い付き、声も身体の反応も大きくなる。

「イキそうになったか？」

「はぁあっ、あんっ、そんな……わけない……ンンっ‼」

口では否定するも、アリスが興奮してきたことは肌でなんとなく分かった。俺は夢中になって、ピンク色の突起に強く吸い付く。

「ひ、ぁあああああっ、ぁあああっ！」

テクニックなんて無いがむしゃらな愛撫《あいぶ》に、たまらないとばかりにアリスは身悶《みもだ》えしながら、身体を弓なりにし、あられもない声を上げた。背中を仰《の》け反《ぞ》らすように痙攣《けいれん》を起こす。

「ぁ、あぁぁぁ……」

そして、数十秒後、突然力が抜けたようにベッドの上に身を投げ出した。

俺はひと仕事終えたような気持ちになり、ふと個室の入り口に視線を向ける。そこではターニャが、水晶眼を持って飛んでいた。水晶眼は、ダンジョンの備品の一つで、まあカメラだ。

「やーやー、お二人さん。仲睦《なかむつ》まじいことで」

「なにをしているんだ……」

イヒヒと白い歯を見せながら笑う下衆妖精。風呂場で同行するとか言っていたくせに、気づいたらいなくなっていたと思ったら、どうやら適当なところで隠れていたらしい。

「なにって……撮影ですよ。やはり人生に一度しかない処女喪失シーンは録画しなきゃいけませんからね。回想シーンには必要でしょ？」

エロゲーなら絶対に入れておきたい場面ではあるが、ここは現実だ。たしかにゲームっぽいところもあるが、リセットボタンでやり直すことはできない。電源ボタンで終わらせられるけど。

「ふぅ、ふざけないでよ……はあぁ……」

胸を上下させながら、軽い絶頂の余韻を冷ますように息を荒らげて抗議をするアリス。

絶頂の余韻から抜けきれない身体にはうまく力が入らず、そのままベッドの上に横たわることを余儀なくされていた。

「まあまあ。自警団連中が攻めてくる前に賭けをしたでしょ？　私が勝った報酬だと思ってくださいよ」

「はぁ……そ、そんなの卑怯《ひきょう》よ……！　先に言わないなんて……」

「先に言ったら断ってましたか？」

「それは……」

アリスのこの性格であったら、フィリアの人格を取り戻す条件で、ある程度の無茶な賭けはしていただろう。

「別にゴブリン一〇〇匹の童貞狩りをしろという命令じゃないんですから、これくらいご容赦くださいよ。それに、アリスさんは断れる立場なんですか？」

ターニャが人差し指を口元に置いて、乾いた唇を湿らせるために舌舐めずりをした。

「……アンタら、絶対に地獄に堕《お》ちるわよ」

「アリスさんにとっての地獄はここですがね」

地獄というのがどんなところかは知らないが、俺とてこんな生き方をしていれば遅かれ早かれ行くところだ。怖くないといえば嘘になるが、今さら後悔したところで明るい未来が訪れるわけでもない。

「まあ、私は邪魔にならないくらいに撮影をしますから、新田さんは気にせず楽しんで下さいね」

「おう。お前はくたばってしまえ」

言うと、ターニャは羽をバタつかせながら俺の視界から消えた。気まぐれな猫みたいな女だ。気にしてもしょうがない。奴が好きに動こうとも、俺は俺の好きなようにやらせてもらう。

「さて……とんだ邪魔が入ったが止めるつもりはないぞ」

「……それくらい分かってるわ」

観念しているように言うと、唇を噛《か》み締めて口元を真っ直ぐに閉じる。行為は受け入れるが、恥辱に耐えてやるという意志の表れか。しかし、そうでなくては面白くない。

俺はニヤリと口元を歪《ゆが》ませると、アリスの股間に手を伸ばす。

フィリアのときのようにワレメはぴっちり閉じているものの、さきほどの愛撫で直接触っていないのに、秘裂からは粘着性のある愛液が滲《にじ》んでいた。

「ふあぁンンっ！」

ワレメに指をそっとなぞるだけで、背筋をビクリと反応させて吐息まじりの声が出た。そっと、指で拭うように、俺はよだれを垂らす秘裂をやさしくなぞる。

「んくぅ、はぅっ、はっ、んんっ、ふぅ、んぅ……」

しかし、いくら拭っても愛液はあとから湧《わ》き出てきた。触れるか触れないかというソフトタッチがかえって興奮を誘ったのか、アリスの腰は逃げるように引く。

それを追いかけるように俺は逃げる腰に手を伸ばす。膣《ちつ》内には入れないように、媚《び》肉《にく》を捏《こ》ねるように嬲《なぶ》る。滑り気のある愛液がくちゅくちゅと卑猥な音を立てた。

「ひゃうっ、あっ、あっ、んっんっ……」

アリスの顔を見つめると、淫情《いんじょう》で目尻が下がり、額には微《わず》かに汗が浮いている。唇がかすかに開き、甘い吐息を漏らしてもいた。

「いい顔だ。いやらしいぞ」

「はうっ、そんな……そんな顔して……あっ、んあっ、んんんんっ！」

欲情を抑えきれないでいる顔だ。メスの顔と言っても良いだろう。俺は開いた唇に口付けをして、そのまま舌を絡めにいった。

抵抗はわずかばかり。舌を舌で押し返すも、意味のない無駄な抵抗であった。アリスの歯の一本一本を舌先でなぞり、口腔粘膜をねっとりと舐め回す。その上で舌と舌を絡みつけていき、下唇を軽く咥《くわ》え込み、音を立てて啜《すす》った。

「んっふ……んんんっ、むふっ……んっんっ……」

指を動かしながら、舌を蠢《うごめ》かすと、ひくひくと彼女は肢体を震わせる。

前にもキスはしているが、やはり動きは硬く、ぎこちない。まあ、そう簡単に慣れるものではないだろう。しかし、それを深く気にしている余裕はない。

俺自身は触っても触られてもいないというのに、どうしようもないくらいに股間が熱くなって、勃起を抑えることができない。

「んっふ……むふぅぅぅ……ちゅぱ……はぁっはぁっはぁっ……」

先に唇を離すと、唇と唇との間に唾液の糸が伸びる。

「あっ……」

切なげに声を漏らすアリス。淫情で濡れた瞳で見つめてくる。

それに応えるために、俺はアリスの脚を開かせる。ロクに力が入っていないガクガクの脚で、男の力に対抗できるわけもなく、閉じられた女性器が露わになった。

「さて、なかはどうなっているかな?」

「いやぁ……広げないでぇ……」

いやらしさを内に秘めたアリスの性器を指で開け広げる。羞恥で彼女の顔は赤く染まり、涙で顔を濡らしているのも構うことはない。

指で広げた女性器をまじまじと観賞し、自分の分身がこの性器へ種付けをしたいと充血して訴えてくるのを実感する。

「なかはピンクで、そそられる感じだな。ふっ!」

「んひぃ! 息を吹きかけないでよぉ……」

呼吸に合わせて脈動する艶めかしい肉壁に、悪戯心が湧いて思わず息を吹きかけると、アリスは身を捩《よじ》らせた。

さらに反応が見たいと、ひくひくと淫猥な蠢きをするアリスの花弁に、そっと口付けた。奥から溢《あふ》れてくる淫蜜を舐め取り、火照りきって赤みを増している陰唇に吸い着く。

「あっ、あっあっ……なめ……ないでぇ……んふぅぅぅっ!」

ムワッとした甘ったるい匂いが口の中に広がり、ピクンとアリスの肢体は条件反射のように震える。ドロッとした雫《しずく》が湧き出るように肉穴から溢れ出し、性感を覚えていることは明らかだった。

「あうっ、んんっ、あっ、あっ、だめ、だめぇ、ああっ!」

更に舌を蠢かす。無論、ひと舐めで終わらせるつもりはなく、水を飲む猫のようにピチャピチャと舌を蠢かせて舐めまわした。

「あっ、いや、あ、あうぅ……そんな音立てちゃ……あっ、ああっ、あぁんっ！」

快楽を求めんとする本能だろうか。ダメとか嫌とか口にしつつも、もっとしてくれと訴えんばかりに腰を押し付けてくる。その求めに応えるべく、俺はひたすら肉ヒダを舐め続けた。膣口に舌を入れ、舌でクリトリスを転がしたりもした。

「んんんんっ！　あっ、あああぁぁ!!」

しばらくクンニを続けていると、アリスのあられもない声が部屋中に響き、それどころか絶頂の兆《きざ》しすらみえてきた。

舌を更にくねらせて、唇も押し付ける。そして、卑猥な音色を奏でるように陰部を激しく啜って、ときには舌先で強くクリトリスを押し込める。

「ああぁあぁっ！　だめえぇ！　あっもうっ、あっあっ、んぁあああああ!!」

刹那、電流でも流されたかのように肉体を戦慄《わなな》かせると、背中をえびのように反らしながらアリスは絶頂に至った。見ているだけで勃起してしまいそうなイヤラシイ蕩け顔を晒して、肢体に合わせてベッドをギシギシと揺らす。

「あっふ……はぁあああ……」

「ずいぶん気持ち良さそうだな」

うっとりとした吐息が部屋に響く。太腿まで溢れ出す愛液で濡らしながら、ベッドの上で脱力する金髪の処女。

「けど、俺の方はまったく収まってないんだよなぁ……」

ズボンのチャックを壊さんばかりに、膨らみが大きくなっている。このまま放っておけば、触ってもいないのに射精するか、チャックを壊すかというのは想像できそうだ。どちらも服を台無しにする行為なので、そういうリスクを避けるためにズボンを下ろすと、肉棒が拘束から解けた反動をつけて飛び出した。

「えっ、いやぁ……！」

やはりというべきか。肉棒は既に血管が浮き出るほど勃起しており、種付けをしたいと主張せんばかりに我慢汁を垂れ流していた。

目の前の美少女の裸体からは、服の上からでは分からない、淫靡《いんび》で艶めかしい雰囲気が漂っている。仰向けになっても潰れない張りと量感に満ちた乳房や、引き締まりくびれた胴から横にむっちりと張り出した腰や、たっぷりと肉が乗り盛り上がった豊かな臀部《でんぶ》や、肉感的な太ももなど、獣欲を思うがままにぶつけたくなる様な、いやらしい体つきをしていた。それを目の当たりにして、我慢できるだろうか？

「きゃっ!?」

俺はシャツを脱ぎ去ると、無防備になった肉感的な肢体に覆い被さるように上に跨《また》がり、アリスを見下ろす。今にも射精しそうな肉棒が、彼女の滑らかなお腹を触り、へその辺りまで届く。

「いや……ぁ、そんな大きいの、壊れちゃう……」

「大丈夫。フィリアを見ただろ。痛いのは最初だけで、慣れれば今以上に気持ちよくなれるぞ」

「…………っ」

以前、目の前で見せたフィリアとの交尾を思い出したようで、アリスは生唾を飲み込むが、欲望に飲み込まれつつある自分に気付き、肉棒から目を逸《そ》らす。彼女に残った最後の理性なのだろう。

「ふん……さ、さっさと……その粗末なモノを入れなさいよ……！」

「言われなくとも……」

期待と拒絶が入り混じった虚勢的で挑発的なオネダリで獣欲が限界に達し、硬く勃起した肉茎を肉孔に押し当てると、俺は肉厚な花弁を押し開きながら挿入してゆく。

「んあっ……！　はっ、ふぅ……んっ！」

亀頭が少し入ったところで、挿入を止める。ギチっと音を立てるくらいの力で、アリスの膣内が締まったからだ。

「は、はぁ、はぁ……」

痛いくらいに締め付けてくるアリスのマ×コ。しかし、大量の愛液を分泌させて、受け入れ態勢を整えようとしていた。ベッドにアリスの愛液が垂れ落ち、シーツを濡らす。

「あうぅ……んぐっ、入っちゃ……だめぇ……」

膣内は蠕動《ぜんどう》をはじめ、俺が何もしなくともチ×コをいざない、迎え入れてくれそうだ。

アリスの真正面から見る、汗の浮いた額、切なげに寄った眉根、潤んだ瞳、力なく半開きになった唇。どれをとっても男にとって唆《そそ》るもので、獣じみた欲望がふつふつと煮え立ってくるのを感じ、抑えきれない衝動のまま、アリスの腰を思いっきり引き寄せた。

「ひ、ぃあああああああぁぁ!!」

膣穴のヒダと擦れ合いながら奥へと突き進み、アリスの大切なお腹の奥にある膜を無慈悲に貫いた。

破瓜《はか》の痛みにアリスは悲鳴をあげ、ボロボロと涙をこぼす。

「う、あああぁぁ……い、痛い、痛いよぉ……」

半ば呆然《ぼうぜん》と呟《つぶや》くアリス。動かさないまま動きを止めていると、少ししてその結合部から赤い血が流れ、アリスの股間を濡らして白いシーツへと染み込んでいった。

背筋を這《は》い上がってくる刺激に頭がくらくらする。やはり女の子の中の気持ち良さは格別である。濡れてうねる膣道の感触。肉棒を締め付けてくる刺激に、挿入しているだけで射精しそうであった。

「ひどいよぉ……こんなのって、あるとぉ……」

怒りと絶望に満ちた表情を見て、俺は今まさにアリスを凌辱《りょうじょく》しているのだと実感する。興奮のあまり中出ししてしまいそうで、肉棒が彼女の中で肥大化する。

アリスの全てを俺のモノにしたい。そんな身勝手な独占欲に突き動かされるまま、俺は本能のままピストン運動を開始した。

「ひぁぁあああぁあああぁぁぁああんんっ!!」

男根を強引に根元まで押し込まれ、アリスは絶叫しながら仰け反った。

さきほどのクンニと絶頂のおかげで、愛液が潤滑油となり、苦もなく肉棒を受け入れていく。

「うっ、あっ、あっ、ひぃっ、ひぅっ、あっ、ああっ!」

アリスの膣内はギュウギュウに締まって俺にも痛みがあったが、それ以上に彼女の中に己を突き入れているという快楽に酔っていた。

激しく出し入れされる肉棒から赤い液体が滴る。ベッドのシーツにアリスの処女喪失の証《あかし》は、しっかりと刻まれていった。

「はっ、うぅ、うぐっ、ぁっ、ああんっ！」

痛みから逃れようとしているのか身体をよじり、声を震わせる。徐々にであるが、アリスの膣は俺のチ×コの形に広がっていった。

やがて、ピストンによって通り道を整えた膣内の最深部に到達する。亀頭の先端が子宮口に触れたようだ。

「ううぁっ……はぁ！　ん……んぁあっ、あぁ！」

子宮口を小突き回すと、アリスは今までの悲鳴に近い声から、少しばかり色っぽい嬌声を上げるようになった。痛みが薄れ、次第に頭の奥を痺《しび》れさせるような快感が身体に走るようになったのだろう。それに伴い、痛いくらい締め付けていた膣内の力も抜け、俺の肉棒を舐め回すように四方八方から波打つようになってきた。

「あ、そんなっ……や、ひゃうぅ……！　ふぁっ」

腰を掴んでいた手を胸にのばし、グニグニと力任せに揉む。アリスは突然胸を鷲掴みにされたことに驚きながらも、何も考えられなくなって受け入れていた。悲鳴に近かった声は、いつの間にか甘く蕩けている。

「ふあ……あ、あっ……は……んっ、んんっ！」

刺激に耐えるためにアリスは両手ですぐそこにあるシーツをぎゅっと掴む。膣内が震え、俺の肉棒を握《にぎ》るように締め付けた。

今度はアリスの胸を揉むと言うよりは撫《な》でると言うべき手法で攻め立てる。決してアリスの豊かな胸の膨らみに指を食い込ませるような乱暴な扱いはせず、まるで最高級のシルクの布を扱うかのように、丁寧で慎重な動きで胸の表面だけを愛でていく。

指先が彼女の白い肌を優しくなぞり、薄桃色の乳輪に触れ、頂点でつんと勃起している乳頭をつつく。乳首にだけ重点を置くこともなく、乳房の頂点から下部までその全てを平等に楽しむように手が胸全体を這い回ると、アリスの胸はしっとりと汗を滲《にじ》ませながら手に吸いつく反応で応える。

「そ、そんなじれったい触り方、いらないからっ」

愛でるようなその愛撫は、性行為の愛撫としては優しすぎた。

首輪の作用による性的興奮に加え、今まさに俺の一物で女にさせられ、女として目覚めさせられているカラダはもっと強い刺激を求めていた。

「ひぁっ！」

乳房を口に含んだ瞬間、アリスは上半身を仰《の》け反《ぞ》らせて叫んだ。反動で、口をつけていない反対側の乳房がぷるるん、と大きく揺れた。

その刺激に反応するように、俺のモノを包む膣内も収縮し、きつく締めつける。

胸の表面だけに刺激が集中し、快感がそこだけに溜《た》まっていくような愛撫はかえってアリスの身体を悶々とさせ、その代わりを求めるように膣内の感度を高めていく。

「あっ、ふぁぁ、あっ、ま、待って、あっ、んあっ、あっ、ああっ！」

完全にスイッチが入ったアリスの制止を無視して、再び胸へとしゃぶりつく。

乳輪ごと乳房の頂点の膨らみを吸いこみ、唇で乳首を挟み込み、舌で突起の先端を舐《ねぶ》る。

その刺激にアリスは上半身を何度も跳ね上がるほど仰け反らせ、そのたびに豊満な胸がぷるぷると揺れた。

「ひぃんっ！　あふぁっ！　んんん、んあぁぁっ!!」

硬く尖《とが》った、薄桃色の乳首を口の中で舐る。収縮した膣内を動き回る肉棒の感触が、よりダイレクトにアリスの肉体へ伝わる。乳房とヴァギナの二か所から生まれた刺激がアリスの身体の中で暴れまわり、ぶつかり合い、弾けて高まりながら体内に蓄積されていった。

ぐちゅぐちゅと膣内で蜜がかき混ぜられる音が立つほどに愛液を溢れさせながら、少女の膣内は中で暴れる肉棒を奥まで導くようにうねる。肉棒が子宮の入り口まで到達すると、周囲の膣壁はそこで射精を促すようにアリスの意識とは無関係に収縮して亀頭をしごく。

俺は、アリスの手を引っ張ると、上下の体勢を入れ替える。

一旦、チ×ポが抜けたおかげでアリスの顔に多少の安堵が見えたが、次の発言で彼女の顔は凍りついた。

「良いこと思いついた。自分で上に乗って動かしてみろよ」

「そんなこと、できるわけ……！」

「賭けに負けたくせに逆らう気か？　そっちが従わないっていうのなら、アルトを処刑しても良いんだぞ」

人質である男のことを言うと、アリスはキッと俺を睨みつけて、チ×ポに腰を落としてずぶずぶと、好きでもない男のモノを自分から迎え入れていく。

「あっ、あぁぁぁぁ!!」

自分から動くのも良いが、これはこれで絶景である。アリスが腰を振るたびにおっぱいが揺れ、ずっぽりと嵌《はま》った肉棒と陰唇との結合部は丸見えだ。

「んふぅ……あぁ……はあぁ……」

アリスは上下に動きながら肉棒と女性器を擦り合わせてきた。

喘ぎ声と共に淫《みだ》らな水音が響いてくる。

肉棒の根元をきつく締めつける入口と、亀頭を包み込むように締めつける膣奥の二重の刺激が、俺の射精欲を急速に高めていく。

俺は我慢できず、腰をがくがく上下させる彼女を下からガンガン突き上げる。

「ひあぁぁっ、あっ、やめてっ！　あかちゃん、できちゃうからっ、そんなに奥でされたら、できちゃう、んんんあぁっ！」

涙を流しながらの懇願で止めるどころか、むしろ興奮に油を注ぐ結果になり、舌も腰もますます激しく、手加減なしで襲い掛かり、アリスの膣奥、子宮まで到達して女の入口をノックする。

快感で理性は焼き切れ、性欲で満ちた頭はただただ快感を追い求めて、本能のままアリスを屈服させようとしていた。

アリスは子宮を突かれ、与えられる快感に飲み込まれ、涙を流しながら舌を出してだらしない顔を晒す。

「初めてなのに、アヘ顔かよ。こりゃ、将来有望だな！」

「あっ、んぐぅっ、へんなかおしてやぃ、んっ、んっ、んんんん!!」

腰が激しく振られ、膨れ上がったチ×ポが蜜で濡れ湿った肉壁を通って、亀頭が子宮口に当たり、押し潰れる。子宮を攻めたて、アリスにメスの悦《よろこ》びを伝えると、ペニスは肉ヒダにカリを擦りつけ、粘液が擦れ合う快感を生みながら肉棒を咥えいれるための肉穴を出ていき、再び激しく膣奥まで貫いてアリスを啼《な》かせる。

「ひあぁぁっ、あっ、あっ、あぁぁぁあぁぁ!!」

腰の動きがさらに加速する。

アリスの一番奥までペニスを突き入れようと激しく腰を打ち付ける度に、二人の肉体がぶつかり合う音が響く。

アリスの胎内で限界まで膨らみながら、小刻みに震えるペニスが子宮口を激しく突き上げる。

右胸の頂点でつん、と立っている乳頭を歯で触ると、きゅっと押しつぶさんばかりに噛み付いた。

「ああぁっ、あっ、あっ、あぁぁぁ、らめ、だめぇっ!!」

限界まで昂《たかぶ》っていたアリスの身体は、その日味わった中でも最も強い刺激を二重に受け、とうとう限界を突破し絶頂を迎えた。

身体全体が電流を受けたように激しく震え、結合部からは噴水のような潮が噴き出し、膣内は中を埋め尽くす肉棒を離すまいと必死に締めつけながら肉ヒダが波打った。

——どぴゅっ、どぴゅっ、どぴゅうううぅぅうううぅぅぅ!!

「んあああぁぁぁあっ！　あっ、あっ、あああぁぁぁぁあああ!!」

胎内で獣欲が爆《は》ぜた。

子宮の入り口に鈴口を押し付けながら、熱い子種汁を放つ。

何者も受け入れたことのない少女の子宮に、男の精が注がれてゆく。

「で……出てる……私の中に、男の、精液が……」

胎内までもが敏感になった肉体が、中に放たれる精液の感触をアリスに伝える。

涙を流し、口をだらしなく開きながら、彼女は誰にも見せたことのないであろう表情で絶頂の衝撃を味わっていた。

「はーっ……はーっ……あぁぁぁ……」

肉棒が膣内から引き抜かれる。アリスを少女から女へと変えたそれは、精液と愛液と少量の血液で全身が濡れていた。

そして膣で射精したにも関わらず、その肉柱は萎えることなくそそり立ち、次の快楽を求めるようにピクピクと動いていた。

「すっげ、アリスのマ×コから俺の精液めっちゃ出てくるな」

「……やっ、やあぁぁ……」

子宮に入りきらなかった分の精液は、肉棒という栓が無くなったことでごぽり、と膣孔の外に溢れ出てゆく。愛液でびしょびしょになったシーツの上に、少しだけ紅色が混じった白濁の液体が広がっていった。

「どうだアリス。俺とのセックス気持ちよかっただろ」

「はぁ、はぁ……大したことないわよ、こんなの……」

顔を上気させながら、俺のことを睨むアリス。フィリアのときのように、一回中出ししただけで堕ちるわけではないようだ。まあ、それはそれで面白いのだが。

「くっくっく、そうか。それじゃあ、気持ち良くなるまで可愛がってやろう」

「……えっ？」

俺は一回放出しただけでは収《おさ》まらない肉棒を握ると、彼女の入り口へと導く。

「って、ことで二回戦突入だ」

「ひっ、あぁぁ、そんな、あぁぁんんっ！」

そして、精液と愛液でぬるぬるになった膣内へと、再び肉棒を突入させた。

結局、そのまま二回戦と言わずに四回戦くらいしたが、彼女は気絶するまで気持ち良いとは口にしなかった。

3

「うぅ……くぅ……」

アリスとの情事が終わってからしばらくの間、心地よい疲労を感じながら眠っていたら、誰かの泣き声で目が覚めた。その泣き声の主は当然のことながらアリスである。

恋慕していた幼馴染に処女を捧げられなかった悲しさと、俺みたいな野郎に蹂躙《じゅうりん》された悔しさが混じって、泣いているとみた。

俺が昔見たテレビによると、女っていうのは悪っぽい男に惚れるものらしいのだが、どう考えてもフラグすら立てられている気がしない。

冷静に考えれば、セックスをした程度で惚れられるなんておかしいわな。こんなことなら、首輪の威力をフィリアと同程度のものにすれば良かったが、これはこれで趣《おもむき》があるので面白い。

密閉された個室では、愛液と精液が混ざった性臭が色濃く残っていた。かなり射精したように思えるが、生理現象ということを差し引いても元気なソレを見て、我ながら自分の性欲の強さに呆《あき》れそうになる。これほどの極上な肉体を放っておくなんて勿体無いからな。好きなものはいくらでも食べられるものだ。フィリアといい、アリスといい、取り戻そうとしに自警団が命懸けで出張ってくるのも分かる気がした。

「ぐす……すん……――っ!」

鼻を鳴らして泣いているところで、ガバッと起き上がると、アリスはビクリと反応する。俺に対する憎しみはあるだろうが、それ以上に敵《かな》わないという恐怖もあるのだろう。

それでも涙を拭って、俺の前では泣き顔を見せまいとするような、虚勢を張る強さがあった。

「ふぅ……よく寝れたか? アリス」

俺の言葉に反応せず、シーツを掴んだ手を強く握り、意を決して彼女は喉から声を出した。

「……どうして……こんなことするのよ……？」

「うん？　それはお前のことか、それとも自警団のことか？」

顔を伏せたまま答えないが、その沈黙はおそらく両方のことだと俺は捉える。

理由の言語化か。意識高い就活生じゃあるまいし、好きじゃないんだが。

「そうだな……俺もダンジョンマスターになる前は、こんな風に女を抱けるとは思わなかったし、人殺しに加担するとは思わなかったよ」

俺は顎に手を添えて考えながら語る。

「けど、今までそうしなかったのは、やったら不利益を被《こうむ》る可能性が高かったからだ」

今どき犯罪をしようものなら、ネット上に名前が載って、一生残るわけだ。そんなリスクを背負うのはまっぴらだっただけで、決して俺が良い人だったからではない。

「しかし、この世界ではそうじゃないらしい。アリスと子作りをすればＤＰが増えるわけだし、自警団を倒してもＤＰが貰《もら》える。さらに言えば、それがお前らが言うようなダンジョンマスターとしての正しいあり方だろ？」

アリスは唇を噛み締めて、俺を睨みつけるだけだ。俺の詭弁《きべん》に一理でも納得できるところがあったのか。

「それにアリスだって、ゴブリンを魔法で倒してたじゃないか。そこに俺との違いはあるか？」

「だって……ゴブリンは悪いモンスターじゃない……。暴力を使って女を犯す。忌むべきモノよ」

「それが自警団と何の変わりがあるんだ？　見てただろ、あの映像を」

自警団の奴らがフィリアを見る目やその前の会話は戦闘映像として残っており、それをアリスは観ていたはずだ。俺が負けたら、アリスはもっと酷い目に遭っていただろう。

「そ、それは――」

「マスター、やはりここにいらっしゃいましたか」

アリスが何か言おうとしたときに、ガチャリと個室の扉が開く。フィリアは部屋に入るなり、鼻を鳴らして頬を赤く染める。

「あぁ……ついにマスターと結ばれたのですね。おめでとうございます、アリス」

頬に手をあてながら、目のハートを輝かせるフィリア。こいつの場合、本当にめでたいと思っていそうだ。

「で、フィリア。何の用だ？」

「はい、村長の死亡が確認できました。首を一日晒した後に、村へ送ろうかと思います」

普段と変わらない抑揚のないフィリアの声に、アリスは目を丸くして驚く。

「そうか。で、村長が死んだ気分はどうだ？」

「そうですね……思ったよりはスッキリしませんでした」

そう言ったフィリアの顔には陰りがあった。

「村長の私欲のために私の両親が売られたので、復讐の機会を待ってましたが……いざ死んでしまうと、こんなものかって気持ちはありますね」

復讐の味は苦いとも甘いとも聞くが、達成してしまえば寂しいものだ。

「ちょっと、待ちなさいよ……。それってどういう……」

「なんだ、知らないのか？　お前の村の長、村人売って私腹を肥やしてたらしいぞ」

フィリアが何故《なぜ》ダンジョンにいるのかという理由すら理解してなかったアリスが、知ってたとは思わんが。

「ほ、本当なの……？」

「はい、私は村長が生贄《いけにえ》と称して、私まで売り飛ばそうとしているのを知って逃げた際に、このダンジョンに来たんです」

そもそもの発端はこいつの村の馬鹿なリーダーがフィリアに危害を加えようとしたことであって、俺はそのおこぼれをもらったに過ぎない。アリスとその幼馴染のアルトはそれを知らずに俺と敵対し、こうして囚われたのだから、二人ともいい面の皮である。まあこっちもゴブリンを殺されているし、アリスを犯したことへの後悔は微塵《みじん》もないが。

「そこでマスターに出会い、女にさせて頂いて、私は変わりました。以前の弱虫で自分の意見をハッキリ言えない私はもういません」

嬉々《きき》として語るフィリア。ひょっとしたら、俺は彼女を利用しているつもりだったが、実は彼女が俺を利用しているのかもしれない。

「ありがとうございます、マスター。両親や村のみんな、そして私自身の無念を晴らしてくれて。きっと、私一人では、自警団に襲われて誰かの奴隷になってました」

しかし、その屈託のない笑顔を見せられると、どちらでも良くなってしまう。何にせよ、俺は得をしたのだし。

「これからはより一層マスターに愛と忠誠を捧げますので、よろしくお願いしますね」

そして、見惚れてしまうくらいの満面の笑みでフィリアは俺の唇に口付けをする。その様子を呆然と眺めるアリスが横目にチラリと見えたが、どうでもいいことであった。

第四章　なんちゃって復讐者は何を掴むか

1

アリスの処女を奪ってから一週間くらいが経った。その間、俺は毎日のように彼女の肢体に溺《おぼ》れて種付けをしていたわけだが、俺は悪くない。あの男を惑わせるような胸と身体《からだ》がいけないのだ。

しかし、俺とてやることはやっている。こうして、自分のダンジョンについて書かれた新聞を読むのも立派な仕事である。

「なになに、『ど田舎に現れた新造ダンジョン。危険度ランク2。付近の村の村長、元王国の千人隊長であったカンヒューが自警団とともに倒されたが、自警団は約半数が生還……』どこが出してるんだ、こんなの」

「冒険者ギルドが毎週発行しているんです。そこそこ好評みたいですよ。ちなみにランクは10段階評価ですから、ここの評価は最低クラスです。まあ高ランクになって勇者が乗り込んできたら、こんなウサギ小屋ダンジョンひとたまりもないですし、よかったですね！　ゲラゲラ」

じゃあお前はウサギの飼育係か、お似合いだな。それにしても新聞まであるとは、よく調べるもんだ。

「そういえば、新田さん。先週、村に降伏勧告の文書を送ったのですが、返答が来ましたよ」

「えっ、なにそれ。聞いてない」

「新田さんがアリスさんと子作り行為している最中にやりましたから。自警団が壊滅したことと、アリスさんが新田さんに犯されている光景を見せてやりましたよ！　連中、今ごろ泣きながらシコシコしてんじゃないでしょうか？」

口元を隠しながらケケケと笑うターニャ。村の規模がどんなものかは知らないが、それだけしておけば逆らう気力はもうないだろう。

「けど、そういうのは俺に一言相談してくれよな……」

「お楽しみの最中に水を差すのもアレかと思ったものでして。それに、こういうのは早ければ早い方が良いのです」

遅い仕事なら誰にでもできるからな。自警団らが壊滅したのは一週間前のことだ。そして、今になって返答が来たということは、返答までの猶予を与えたってことなんだろう。

「で、なんて言ってきた？」

「降伏するそうです。やりましたね！」

そう言う奴の顔は、無邪気に笑う子供のようであった。腹の底ではドス黒いものが渦巻いているだろうが、外ヅラだけは良さそうだ。

こういう女を屈服させるのも面白そうだが、下手に近づけば火傷どころか全身まで燃やされそうなので取りあえずやめておく。

2

　降伏の手続きをするために、俺とターニャは、護衛兼案内人としてのフィリアとペットのアリスを連れて徒歩で約二時間くらいかけて村へと下りていった。

「ぜぇぜぇ……DPで俺の行動範囲を広げるんじゃなかった」

「大丈夫でしょうか？　お水飲みます？」

　ダンジョンマスターは基本的に外に出られないのだが、DPを使えば一時的に行動範囲を広げることができる。さらに、一度行った土地なら一瞬でワープする便利機能もあるわけだ。しかし、当然ながらフィリアの村には行ったことがないので、まずは徒歩で行かなくてはならない。

　向こうから出向かせるということもできたが、あまり地元勢力にダンジョン内の実情を知られたくない気持ちがある。それに、異世界の村っていうのも見てみたいしな。

「ところでフィリアさん、連れて来といてなんですが、大丈夫なのですか？」

「なにがですか？」

「ここってフィリアさんが生まれた土地でしょう？　そこに害をなす我々に力を貸すことに罪悪感とかありませんか？」

　少しも悪いと思ってなさそうな顔で、しれっとターニャはフィリアに聞く。

「いえ、別に……。たしかに、ここは私が生まれたところですが、もう親族もいませんし、今とな

って は辛い思い出しかありません」

彼女は無理をしたように笑い、俺たちより一歩前を歩いた。誰にだって触れられたくない部分の一つや二つくらいはあるだろう。彼女の主人なら把握するべきかと思うが、特に興味が唆《そそ》られる部分ではなかったのでスルーした。

「私の生まれた村でもあるんだけど、訊《き》きもしないのね……。アンタらが何をしようとしても、私が止められるわけないけど、酷いことをしたら許さないからね」

完全にペット扱いで会話からハブられているアリスがぼやく。彼女の両親は王都で商売をしているらしく、自警団にも参加していなければ、今この村にもいない。

「人聞きが悪いな、アリス。俺はいつだって、相手が歯向かって来たから対処しただけだ」

「ふん、どうだか」

アリスのときだって、自警団のときだって、やらないと俺が死ぬ可能性があるからやり返しただけだ。俺は悪くない。

しばらく歩いていると、木の柵で囲まれた家々が見えた。ここが村ということか。規模は一〇〇人いるかどうかくらいか。よくもまあ村長は二十人も動員できたな。

もっとも、そのおかげで降伏を勧《すす》められるだけの材料が早々に揃ったわけなので、その点だけは感謝しなければ。

村の中に入ると、好奇の目を向けられるのと同時に、ピリピリと張り詰めた空気に晒《さら》される。一応、庶民的な格好で来たし、俺がダンジョンマスターであることはバレてはいないだろうが、自警団が敗走したタイミングで来る奴が怪しくないわけない。

フィリアとアリスについては、ターニャが魔法で村人の認識を狂わせており、二人ともただの痴女として認識されているらしい。ある意味、羨《うらや》ましくもあった。

「それにしても面白くもなんともない村ですね。娯楽といったら、セックスくらいじゃないですかね？」

「そんなことないわよ！　近くに川があるから、川遊びができるし、お花畑とかもあるわ！」

それで満足できるのって、わーいたっのしーとかやっているキッズくらいだろ。キッズにはそれで十分かもしれないが、アダルトな人間が楽しむにはちとキツすぎる。

「新田さんもおままごとなら得意そうですから、アリスさんと一緒に遊んでくれば良いじゃないでしょうか？」

おい、それどういう意味だよ。ダンジョンマスターをおままごと感覚でやっているとでも言いたいのか？

「よく分かりませんが、マスターも童心に返りたいということでしょうか？　それなら、私がお付き合いしますが」

「い……いや、付き合わんでいいよ」

フィリアの場合、どこからが冗談なのかが分かりづらい。というか、冗談ではなく本気で言っているだろうというところがもっとタチが悪かったりする。

村の入り口からまっすぐ行ったところに、一際目立つ大きな家があった。他の家がボロボロの木で造られた建物だったのに対して、この家だけは年季は入っているが立派なものだ。おそらく、権力者が住んでいる場所というのは容易に想像できる。

そして村長の家の前には、身なりの整った一人の女が立っていた。年齢は二十代後半くらいの、銀髪で片目が隠れた女だ。先日の自警団に混じっていた一人で、村長の側近をしていたらしい。

俺は戦いの際には男だと思い込んでいたので、武装解除させたら銀の長い髪が兜の下からこぼれてきて驚いた。

「これはこれは、ようこそお越し下さいました。ダンジョンマスター様。改めまして、私は村長代理のケイトです。以後、お見知りおきを」

ターニャとは別の、人の良さそうな笑顔を顔に張り付けながら、俺に握手を求める。

「怪我は大丈夫か？　かなり斬られていたようだが」

「ええ、おかげさまで……。助かりました」

俺のダンジョンに攻め込んだとき、村長を諌《いさ》めて斬られたそうだが、思ったよりも大丈夫そうだ。まあ、フィリアの摘んできていた薬草が無ければ、死んでいたかもしれないが。

怪我を治させて、生き残りの自警団とともに村へ帰らせたのは、奴らも村長による犠牲者だからだ。アリスらと違って、ダンジョンにマイナスになることもしていないしな。

「あら？　村長には息子がいたので、彼が村長を継ぐと思っていたのですが」

フィリアの言うとおり、あの村長のワンマン運営なら世襲があると思っていた。そうなると、可能性は一つか。

「前村長の一族なら、彼らが祀《まつ》っている神々に捧《ささ》げましたので、ここにはいません」

「あー、なるほど」

前村長の一派がフィリアに何をしようとしていたか考えれば、既に答えは出ている。彼らがしていた「いらなくなったらポーイ」を、彼ら自身にも適用したんだろう。

「ひ、ひどい……」

普通の人道派気どりの奴ならここでアリスのように胸を痛めるだろうが、正直俺が会ったこともない奴らに対して思うことは特にない。

「まあ、彼ら一族もそれでご飯食べていたのなら同罪でしょうね。フィリアさんはどう思いますか？」

「主犯格の村長を潰したので、その一族がどうなろうと知ったことではありません。私はマスターの意向に沿います」

他の奴らも似たような感想であった。よく考えれば、洗脳済みの人間とクズじゃ建設的な意見は出ないだろ。

「ヘイヘーイ、ケイトさん……でしたっけ？　前の村長が死んだら一族ごと始末して、自分が後釜に座るとは、あなたには忠誠心というものはないのですか？」

「忠誠心というものは、勝手に湧き上がるものではなく、その人物の価値を正しく理解して恩賞や地位を与えられて初めて出るものです。愚鈍な人物に捧げることこそ、公共の利益に反するとは思いませんか」

主人を裏切っておいて、ぬけぬけと言うやつだ。しかしながら、ケイトの言葉には陰湿さは感じられない。呆《あき》れそうになるも、その神経の図太さだけは褒めてやろう。

「前村長も決して超弩級《どきゅう》の馬鹿ではありませんでした。村人を売ることや生贄《いけにえ》などの風習は愚かな行為ではありましたが、村の財政は赤字で、我々としても対処できていませんでしたので……」

聞くところによると、この村はもともと作物があまり採《と》れなくて、財政が良くないらしい。それでほうぼうに借金がかさみ、ついに利子を払いきれなくなったのだそうだ。

八割くらいは前村長の無駄遣いが原因だったらしいが、やってしまったことは仕方ない。どうにかしようと、考えついた結果がこのあたりに潜伏している人身売買組織に村人を売ることであった。フィリアもフィリアの両親もその犠牲者だ。

どう考えても自業自得ではあるが、身に降りかかる火の粉を一時的にでも払うだけの能力はあったということか。まあ、一〇〇円を盗んだか一〇〇〇円を盗んだかの違いくらいであるが。どちらにせよ、代わって統治する以上、ケイトにとって前村長の一族は邪魔だったというわけだ。

「けど、クーデターで血が流れなかったなら、いいんじゃないんですかね」

「そうですね。ははは」

目を全く笑わせないで声を上げる俺とケイト。生贄になったということは、村長らがやったように奴隷《どれい》として売り払われたはずだが、それが死ぬよりマシである保証はどこにもなかった。

「んで、ケイトさんたちは、こちらに服従するということで良いのか？」

「ええ、はい。それで、村の者の処遇は……」

ターニャがどんな内容の文書を送ったかは知らないが、俺の出した結論は変わっていない。

「そうだな……とりあえずは、作物の一割程度をダンジョンの前に捧げてくれ。それと、豚か鶏なんかもあったら少し欲しいな。支払いは魔石でいいか？」

「は、はぁ。我々の命は……？」

なんで知らない人間の命なんて欲しがらなくちゃいけないんだよ。ダンジョン内で死んでくれるならともかく、この場でそんなものを貰《もら》っても使い道に困る。

「ダンジョンから生まれた支配者は、血を好み、一度敵対すれば死でさえも生温《なまぬる》い永遠の苦役を用意するなんて聞きますが。我々を一時的に逃がしたのは、さらなる苦痛を与えるための布石だとか」

「どこ情報だよ……俺が生まれたところは戦争が無かった土地だ。能吏は生んでも、英雄は生まない。俺がアンタらに敵対したのも、自衛のためだ」

奴らを殺したとしても得られるＤＰは一時的なものだ。それよりも、死ぬまで働かせてＤＰ以上のものを搾り取った方が、よほど有意義な命の使い方である。豚は太らせて食べる方が美味《うま》いのだ。

「一応属領のような扱いをさせてもらうが、そっちの自治権は完全に認めるよ。なんだったら、ゴブリンで良いなら自衛のための兵も貸す。村の代表はアンタがやれ」

目の前の女が信頼するに足るかは分からないが、信用ならできる。少なくとも、前村長の仇討《あだう》ちのために改めてダンジョンに攻めてくるようなマネはしないだろう。

それに、ダンジョンの運営が忙しいのに、こんな村にいちいち構っていられない。この村自体には既に歯向かう力が無いのだから、放っておいてもどうということはない。

捧げ物については貰えればいいなくらいの気持ちだ。いい加減、ダンジョン産の微妙な食い物から卒業したい気持ちは無くもない。

「分かりました、従属しましょう。代価としてこの村の民をお守りください」

その後は、村の運営について少しだけ話し合った。

優先して解決すべきは、村が抱える借金問題である。いっそのこと踏み倒すという手もあるが、村が金を借りた相手は貴族や商人だけでなく、危ない手合いもいるらしい。そんな連中がブチ切れて、村の実質の支配者である俺に取り立てにきたりしてはかなわない。危ない橋はなるべく渡りたくないのだ。

「前村長の借金に関しては、利子を毎月払えば大丈夫ですが、額が額だけに大きいですね……」

「ヘイヘーイ、ここは心を鬼にして村人を売りとばして、元金を減らしましょう！」

「いや、前村長と同じことをしてどうするんだ……まあ、金を稼《かせ》ぐには何かを売るのが常道だろうな」

「ではどうしましょうか」

「これを売ろうと思うんだが」

「何よ、コレ？」

俺がプライベートの時間を使って制作したぶよぶよの白い筒を取り出すと、アリスが手に取った。

「そんな握り方したらオナホが破れるぞ。使い方に気を付けろ」

「オナホ？　何それ、食べ物なの？」

素材的には食べられるモノに該当するが、実食する猛者がいるのなら是非とも見たいものだ。

「簡単に言うと、男性器を筒の中に入れて気持ちよくする道具だ」

「なっ……なによ、その変態グッズ！　売れるわけないじゃない！」

声を荒らげたアリスに、オナホを顔面に投げつけられたが、俺は至って真面目だ。異世界といえども、股間に与えられる性的快楽は同じものであるわけだし、以前の俺のような男もいるはずだ。

それに、多くの男にとって自慰行為が大切であることは自明の理だ。とある統計によると、オナニーしている男は十割近いとも聞くし。

作り方は簡単で、イーモをすり下ろし、それを水の中でしっかり揉《も》んで、出てきた沈殿物を乾燥させる。粉となったソレと水とを容器に入れて混ぜ合わせ、中心に棒を突っ込んで冷やしたら出来上がりだ。そのあとは、俺なりにアレンジを加えて、楽しめるようにしてある。

元は食い物であるが、ターニャに頼んで防腐魔法をかけてもらっているおかげで、衛生的にも問題ない。

「なるほど……性的グッズですか。イケるかもしれませんね。ケイトさんのツテで商人に流すことは可能でしょうか？」

「一月に一度、行商をやっている者が来ますので、売ってみることにします」

アリスとは反対に女性二人は乗り気なようだ。

「なによ、そんなに凄《すご》いわけ？」

「一見シンプルでありながら洗練されたデザイン。それでいて、中は女性器を再現しつつ自分なりのアレンジを加えてどのような男性器をも受け入れさせてくれるというある種の芸術品です。初めて新田さんが凄いと思いました、ヘイへーイ」

ということは今まで凄いと思われてなかったということかよ。ダンジョンマスターとしての俺の評価低くね？

「それにです。元村長が村人を売っていたのは、それだけ人の価値が高いからです。オナホが広まって人々が自慰行為にハマれば、性奴隷の価値が低くなって、フィリアさんのような不幸な人が減るでしょう」

いや、そこまでは考えてないんだけど。しかも、ターニャが言っていることは、機械があるから人間いらねの思想みたいなものだ。

だが、弁明するのも面倒なのでしないし、フィリアにキラキラとした眼差しを送られるのは悪くない。

3

俺ごとき素人に本格的な内政は無理なので、後のことはケイトに放り投げることにした。今はダンジョン運営に専念すべきだろう。

「うーん、お腹空きましたねー」

話し合いが終わった後に外へ出ると、既に空は夕焼けに染まっていた。移動時間も含めると、かなりの時間ダンジョンを空けていたことになる。

「そうだな、そろそろダンジョンに戻るとするか」

「いやいやいや！　ダンジョンには今日も侵入者なんて来てませんし、ここは外食しましょうよ！　お祝いですしね！」

自警団壊滅させてお祝いとか何それ超物騒。

というかダンジョンとしても大丈夫なのだろうか。ここ一週間の侵入者なんて自警団以外、そのへんの野生動物くらいしか来ていないんだが。

「フィリアさん、この辺で美味しいお店ってありませんか？」

「マスターのお口に合うか分かりませんが、食堂なら村に一軒だけありますよ」

食堂か。そういうのもあるのか。思えば、外食というと、親同伴で行くくらいしかしていなかったから新鮮だ。人の金で食べる飯も美味いが、自分の金で食べる……うん？

「俺、金無いんだけど」

「カツアゲでもしに行きましょうか？」

村を支配した後にやることがカツアゲとか後世まで残る情けなさだ。チンピラと変わらないじゃないか。

「まあまあ。私の家にもしかしたらお金が残っているかもしれませんから、それで食べに行きましょう」

「さすがはフィリアさんです。最終手段として、アリスさんにパパ活でもさせようかと思いましたが、その必要はなさそうですね」

「それじゃあ、すぐ戻ってきますから、待っててくださいね」

「あっ、暇なので私も着いていきますよ」

フィリアは笑顔で言うと、くるりと回ってターニャとともに民家の方へ駆けていった。別に待つのは良いのだが、その間暇になってしまう。特にすることもないから、フィリアに着いていこうとしたら、アリスがおもむろに口を開く。

「アンタって、なんなの……？」

「はぁ……？」

疑問符には疑問符で返すべきではないが、質問の意図がはっきりとしていなかった。

「アンタのしていることは許されることじゃないわ。私は絶対に許さない」

元の世界でやったらぶっ殺されてもおかしくないことをやっているので、許してもらう気なんてさらさらない。

「けど……村長たちがやってきたことや、今日までのフィリアさんを見て分からなくなってきたわ」

アリスの言葉に俺は適当な相槌《あいづち》を打つ。

「あんなに楽しそうなフィリアさん……久しぶり……いえ、初めてみるわ」

そう言われても、元のフィリアがどんなのだか俺にはよく分からないので、なんとも言えないな。

「というか、フィリアは洗脳されてるぞ、知ってるだろ？」

「それでも……幸せそうじゃない……」

生き物にとって記憶を弄《いじ》るのは存在を変えるのと同じことだ。姿カタチは同じといえども、それは既に彼女の知っているフィリアではない。

それでも、そう言わせるということは、それだけのことがあったのだろう。

「それに村長のことだって、私がどうにかできるとは思えなかったわ」

まあ、そうだろうな。彼女が魔法が使えるといっても、一個人でどうこうできるほど組織の力というのは甘くない。

この村にしたって、村長が死んだらその一族という派閥を強制的に排除するしかなかった。立派な大人がこれなのだから、アリスが何をしようとも一人ではどうにもできなかっただろう。

「おかげで他の村人が犠牲になることもなくなるし、それだけは…………感謝してるわ」

顔を俯《うつむ》かせて聞こえるか聞こえないくらいの声をアリスは絞り出す。

「けど、他に方法があったと思うのよ。例えば……戦うんじゃなくてアンタがダンジョンの戦力を見せびらかせて村人を犠牲にするのを止めるように脅すとか」

俺の作戦は相手の油断と、自滅を狙ったものだ。真っ正面から脅すとなると、ゴブリン一〇〇〇体かドラゴンでも召喚しないと無理だ。そもそも、あのくそジジイどもが話し合いに応じるわけないし。

それに、村長が村人を売るのは財政が既に破綻しているからだ。それに代わる金策が無い限り村人が犠牲になるのは変わらない。俺のオナホは不確定要素が多すぎるし、売れるとは限らない。そもそも、老害ジジイの利益のために何かをするということ自体が嫌だ。

「そ、それじゃあ――」

「そういうことを考えるのが、アリスみたいな良い人の限界だよな」

次々と実現不可能な理想論が彼女の口から出るのを止めて、民家の方を見ると、フィリアが財布を持って走ってきたのが確認できた。

「俺は正しいことをしたいわけでも、アリスに感謝されたくてやっているわけでもない。そうしたいからやっただけだ」

俺の知らない奴らがどうなろうと知ったことではない。俺の邪魔をしたから排除しただけだ。

アリスの考えを否定するわけじゃない。誰かのためになることをする。正しいことをする。それ自体は素晴らしい考えだ。俺も過去にそういう奴に出会い…………そして失望した。

4

異世界に行ったら料理屋を建てて、現代の料理を食べさせれば、勝ち組になれるだろう。そんな甘い考えが当初の俺にはありました。

外国なんかのレストランで料理を注文すると、なんか微妙に味が合っていないなんてことがあるが、たぶんそれがコレだ。目の前の料理にケチをつけるわけではないが、正直俺の口に合わないというのが本音である。

オートミールのような粥に、顎が鍛えられそうな肉。塩味はキツく、高血圧になることは確実だ。

「久しぶりにマトモな食事ですね」

「そうですね。ここ最近はイーモや野草くらいしか食べてませんから、ちゃんと精がつくものを摂らなくてはいけません」

フィリアとターニャが美味そうに食べていることから、これがこの世界における味覚の基準なのだろう。胃が痛くなりそうだ。

けど、マズイわけじゃない。ダンジョンでの食事に比べれば、まだマシな方だろう。野球の試合に例えるなら、十五対八くらいの勝負である。

しかし、元の世界へ簡単には帰れないことを考えると、さっさとこの食事に慣れてしまった方が良い気もする。どちらにせよ、出されたものはしっかり食べるのがマナーだ。

「おやおや、アリスさんは食欲無いのですか？　食べるのもアリスさんのお仕事ですよ。ほら、セックスするのって体力が必要でしょう？」

「別に考えごとをしていただけよ！　人のモノ勝手に取らないで！」

ぼーっとしていたアリスがターニャにパンを奪われて怒る。

さっき俺に語っていたことと関係あるのだろうが、俺がどうこうする問題ではない。さっきも言ったが、他人に何か言われた程度で俺は変わったりなんてしない。死ぬまでこのままだ。

なので、気にしたところでしゃーない。それに、今は別に考えることもあるはずだ。

例えば、冒険者とやらだ。冒険者たちが集まるギルドの新聞を見る限りだと、うちのダンジョンは低ランクである。いくらド田舎でも一人二人くらいは攻略しに来てもおかしくはないはず。

この村も規模が小さいとはいえ、食堂があって宿屋らしきところもあるから、拠点としては充分だ。このあたりに既に来ていてもおかしくはないだろう。

「ねえ、そこの娘《こ》たち、オレと一緒に食事しねぇ？」

「なんですかあなたは？」

文字通りしょっぱい食事に水を飲みながら悪戦苦闘していると、突如俺たちのテーブルに一人のスカした男が割って入ってきた。

「オレはリュートっていうんだ。こう見えても、冒険者をやっているんだぜ」

リュートと名乗る男は太陽が出て良い天気だったというのに、黒いコートを着ている。そして、懐から鉄のプレートを取り出した。冒険者証明と書かれている。

「冒険者ギルド証ですね。見る限り本物のようです」

ということは、コイツもしかしてダンジョンに来るためにここにいるのか。まさか、こんな近くにいるとは思わなんだ。

目つきが鋭い以外は特にこれといった特徴はなく、筋肉も動きづらそうなコートの下に隠されている。パッと見、そのへんのチャラい野郎という印象しかないが、人は見かけで判断しちゃいけないって小学校の頃に援助交際をして捕まった先生が言ってた。

「キミたち、ここの村の娘？　ここらに住み着いている悪いダンジョンマスターは俺がぶっ殺してやるから安心しろよ！」

親指を立てて、白い歯を覗《のぞ》かせるリュート。そして、その親指をへし折ろうとせんばかりのフィリアを制しながら話を続けさせる。

「すっごーい！　あなたは勇敢な冒険者なんですね！」

「へへっ、まあな！　この短剣で喉元を斬り裂いてやるよ！　モンスターだろうが、魔族だろうが俺の敵じゃねーぜ！」

ターニャのお世辞に乗せられて、奴はまたしても懐からナイフを取り出して見せびらかす。自警団が使うような剣という名の錆《さ》びた鉄の棒ではなく、斬れ味が良さそうなナイフだ。間違いなく指くらいなら骨ごと楽に落とせるだろう。

「ここ数日、この村で話を聞いていたら、そのダンジョンマスターは自警団を一瞬にして片付けた上級魔族って噂《うわさ》だぜ」

「上級魔族……？」

「ああ。デーモンとか竜人《ドラゴニュート》といった高度な知能と高い身体能力を持った奴らを、そう呼ぶんだ。魔王軍にも大勢いるし、そいつらに家族を奪われた奴も、この国にはたくさんいるぜ。かくいう俺も……」

そんな身内ネタはどうでも良いのだが、噂に尾ひれが付きすぎて、俺の存在がドラゴンやら悪魔といったカッコイイ存在になってしまっている。実際は彼の横にいる一般ピープルがそうなんだが。

「まあ、ダンジョンマスターって基本的に寿命が長い魔族が暇つぶしにやるようなモノですし」

ターニャは小声で俺に耳打ちをする。たしかに村の連中からすれば、こんな人間が自警団を壊滅させたってよりも、ドラゴンや悪魔にやられたと思う方が納得がいくだろう。

「まあ、魔族なんてオレの敵じゃねーし、勝ったらキミたちもオレの愛人にしてやるぜ！　ダンジョンで大成したら貴族になるのも夢じゃないからな」

なるほど、儲《もう》かるのならこんなのが釣られてもおかしくないな。

「そういうわけだ。こんな将来性の無さそうな羽虫を連れた男と付き合うくらいなら、二人ともオレの愛人になった方がお得だぜ」

「おい、クソヤンキー、羽虫って誰のことだ？」

こんな未だに大成していない奴に言われたくはないが、ダンジョンマスターなんて普通の人からすれば何をやっているのか分からない得体の知れない職業なので奴の言う通りだろうよ。

「なあ、いいだろ。こんな男と一緒にいるよりオレの方が絶対楽しいって保証してやんぜ」

「……私がどう食事をしようともアンタには関係ないでしょ」

アリスは男と目を合わせないよう、うつむきながらサラダにフォークを刺し、口に運ぶ。冷静を装っていたようだが、実際のところ、アリスの声は少し震えている。

その様子に気付いているのか、男は楽しげだ。

アリスの背後から絡んでいた男が、吐息が少女の顔にかかるぐらいの距離まで自分の顔を近付ける。

「なあ、そんなつれないこと言わねぇでよぉ。一緒に楽しくやろうぜ？」

なんて言って、アリスに寄りかかっている。

「……は、離れなさいよ。怒るわよ」

アリスはフォークを置き、両手で自分の肩にかかる男の腕を、物理的にはがしにかかる。

そうすると、男の腕は一度はどけられるが、しばらく後、また同じように少女の肩に回される。

男は酔っているのか、一貫してニヤニヤ顔だ。

今の状況を整理すると、俺たちは酔っ払いに絡まれて困っているってことで間違いないよな。そして、そいつはダンジョンに侵入してくる哀れな冒険者。

可哀想と思って黙っていたが、他人が自分のモノに手をつけようというのなら話は別だ。

俺は黙って椅子から立ち上がると、アリスの肩に回されそうになっていた腕を掴《つか》む。

「なんだテメェ？」

男が俺の前へと立ち、ガンをつけてくる。

顔が近くて、息が酒臭い。男と顔が近いとか、誰得だよ。

「そいつは俺の所有物《もの》だ。勝手に手を出されると困るんだよ」

アリスとフィリアは俺が労力をかけて捕まえた獲物だ。それを横からシャシャリ出た野郎なんかに渡してたまるか。

「――あァ？」

俺の言葉に、あからさまに青筋を立て、さらに顔を近付けてくる男。そんなに見つめられたことないから照れてしまうとか言っている場合ではない。

怒りの形相を露わにした男に胸ぐらを掴まれる。それには応えず、俺は笑い顔を作って相手の目をじっと見つめ続ける。

「よせよ。みっともないぞ、リュート」

凜《りん》とした声に、熱くなった場の雰囲気が冷たくなった。こういう時に止めるのはいつだって第三者の役割だ。

「けど、ユーリ……こいつが……」

食堂の奥の方に座っていた、男にユーリと呼ばれる人物は一目見た瞬間に分かるほどの美少年であった。

スラリとしたスマートな身体つきに、長い手足にキュッと引き締まった腰。まるでモデルのようなスタイルだ。

襟までかかる青く艶やかな髪。猫耳帽子から見えるミディアムショートの髪が自然に感じられる。長い睫毛から覗ける瞳は見ているだけで吸い込まれそうな気分になるほど澄んでいた。

食堂で料理を作っているおばちゃんや、屯《たむろ》っている主婦はもちろんのこと、仕事帰りであろうおじさん連中の視線まで奴に集中する。

「先に絡んだのはキミだろ」

周りの野次馬たちは、しきりに頷《うなず》く。

「酔っていたとはいえ、失礼な態度をとったのもリュートだ。初対面の人にアレは無いだろ」

「うぐっ！」

ユーリとやらは男を叱るように話していく。この時点で、どちらの方が立場が上か理解できてしまう。

「それに、いつまで彼の首を絞めているつもりだ。ボクたち冒険者の力は彼のような人を苦しめるためにあるのか？」

「ぐ、ぐぅ……」

まるで母親に説教を受けている子供のように、男は俺の襟首を掴む力を弱めていく。俺は男の手を振りほどくと、シワになったところを伸ばした。

「く、くそっ！　覚えていやがれ！」

覚えていろなんて捨て台詞を吐いてどっかに行く奴を生まれて初めて見たわ。この世界にやって来て初めて感動してしまった。

しかし、食い逃げ同然に店を出てしまって良いのだろうか。そんなことを考えていると、ツレの美少年が溜息《ためいき》をつきながら銀貨を店員に渡していた。

「ご迷惑をおかけして申し訳ありません。お詫《わ》びといってはなんですが、お代は多めに払っておきます」

なんという太っ腹な行為だ。世の中には性格がひねくれ過ぎて首までねじ切れてゾンビになった上に腐臭を撒《ま》き散らして蝿《はえ》すら寄ってこない輩もいるってのに……。

「おい、ちょっとそこのカス。なんで私を見つめるんですか？」

ともかく、一目見た程度であるが、ユーリという人物は外面だけではなく中身もイケメンであるらしい。

「それと……キミたちにも迷惑をかけちゃったね」

絶対的に上位の人間というものが存在するとき、目の前で頭を下げられると、逆にこっちの方が申し訳なくなってしまう。

「リュートも悪い奴じゃないんだ。ただ、明日からダンジョンを攻略するからピリピリしていてね」

そして、すかさず仲間のフォローか。明日にはダンジョンに侵入してくるとは……人間性だけなら勝てる気がしないな。

「それに、彼の両親は魔族に襲われて亡くなられてね……。今回は、魔族がダンジョンマスターをしているって聞いて、もしかして仇が見つかるかもしれないって張り切っているんだ」

「なるほどな……まあ。気にしてねえよ」

残念ながら、リュートの両親なんて知らないし、自警団以外の犠牲者なんて出していないから、奴が仇《かたき》をとれるわけがない。もちろん、そんなことを言えるはずもなく、俺は適当に相槌をうって流す。

「仲間が迷惑をかけたお詫びに、今日の食事はボクの奢《おご》りってことで勘弁してもらえるかな？」

「うえっ、いいんですか？」

「ああ。お金なら結構稼いでいるし、ダンジョンで稼げたら大した額じゃないよ」

ユーリは金貨や銀貨が入った袋をジャラジャラと鳴らす。この通貨がどれくらいのものかは知らないが、足りないってことはないだろう。

「ふん。言っておくけど、そういうナンパなら断っておくわ」

「警戒されちゃってるね……。それだけ仲が良いってことなのかな？」

嫌味のない爽やかな風情《ふぜい》で笑うユーリ。その姿には何やら陰《かげ》のようなものを感じた。

「勘違いしないでほしいんだけど……コイツとは邪《よこしま》な関係でしかないわ」

「あはは……けど、そういうことを遠慮しないで言えるのはいいね。彼も気にしてなさそうだし」

アリスの首輪を見ながら、ユーリは空笑いをする。

アリスの憎まれ口についてはいつものことなので、気にしていない。

むしろ、生意気なことを言ったあとに、ベッドの上で素直にさせるっていうのも、エロの醍醐味《だいごみ》ってやつだ。ああして生意気な態度をとっているが、実は昨晩アンアン言いながら俺の精液を胎内に収めたと思えば可愛《かわい》いものだろう。

「それじゃあ、ボクもこれで失礼させてもらうよ。お代ならコレで足りると思うから、ゆっくりしていってね」

ユーリは銀貨を数枚テーブルの上に乗せて食堂を後にした。ここらの貨幣価値は分からないが、ユーリの人間性が俺と同程度じゃなければ足りるはずだ。

「うーん、人の金で食べられると思うと、ご飯も美味しいです。ところで、新田さん、彼らに貸しを作ってしまったわけなのですが、彼らとはダンジョンで戦うわけですよ。コレって恩を仇で返すカタチになりそうですよね?」

「ターニャ、そういう時はこう言うんだ。コレはコレ、ソレはソレ」

「うーんこの。ですが、それでこそダンジョンマスターって感じです」

アリスが呆れながら溜息をついているが、個人的な恩義のために手加減すれば割を食うのは下の奴らだ。それで死んでいった奴がいたら、怨霊となって俺を呪い殺す可能性があるということを言い訳に、俺は奴らを全力でブチのめす戦略を考えることにした。

5

「思ったよりも早かったですね」

翌日、ユーリらは宣言した通り、ダンジョンへとやって来た。俺の予想では少しくらい道に迷うと思っていたが、その辺に放っておいた〝案内人〟がうまく連れてきたようだ。

「落石に倒れた自警団の人を適当に蘇生《そせい》させたのですが、成功ですね」

「アレがか？」

モニターに映る元自警団の若者は左目を白目にしながら、よだれを垂らすという見事なアへ顔を晒している。女だったとしてもドン引きしそうなもので、何もしなくても金が貰えそうな重症っぷりだ。

『こ、こ、こ、こ……ここがダンジョンデス……』

雑な蘇生で脳みそがアレしたのか、言語機能に異常が発生している。これで怪しまれなかったのが奇跡だろう。

「ひ、ひどい……」

「命には直ちに影響ありませんから大丈夫でしょ。むしろ、命があっただけ感謝してほしいですね」

アリスは口元を抑えながら彼の惨状を目の当たりにし、ターニャはニヤリと笑いながらイーモを齧《かじ》る。

たしかにエグいが、俺たちのやっていることは命と名誉の取り合いだ。

たとえ、あの村長に強制されてやったことだろうが、選んだのは彼らの意思である。逃げるという選択肢も村長と戦う選択肢もあったはずだ。前村長の撃破に貢献したケイトらは許したが、己の弱さに負けた上に倒された他の自警団員は、動かなくなるまで戦力として利用するまでだ。

「彼らは我々の全てを奪いにやって来た略奪者です。彼らが全てを奪うのなら、私らが彼らの全てを奪うのは道理でしょう。違いますか?」

「…………」

ターニャの言葉に唇を噛《か》むアリス。奴の語る自分に都合の良い暴論は、平和と協調を図る者にとっては受け入れがたいものだろうが、一応の筋は通っている。

「まあ、そんなことは置いておいて、我々が生き残るために戦いましょう」

まずは俺たちが奴らに打ち勝ってから、これからのことを考えれば良い。ターニャのやることを肯定する気はないが、否定する気もない。彼女がやらなきゃ俺がやっていたかもしれないしな。

『ここが自警団がやられたダンジョンということだけど、何か感じるかな?』

『ああ。なにやら大きな存在の気配がするぜ。小さいけれど、禍々《まがまが》しい魔力の感じもある』

たぶん、それはウチの羽虫のことだろう。アリスは首輪の効果で魔法が使えないし、俺は魔法を使えない。

『もしかしたら、オレの両親を殺した奴かもしれない。なあ、ユーリ……この戦いが終わったら、オレと……』

『よ、よしてくれよ……！　ボクは……』

モニターに頬《ほお》を赤く染めたユーリの姿が映される。長い睫毛を伏せて、手を口元にあてていた。

「うわ……私たちが会った人って男色趣味の人だったの……。あんなのにナンパされた私って……」

そして、近くにいるアリスは頭を抱えて落ち込んでいた。たしか奴は『愛人にしてやる』なんて言ってたので、アリスはユーリより軽く扱われたことになる。好感度が違うのは当たり前だが、それでも異性に負けたと思っている彼女はショックを受けていた。

しかし、ユーリの姿はまるで美少年っていうよりも……

『さて、キミはもう帰ってもいいよ。お大事にね』

『は、はイ……ミナさんもお気をつけ……うわあぁぁ！』

元自警団の男はカタコトで喋《しゃべ》ったかと思うや、突然ユーリたちに襲いかかった。ハタから見れば精神がおかしくなっているように見えるが、ニヤニヤと笑みを浮かべているターニャを見れば、コイツがそうさせたのだとすぐさま分かる。

「フフフ……これぞ私の考えた最強モンスター『狂化人間3号』です！　人間は普段一〇％くらいしか脳や身体機能を使っていないわけですが、蘇生の際に脳をいじくることで、一〇〇％の力を出せるようになるのです！」

悪趣味な実験結果を語りながら高笑いをするターニャ。最強といいながら番号振っているあたり既に最強じゃなさそうだが。

『くそっ、やっぱり魔族に操られた人間か……！　ユーリ、大丈夫か!?』

『なんとか避けられたよ……』

とはいえ、クソみたいなネーミングセンスに反して、脅威度はゴブリン以上だ。まっすぐユーリに拳《こぶし》を突き出して飛びかかるスピードは狼《おおかみ》のようだ。そして、避けられてしまったものの、狂化人間の拳は避けた先にある木に突き刺さる。

「冒険者どもめ、人間をなめるなよ！　イヒヒヒ！」

人間賛歌がテーマの漫画で正義側が使いそうなセリフだが、人間の尊厳をズタボロに奪い尽くしているのは明らかにウチの方である。

「さあ、3号さん！　あの死亡フラグびんびんの冒険者を血祭りに上げるのです！」

ターニャは片腕を上げて命令するが、3号は突き刺さった腕が抜けずに突っ立っているだけであった。まあ、特に訓練もしていない人が一〇〇％の力を使えば、負荷に耐えられずに骨折くらいするだろう。

『ぐわあぁぁぁ!!』

狂化人間3号はリュートのナイフによって、首を切られて絶命した。いくら潜在能力を解放しているといっても、死ぬほどの傷を負えば動かなくなるのは至極当然のことであった。

「な、なんていう奴らでしょう……奴ら、人間を殺しましたよ！　鬼！　悪魔！」

だからお前が言っちゃいけないだろうが。

「こうなったら、醜くて嫌ですが最後の手段です！」

「早いな最後の手段。それで、何をするつもりなんだ？」

「ふふふ……まあ、見ていてください」

ターニャが指パッチンをすると、狂化人間の口の中から、ぬめぬめした細長い物体が飛び出てきた。それは数十本と無闇に多くあって、そのどれも関節があるとは思えない動きをしている。天を仰いだり、地を摩ったり、はたまた虚空を彷徨《さまよ》ったりと、実に自分勝手な動きで、絶えず何かを求めているようであった。

色は全体的に紫色。所々に緑色の丸いブツブツが散りばめられ、血管のような物も満遍なく這《は》っており、どこで呼吸をしているのかは全くの不明であるが、脈動を繰り返している。

「これぞ狂化人間第二形態！　名前は……適当に考えておいてください」

ただ単に寄生虫が宿主が殺されたから出てきただけとは思えないデカさだ。体長は元の自警団の若者の二倍はあって、巨大化した気味の悪いイソギンチャクが陸地に上がってきた様を想像していただけると分かりやすい。いわゆる名状しがたいものだ。簡単に言うと大きくなった触手だ。アリスが小さく悲鳴を上げて、モニターから目をそらしていた。

『な、なんだこれ!?　すっげぇ、キモいモンスターだな！』

『そんなこと言っている暇ないよ！』

そんなことを言える暇がある俺としても、すっげぇキモいデザインだと思う。触手は長い物短い物様々であったが、それぞれ先端は亀頭風ないやらしい形に膨らんでおり、尿道口と思しき穴が開いている。

「本来でしたら、気の強い女騎士や対魔族忍者用に取っておいた秘密兵器ですが、特別に見せてあげちゃいましょう。この触手は特別な遺伝子操作をしておりまして、寄生した人間に常人の一〇〇倍のテクニックを持たせることができ、どんな女騎士でもアヘアヘ言わせることができます！　そして女性の性感度を三〇〇〇倍にできる発情液で、性を知らない箱入りお嬢様でもチ×ポ無しでは生きられなくさせてしまうのです！　イヒヒ！」

自慢気に語る生産者に俺はふとした疑問を投げかける。

「で、戦闘能力は？」

「あるわけないでしょ。寄生生物がどうして寄生しなきゃ生きられないのか知らないんですか？」

じゃあ、ダメじゃん。モニターの中では、ユーリがレイピアのような細剣で触手を斬り刻んでいっていた。触手の攻撃速度は遅く、スローペースでユーリの足を掴み取ろうにも、届く前に細切れにされて、エロエロな展開には程遠いようだ。

「あーーーーっ！　私のしらたきちゃん３３４号が！」

名前あるじゃねえか。そして触手ごときに妙に可愛い名前をつけるな。

まあ、何かに寄生させなきゃ餌すら取れないくらい弱い生き物が強いわけないだろう。巨大な触手は紫色の体液を撒き散らしながら、倒れていった。

『うわあぁっ！　汚ねぇ汁を飛ばして死にやがった！　最後までキモかったな。流石《さすが》は魔族のダンジョンっていったところだぜ。ユーリ、大丈夫か？』

『ふぅ……あっ、大丈夫だよ。触手を斬ったら液がかかっちゃったくらいだよ。ウォーミングアップにはなったから、このまま進んじゃおう』

顔に附着した紫色の体液をハンカチで拭いながら、ユーリとリュートはダンジョンの中に侵入してくる。

「ふふふ、しかしここでやられる私ではありません。こんなこともあろうかと、狂化人間4号以降もダンジョン地下一階に配置しておいたのです」

あんなのがまだ何人もいるのかよ。ターニャの狂化人間はそもそも考える脳が壊れているから、ダンジョンマスターの権限で動かすことができないのが難点だ。他の者と連携できないだろうし、そもそも敵味方の区別すらついていないだろうから、放っておくに限る。

地下一階にいるフィリアに指示を送り、いつターニャのオモチャがやられても良いように地下二階に降りるよう命令する。

『真っ直ぐな道に高い天井……どう思う？』

『十中八九罠《わな》だろ。あからさますぎて笑えてくるな』

リュートは腰に付けていたポーチから紐《ひも》が付いたボールを取り出す。続いて、石を二つ出して、それを思いきり打ち合わせた。火打石から火花が散って、紐が付いたボールに点火する。

「煙玉か」

「なるほど、考えましたたね。煙に乗じて進めば、上からの攻撃は狙いがつけづらいってことですね」

もくもくと緑色の煙が上がって、あっという間にダンジョンのフロアを満たしていった。

「しかし、狭い通路では逃げ場がないでしょうし、強制的に一対一になるから狂化人間の独壇場です。しかも、障害物もありませんから、煙ごときのハンデはものともしません」

「盛り上がっているところ、申し訳ないんだけど……」

「なんでしょうアリスさん」

「そいつら、既に倒れているわよ」

アリスが指を差しているモニターを確認すると、そこには狂化人間たちが泡を吹いて倒れていた。

「時間制限でもあったのか?」

「い、いえ……奴ら、毒煙玉を使ったようです」

やはり自警団を倒したときのような手は使えないか。自警団がダンジョンをナメていたというのもあるが、ダンジョンのことを知っていて、対処法を知っていればなんということはない。

「おそらく事前に毒消しでも飲んでおいたのでしょう。奴ら地下一階を突破していきます」

毒煙を平然と駆け抜けて、冒険者たちは地下二階へと向かっていった。さすがは冒険者とでも言っておこう。自警団二十人を壊滅させた通路を、かすり傷もなくクリアできたのだからな。

『ここで、村長がやられたって聞いたから、どんなものかと思ってやって来たら拍子抜けだな』

『いや、知らなかったらどうなっていたか分からなかったよ。ここのダンジョンマスターも曲者だね』

『へっ、どうせ性根がひん曲がったクソ野郎に決まってるぜ。魔族っていうのはそういうものだからな』

性根がひん曲がっているクソ野郎というのは当たっている。

しかし、どうしたものか。正直、地下一階の落石ゾーンでやられてくれるのが一番楽な展開であったのだが、俺の考えていたプランとは少し違う。

「フィリア、少しいいか？」

『なんでしょうか？　マスター』

冒険者の動向に注意しながら、地下二階に避難させておいたフィリアに連絡する。

「上が突破された。冒険者二人がこちらにやって来るが、勝てそうか？」

『か、勝てます……』

フィリアは視線を逸《そ》らして言い淀《よど》みながら答える。おそらく嘘だろう。

「お前の回答はこの戦いの戦況を左右するんだぞ。それを考えた上で発言しろ」

『大丈夫です。たとえこの身が砕け散ろうとも、マスターの手となって外敵を始末します』

そう言ってフィリアは料理に使うであろうナイフを取り出す。冒険者のものと比べると、錆びている箇所が見えており、贔屓《ひいき》目で見ても勝てそうではなかった。

しかし、フィリアの目には死んでも勝つという意志が感じられる。だとするならば、彼女は全身を滅多刺しにされようとも敵を倒すのだろう。彼女の俺に向けられる笑みにはそんな崇拝じみた狂気があった。

「そうか。では、フィリアには二人同時に相手させないようにする。一人ならゴブリンを使えば、勝てるよな？」

『は、はい！　ですが……』

「もう一人はトラップでなんとかする。くれぐれも命を捨てるような真似はするなよ」

そう言ってから作戦を伝える。自主性を無視されて、内心不満もあるだろうが、首輪の強制力は絶対だから、下手な真似はしないだろう。

「……アンタのことだから、死ぬまで戦えとでも言うかと思ってたわ」

フィリアに作戦を伝え終わったときに、アリスがぼそりと呟《つぶや》くのが耳に入る。

「お前、俺が村長レベルの馬鹿とでも思っているのか？　フィリアは一人しかいないんだぞ」

フィリアのようにモンスターたちの世話ができて、部隊指揮ができる存在は貴重だ。

部隊の指揮などというものは、そんな簡単に再現できることではない。モンスターの行動を分析的に解読し、完全に理解していなければならないのだ。

ダンジョンマスターの力を使わずに、自力でそれが可能なフィリアの代わりがいない以上、彼女がいなくなるということはそれだけダンジョンが弱体化するということだ。

人材とは組織運営の命だ。それを削ってまで行う運営に未来はないだろう。

そんなやり取りをしていると、二人の冒険者は地下二階へと侵入してきた。

地下二階は、長い直線が続く地下一階とは変わって、迷路のような通路とモンスターを配置できる部屋で構成されている。壁面と天井は薄青色に染まった石で構成されており、ローグライクのゲームでは良くあるようなオーソドックスなダンジョンであった。

地下二階に辿《たど》り着いたリュートらはフィリアが待ち構える小部屋に入った瞬間、ゴブリンの投石による熱い歓迎を受けるも、左右に飛びのくことで難を逃れた。

『キモいゾンビの次は食堂にいたお嬢ちゃんか。実は中身が触手ってオチは無いよな。その方がやりやすいけどな』

『ふふふ、その減らず口を一生閉じれば、少しは素敵な男性になれますよ。まあ、マスターに比べればミジンコくらいですけど』

フィリアはこめかみをピクリと動かしながら、ムチを振って指揮をこなす。

『ヘッ、ゴブリンくらいなら、目を瞑《つむ》ってでも倒せるぜ』

『駄目だ、リュート。ここのゴブリンは様子が少しおかしい！　ここは二人で連携をとって……うわぁ！』

投石は不発に終わったが、さらに左右に距離が開いたところへ、すかさずダンジョントラップの石壁召喚で二人を分断する。

フィリアとゴブリンがいる方には短剣使いのリュートが、別の方にはユーリが。

『くっ……分断された!?　ここは遠回りするしかないか。すまないリュート、少しだけ待っていてくれ！』

『ゴブリンごときで心配するなって！　お前がここに来る前に全滅させてやんよ！』

完全に普通のゴブリンだと思ってなめきっているリュートに対して、ある程度ここのゴブリンの脅威が分かっているユーリ。頭脳はユーリの方が上のようだ。フィリアの方へ跳んだのがリュートで良かった。

「……分断作戦をするようですが、一人はフィリアさんとゴブリンに任せるとして、もう一人時間稼ぎが必要です。誰が対処しますか？　言っておきますが、私は嫌ですからね」

散々、場を引っ掻き回した後でコレとは溜息が出そうになるが、コイツに関しては平常運転だ。普段の面倒な仕事を押し付けられる貴重な存在なので、戦闘時に役に立たないくらい目を瞑《つむ》っておこう。

「俺が行く」

「「はい？」」

素っ頓狂な声を上げるターニャとアリス。俺も自分では何を言っているのか特に分かっていないから気持ちは良く分かる。

「なんでアンタが行くのよ!?」

「残りのゴブリンに任せたって、やられるのは目に見えているだろ。時間さえ稼げれば勝つ必要はないからな」

「新田さんなら最低限の力はありますから、その辺の雑魚に比べれば戦えないこともありませんが、リスクが高すぎるかと……」

「まあ、無理はしないし、捨て駒のモンスターも数匹連れて行くから大丈夫……だといいな」

俺だってやりたくないが、他に作戦を考える時間も複雑な行動ができる指揮系統もない以上、これくらいしか思いつかなかった。

もっとはっきり言うなら、この土壇場で信頼できる者が自分しかいないというだけであった。

6（side ユーリ）

場所はダンジョン地下二階。食堂で出会った女の子の作戦にハマって分断させられたボクは、リュートと合流するため、通路を急ぎつつも慎重に進むことにした。

視界には薄青色に染まった壁面と天井。オーソドックスなダンジョンであるけど、これまで感じたこともない不気味さがあった。

そもそも、ダンジョンにおいて、人間が敵として現れるっていうのは稀《まれ》だ。人間を餌くらいにしか考えておらず、始末するのがたいていのダンジョンだ。使うとすれば、物言わないゾンビとしてぐらいだけど、彼女の様子を見るに生気があったので、生きている人間だろう。

リュートはこれまでの冒険の経験から魔族がダンジョンマスターだと決めつけているけど、そうなるとかなり珍しいタイプのものとなる。もちろんリュートがやられるとは思っていないけど、用心しすぎるということはないはずだ。

「キュウキュウ！」

とめどもない分析をしている最中。曲がり角を曲がった瞬間、小動物がお腹に向かって体当たりをしてくる。速度が大したことなかったので、簡単にかわすことができた。

「ん……？」

見るとそこにいたのは、この地方では特に珍しくもなんともない動物であるオスカルだった。人がいるところで畑を荒らす程度の獣であるが、ダンジョンにいるのは滅多にないことだ。ましてや、地下一階より下にいることはほぼない。考えられるのは、ダンジョンマスターが意図的に配置したということだ。

「はぁ！」

しかし、畑を荒らすだけのケダモノに負ける冒険者はいない。ボクは長年愛用し続けた細身の剣を握り締めて、再び飛びかかってきたオスカルを喉から胴へ串刺しにする。

「くっくっ、流石は冒険者だな」

剣からモンスターを抜こうとしたら、不意に誰かの声が聞こえてきた。どこかで聞いたことのあるようで、ひどく魅惑的な甘く通る声だった。

コツコツと床を鳴らし、ダンジョンの薄暗さに合った黒い軍服風の衣装に身を包んでやって来た男は、昨日、食堂で出会った女の子と一緒にいた男だ。どう見ても冒険者や兵士ではないというのにリュートを挑発していたから覚えている。

たしか女の子二人には、奴隷用の首輪がされていた。とすればこの男か一緒にいた妖精がこのダンジョンの支配者と考えられる。

「やあ、お久しぶり」

剣を構えつつ、それでいて余裕をにじませてボクは口を開く。何故《なぜ》だか、この男には弱みを見せてはいけないような予感がした。

剣も抜かずに冒険者であるボクに向って笑みを浮かべる男。一見すると、隙だらけだ。いますぐにでも飛び掛かれば倒せてしまいそうであったが、わざとそう思わせているようにも見える。ダンジョンに入る前の男のこともある。ここは距離を置いて、様子を見た方が良いだろう。

「食堂では助かった。ありがとう」

「あ、ああ……ツレが迷惑をかけたからね。別に気にしなくても良いよ」

帽子を取って頭を下げる様子は人間そのものだ。魔力などの反応も見られない。正真正銘、彼はただの人間であることは確実だ。

ここにはリュートの仇はいない。新興ダンジョンであることを考えれば、情報すら引き出すことはできないだろう。

といっても、引き返すことはしない。仇を渇望しているリュートは、ダンジョンマスターの中身を物理的に見るまで信じないだろうし。彼の好きにやらせてあげよう。まあ、恥ずかしくて身体が熱くなるけど、惚《ほ》れた弱みってやつだ。

じっとりと手汗を掻《か》き始めているのに気付いて、表情には出さずに苦笑した。

目の前にいるのは、ここの村長を殺した者だ。

放っておいたら、罪なき人が苦しむこととなる。まだ力が弱いうちに潰しておくのが得策だろう。

「それじゃあ、お礼ついでに言っておこう。俺がここのダンジョンマスターだ」

「な……!?」

いとも簡単にこの男はダンジョンマスターであることをバラした。ある程度、予想はついていたけど、ここまであっさり告げられると驚かずにはいられない。

ダンジョンでの勝敗条件はダンジョンマスターの撃破にある。ダンジョンマスターさえ倒してしまえば、モンスターを増やすことはできないし、あとはダンジョンコアをどう料理するかは冒険者の自由だ。要するにこの男はボクに心臓を晒したことになる。

「へ、へぇ……そうかい。それはボクに命乞いをしているつもりかい？」

「はっ、まさか。ここまで突破されておめおめと帰すわけないだろ。冥土の土産だよ」

じわじわと左足を開いて重心を動かす。いつでも動き出せる体勢に移行する。

ダンジョンマスターなら、このダンジョンでのボクの動きは知っているだろう。だからこそ、彼は勝機があると確信して自ら打って出た。

しかし、とっておきはまだ見せていない。勝機はそこにある。

男は腰に二本の剣を携えており、その中の一本を引き抜いて構える。見た限り、普通の武器屋で売っているようなただの鉄剣だ。魔法を飛ばしたり、衝撃波を出すような機能は一切ない。

「綺麗《きれい》な構えだね。どっかの流派にでもいたのかい？」

「いや、コレはただの剣道だ。まあ二年くらいで部はやめたけどな」

言っていることは分からないけど、特別何かやるような気配はない。

ジリジリと構えを解かずに互いの間合いを詰めていく。男の力量がどれほどのものかは分からないけど、魔力の気配がなく、腰にぶら下げているものが得物ならば、攻撃の範囲はそう広くはないはずだ。

「ん？」

　男は突然腕を上げて、剣を振りかぶる。脇と胴ががら空きとなった隙だらけな体勢であるが、飛び込んでいったらカウンターを喰らいそうな構えである。これも彼が言っていたケンドーの構えなのか。

そう思って後ずさると、剣を握っていた両手の一方を外して、剣を振り下ろす……？

「う、うわぁ！」

突然頭上に向って何か飛ばされたと思い、ボクは思わずしゃがむ。何かが頭上を掠《かす》めた数秒後、ガチャンという音が響いた。振り返って見ると、それは男が持っていた鉄剣だ。

「それじゃ、あばよ！　ふははははは！」

そう言うと、彼は踵《きびす》を返し、元来た通路へと走り去っていった。唖然《あぜん》と見送るボク。あれだけの雰囲気を出しておきながら、ダンジョンマスターは脱兎《だっと》のごとく逃げ出していったのだ。

一体何がしたかったんだ……？

『うわあああああぁぁぁぁ!!』

そのとき、側面の壁から続く通路の奥から悲鳴が上がった。リュートの声だ。

「しまった！」

彼の目的はボクを倒すことじゃない。ボクをここに釘付《くぎづ》けにしておいて、その隙に主力でリュートを倒すという作戦だったんだ。おそらくダンジョンマスターの方は、囮《おとり》。

リュートとはこれまでも組んできて彼が負けるとは思えなかったけど、背筋を通る悪寒と胸の鼓動が嫌な予感を拭えずにいた。こういうときの嫌な予感は当たる。初めての仕事で失敗したときもそうだった。

だけど、ボクとリュートが分かれてから時間はそれほど経っていないはずだ。まだやられたと決まったわけじゃない。

ボクは剣を握ったまま、ダンジョンマスターを追って通路をやみくもに駆け進んだ。

リュートを失うわけにはいかない。彼はボクの大事な人だ。

ダンジョンの通路を進むと、今度はオスカルの群れと相対する。ゴブリンが出てこないあたり、戦力はもう残っていないらしい。

「邪魔だ！」

正面にいる敵は剣で斬り刻み、側面にいる敵は足で蹴り飛ばす。腕に噛み付かれ、背中をどつかれても気にしている余裕はない。

頭が熱くなり、流れ出る汗を拭う暇もない。走っているせいで目眩《めまい》もして、視界が揺れ動いているけど、気力を振り絞ってボクは進む。

「はぁっ、はぁ……追いついた……」

「意外に早かったな」

ダンジョンマスターはダンジョンの奥の小部屋でもう一振りの剣を抜いて待機していた。準備していたようで、ここにもオスカルが数匹いる。

「それにしても、てっきりお前の恋人のところに行くかと思ってたんだけどな」

「こっちの方が確実なんでね」

道が迷路のように入り乱れているダンジョンで闇雲にリュートを探すよりも、根源を断つ方が楽だったからそうしただけだ。

仮に合流できても、女の子が指揮するゴブリンの群れに勝てるほどの力があるか分からない。それよりも、ダンジョンマスターを人質に取って、モンスターの攻撃を止めさせた方が賢明だと判断したのだった。

「くっくっ……頭の良い女は好きだぞ。欲しくなってきた」

「……気付いていたのかい？」

意外な言葉に思わずドキリとしてしまう。冒険者という職業柄、髪を邪魔にならないくらいに切っており、言葉遣いも粗野なので、男に見られることは多い。知り合いにも未だに男として認識されており、女の子から告白されたこともあるけど、ボクはれっきとした女だ。

隠しているわけじゃないけれど、長年付き合いのあるリュートですら、ボクが言わなければ気づかなかった。会ってから一日すら経っていない男の人に気付かれるなんて初めての経験だった。

「まあ、薄々な。けど、そんな雌の匂いを漂わせてれば、すぐ気付くぞ」

雌の匂いというのは良く分からないけど、自分の身体に張り付く汗に気付いて、カッと熱くなる。

この人……変態だ……！

「な、な、な……何を言っているんだ!?」

荒くれ者が多い冒険者の中では、そういう話は出てくるものの、ここまでストレートに自分がそういうことの対象にされるとは思ってもみなかった。

「赤くなった。可愛いところもあるんだな」

「か、かわっ……!?」

リュートにもそんなことを言われたことないのに……！　聞きなれない単語に混乱しそうになるも、一周回って、むしろ冷静になることができた。

目の前にいる男のペースに巻き込まれるな。彼の目的はまず時間を稼ぐことで、次がリュートを倒すこと、そして倒した後に主力部隊をここに引き寄せることだ。そのために取れる手段は何でもするといったところか。

この男の口車に乗っては思うツボだ。ここは早期決着が望ましい。

床を蹴って突進をおこなう。無謀とも思える突進にオスカルたちも床を蹴って迎撃する。ダンジョンマスターの指揮のもと巧みな動きで。

一匹がまっすぐこちらに向かってくる。十中八九、囮だろう。だからあえて手を出さず、左腕の手甲に噛ませる。同時に身体を右に向けて、剣を突き出す。

剣はボクの首めがけて飛び上がったオスカルの口の中に吸い込まれて、喉から胴を串刺しにする。

「し、しまった……!?」

それがいけなかった。貫いた一匹が剣から抜けなくなってしまう。どちらも罠だったようだ。

残ったオスカルたちがこちらを囲んでいる。剣を抜こうとした隙に襲いかかるという算段であるらしい。

「降伏しろ。お前はよくやったが、ここまでだ。ふははははは」

企みが上手《うま》くいって無邪気に笑うダンジョンマスター。オスカルらとともに攻撃を加えるべく、自らも剣を抜いて構えていた。勝ったと確信しているのか。

けれども、奥の手というのは隠しておくものだ。

「なめるな！　必殺――疾風剣！」

世界が呪文に呼応して、望んだままの結果を生み出す。ボクの先祖代々伝わる必殺技――魔法剣。出自がバレるからリュートにも内緒にしていたのだけど止むを得ない。

刀身に纏《まと》った風の刃がボクの周りにしがみついているモンスターの身体を引き裂く。そして、軽くなった剣を回転しながら振るった。

「な、なんだと!?」

剣は飛びかかってきたオスカルたちにも襲いかかる。一匹は剣で直接斬られ、もう一匹はかろうじて避けるが、瞬時に身体から血飛沫《ちしぶき》をあげて倒れた。

疾風剣は風を力にどのようなものでも斬り裂く魔法剣だ。命中したかというのは問題ではない。

「はぁっ、あぁ……これでキミの作戦は全て潰れた。降伏しろ。キミの健闘を称え、命までは奪わない」

剣先をダンジョンマスターに向ける。彼は額から汗を垂らし、苦笑いをしている。万策尽きたという風であった。

しかしながら、男は剣を納めようとせず、それどころか構えてきた。ボクにはその行為がヤケクソにしか見えなかった。

「強がりはやめてくれ。キミとボクの力量はハッキリしているはずだ。無駄に命を落とすことはない」

　この男が一人では戦わないことから、力量の差はわかっている。策もうないだろうし、残っているのは多少斬れ味の良さそうな鉄剣だけだ。

「俺は自分のダンジョンにいる奴らに、ダンジョンのために死ねと命令したんだぞ。だったら、その長である俺もそうするべきだろ」

「それは……」

　それはおかしい。ダンジョンのためにというならば、ダンジョンマスターがいなくなっては元も子もないだろう。

　しかし、彼の瞳には迷いはなかった。それは信念に突き動かされているというよりも、プライドと欲望によって動いているものだ。刹那的な快楽のためならば、死すら恐れないという普通の人間なら愚かな行動と考えるだろう。

「……名前を聞いても良いかな？」

「ん……？」

「食堂では聞けなかっただろ、名前」

　けれども、そういう馬鹿は嫌いではない。他人に綺麗事を並べておいて自らは何も犠牲を払わない聖人面した連中よりは何百倍もマシであった。

「新田」

「変わった名前だね」

「そう言われたのは二回目だな」

ダンジョンマスターと冒険者という立場じゃなければ、仲良くなれたのかもしれないが、今となってはこんな状況なのだからやることは一つだ。

剣に魔力を帯びさせて構える。説得は無意味だ。ボクがやられるか、彼がやられるかするまで戦いは終わらない。だったら、せめて一瞬で楽にさせるのが彼に対する最大限の敬意だ。

全魔力を剣に集中させる。ダンジョンマスターが死んでも、ダンジョンもモンスターも消えるわけじゃないけど、これ以上長引かせるわけにはいかない。

「くら——え？」

突如、視界がぐらついた。自分でも何が起こっているのか理解できず、倒れてしまう。一体何が起こっているのか。

「ようやく効いたようだな」

ボクを見下ろすニッタは冷や汗を流しながら呟く。

「う……くぅ……なにをしたんだ……？」

「時間稼ぎだよ。ここまで時間がかかるとは思ってもみなかったけどな」

主力部隊がここまで来るまでの時間稼ぎが済んだというのか？　だけど、ここに向かってくる足音は一つもない。

身体が熱く、両手足に力が入らない。毒薬か毒煙にでもやられたかとも考えたけど、ダンジョンに侵入する直前に毒消しを使ったはずだ。かかっているとは考えづらかった。

「気分はどうだ？」

彼はボクの落とした剣を隅っこに蹴り飛ばして、ボクの目の前でしゃがむ。薄暗い部屋からハッキリと見えるその表情は勝利を確信した笑みであった。

その笑みにボクは思わず胸が高まる。そして、ボク自身が強制的に発情させられていたということに気付いた。

「う、うぅ……はぁ、まさか、最初の触手か」

「ご名答。まあ、当初の計画は弱った方からフィリアが一人ずつ倒していくってものだったが、予定通りにいかないものだな」

最初の触手を斬ったときに出た体液を浴びた時点で、既に勝負はついていたのか。油断していた、というのはもはや言い訳にすらならない。正体不明な体液を浴びてもそのままダンジョンに侵入してしまったのはボクの判断ミスであるし、たとえ引き返したとしても次は別の作戦を練っていたに違いない。

「さて、こうなった以上どうなるか理解しているよな？」

「くっ、うぅん……」

もはや、リュートとの冒険者生活も、夢も全て潰えてしまった。きっとこれから目の前の男に全てを晒け出されて純潔を捧げてしまうのだろう。初めてをリュートに捧げられないのは残念だけど、きっとこれで良いのだ。

「わ、分かった……ボクなら何でもするから、リュートだけは解放してくれ……」

「それはお前の態度しだいだな」

だって、ボクの全てを知ったリュートがボクを受け入れてくれるはずないのだから。

7（side リュート）

「くそっ、離しやがれ！」

ダンジョンの地下二階で、オレは身体を縄で縛られて放置されていた。

敗因は油断だ。

ゴブリンはダンジョンにおいて雑魚モンスターとされている。奴らには群れを統率するような力は無いし、飛び道具を使うだけの知能もない。冒険者の間ではそう認識されているわけなのだが、それを見事に覆《くつがえ》された。まさかあそこまで投石紐《スリング》を使いこなし、組織的に攻撃してくるなんて。

その驚きによる身体の硬直。それがオレの敗因といってもいい。

要するに、オレが負けたのは油断によるものであって、これは奴らの力ではない。再び、このダンジョンに侵入することができれば、確実に突破できる自信があった。

幸いにして、オレはまだ殺されていない。両手足を縛られてダンジョンの小部屋に放置されているだけで、特に何かをされたわけでもない。

オレはやられたが、ユーリがまだ残っている。アイツはオレに比べれば、冒険者としての経験は浅いが、剣の腕が冴えているので、簡単にやられるとは思えない。ゴブリン女はオレを放置して、ユーリのもとへ行ったが、返り討ちにしてくれるだろう。

アイツと合流できれば、勝ち目はまだ十分にある。

「ユーリ……」

この状況で気がかりなのはユーリのことだ。

アイツはオレよりも強いだろう。しかし、アイツは女だ。髪をショートカットにして、美がつくくらいの少年に見えても服の下は女だ。

やられるとは考えづらいが、あの手この手で搦《から》め手を使ってくるダンジョンだ。考えたくないが、その可能性もあり得る。ダンジョンマスターっていうのは、下衆で卑怯《ひきょう》な魔族がやっているのが相場だからな。オレの両親もそれで奴らに殺されたのだ。

ユーリとの出会いは、冒険者ギルドで同じ依頼を受けたことから始まる。たまたま同じ仕事をしたという、正直まりドラマチックとは言えない出会いかただ。

当時のオレは両親を魔族に殺されて荒《すさ》んでいて、誰も信頼することができなかった。盗みもしたし、必要であれば人を殺《あや》めたこともある。

ユーリのことも出会った当初は、ちょっと容姿のいい、気取った野郎として見ていて、気に入らなかった。それにユーリは新人だったが、才能はオレよりもあったので激しい嫉妬心を抱いた。

生まれながらの容姿に、なにも努力せずやってゆける才能。オレにないものばかりだ。

なにより、コイツはどんな生き方をしても上手くいくのに、これしか生きる道がないオレと同じ生き方をしようとする姿が気にくわなかった。

　ある日、長期の仕事で組んだ時の休憩時、ユーリは真っ青な平原で大の字に横たわっていた。ほんの少し哀しげで穏やかな表情をしていたユーリは、仏頂面で突っ立っていたオレに気付くと、寝返りを打って話しかけてきた。

「もっと肩の力を抜けよ」

　オレはその声に、顔を下ろす。

「ボクは正直、地位とか名誉とかどうでも良いんだ。それよりも自由に生きていたい」

　その声は真っ直ぐであった。

「北の果てには絶対に溶けない氷があるらしいんだけど、見てみたいとは思わないかい？　それに、そこで生きているモンスターにも興味がある。常人では生きていけない土地にいるモンスターって凄くないかい？」

　その目は水晶のように青草を全部映していた。

「人だ、魔族だ、なんて言って今は移動には不便だけど、いつかは世界を旅してみたいだろ？」

　ユーリと目を合わせると、魔族への復讐以外には何もない、空っぽな自分のことが反射して見えてしまうようで、直視できなかった。

　いつしか抱いていた嫉妬心は消えていて、どこかユーリに憧れている自分がいた。

　復讐しか考えていなかったオレにとって、初めて別の生き方が見えてきたのだ。

　初めて尊敬する人間に出会えた気がする。

それからというもの、オレはユーリと組んで、互いに信頼し合えるパートナーとなった。

さらには、ユーリが女だと自分からカミングアウトしたときには友情は恋に変わっていた。

「そうか……リュートは魔族に両親を殺されて……」

「ああ……奴らを憎んでいる。けれど、そいつらに復讐ができたら、お前と一緒に旅をしたいと思ってる……」

「リュート……」

今回、冒険者ギルドの依頼を遂行し終えた帰り道。その道中で、オレはユーリに告白をした。オレの過去を彼女に知ってもらい、共に歩みたいと告げたのだ。

そして、近くの村でダンジョンがあると知って、ユーリとの旅の資金稼ぎとオレの仇を探すという目的で潜ることにした。

しかし――

「おうおうへイへーイ。残念、あなたの冒険はここで終わってしまいましたー！　どんな気分ですか？」

「くたばりやがれ、この害虫が……！」

いつの間にか目の前に、食堂で会った妖精が現れ、這いつくばらされているオレをニヤニヤと嘲《あざ》笑《わら》って見下していた。

「あなたまで、人のことを……これは妖精差別です！　全宇宙にいる妖精愛好家が黙っていませんよ！　プンプン！」

近くにいたら胃が痛くなりそうなくらいに腹が立つ妖精であるが、オレを牢《ろう》に入れようともせず、放置するあたり頭は良くなさそうだ。時間さえ稼ぐことができるなら、ユーリと合流してオレは脱出できるはずだ。

「まったく……こんなところに縛られているリュートさんのために、娯楽を用意してあげたというのに」

「娯楽……？」

妖精が指を鳴らすと、ダンジョンの壁に何かが映し出される。

薄暗い部屋の中で、何かがモゾモゾと動いていた。

暗闇に目をこらして見てみると、その部屋には馬鹿高い宿屋でしか見たことのないサイズのベッドがあって、その上で蠢《うごめ》く二つのモノが見えた。

『んあっ……！　はっ、ふぅ……んっ！』

そして、どこから音が出ているのか、思わず飛び上がりそうなくらいの女の喘《あえ》ぎ声が響き渡る。

その少女は何も身に着けていない全裸の状態であった。隠すもののなくなっているバストに、オレは驚愕《きょうがく》させられた。

豊満すぎる膨らみは、画面の男が五指を広げて、やっと覆えるかどうか。そのズシっと重そうな質感を下側の丸みと三日月状の影が強調している。

「な、なんだよ……これは……」

「ダンジョンで撮影した性行為の記録です。男の人ってこういうのお好きなんでしょう？　いやらし――」

記録石という、光景を溜《た》めておけるアイテムがあるが、非常に高価で使われるのは国王の演説の時くらいだ。こんな官能的なものに使われることは絶対にあり得ないのだが……それだけ力を持っているということか？

「これは試作品なのですが、ダンジョン侵入の参加賞として特別にあなたに見せてあげましょう。それじゃあ、後で感想お願いします」

そう言い残し、妖精は消え去った。

「き、消えやがった……」

村の食堂で会った金髪の子が男に抱かれている映像が続く。オレは唖然としながらも、たしかに興奮していた。

続いて、今度はダンジョンでゴブリンを率いていた女の映像に移る。オレに嫌悪の視線を送っていた女は、男の前で媚《こ》びた表情を浮かべていた。男の精を受け止めるときのあの顔は、今夜のオカズに使えるくらいだ。

どちらも一級の女であるが、オレはユーリのことを想って、なんとか興奮を抑える。

『よお、侵入者。ご機嫌いかが――おっと、その芋虫のような格好じゃ機嫌も良くならないよな。ふははは！』

突然、画面が切り替わり、野郎の顔が出てきた。映像に没頭していたオレにとって、これは最悪の演出だ。

しかも、さっきの映像にも出てきた、食堂の男だ。

「ふざけんな、この野郎！　さっさとオレを解放しやがれ！」

『ははは、威勢の良いことだ。人の住処に勝手に入ってきた挙句、この態度だなんてモラルを持った人間にはできないな。ただの獣か』

男はやれやれといった表情で首を振る。まるでその応えを予想していたかのような余裕の表情だ。

そこでオレは妙な音を耳にする。なにやら粘液が擦れ合うような、何かを啜《すす》るような……

すぐにその音の正体が分かった。

『まあ、俺としては別にお前を解放してやっても良いと思っているよ。殺したところで得られるのは微々たるＤＰだ。それよりも、お前がここにダンジョンがあると言いふらせば、多くのＤＰが手に入る』

何回かそういう場面に出くわしたことがあるし、そういうことに興味がないわけではない。

アレだ。男のアレを、女がアレしている――アレをしているときの音だ。

かすかに聞こえるくぐもった女の声。ものすごく甘ったるくて、蕩《とろ》けるような声色で。

すると、映像が今度は地面を映すようになった。薄青色の床には白濁した液体がべったりとこびりついている。

「て、てめぇ！　ふざけてんのか⁉」

『ふざけてなんていないさ。これは俺の趣味だよ。良いものがあれば、他人に見せびらかしたくなるじゃないか。料理だってそうだろ？』

映像は次に女の下半身を後ろから映した。アレを咥《くわ》えているのか、その女体（女というには少し小柄で尻も小さい）は男の精液を絞りとるかのように大きく前後しながら揺れる。

床からはポタポタと水滴が滴《したた》るように涎《よだれ》が落ちる音。そして、手で秘所を弄っているのか、くちゅくちゅとこちらにも聞こえるくらいに大袈裟《おおげさ》な湿り音が響いている。

『むふっ、ぶっうぅんんっ……んむっ、んぢゅ……』

女が下品にもアレを啜っている様を鑑賞して、不覚にもオレは股間を大きくしてしまった。さっきの映像では我慢できたのに、今のは耐える間すらない。

「ふざけんな！　てめぇなんかユーリが来れば、ぶっ殺されるんだよ！」

『そうか、それは恐ろしいな』

男はニヤリと笑うと、女の頭を抑えて乱暴に前後させる。淫《みだ》らな水音が奏でられ、苦しそうな声がするものの、ところどころに悦んでいるような嬌声《きょうせい》が混じる。

『んぐっ、ずぢゅるるるうぅぅうっ！　ずじゅるるるるぅぅう～～っっ!!』

青髪のショートカット。見覚えのある何度も見たその後ろ姿。

『くっ……そんなに吸われたら……！』

男は女の後頭部を掴み、股間へと押し付ける。

『んぶっ……！　んぶっ、ふぶうぅうっっ!!』

男は射精したらしく、しばらく女を股間に押し付けていたが、女は特に抵抗することもなく、水溜《みずたま》りのような愛液を垂らしながら歓喜に震えているようだ。

『んぅっ……んぐっ……』

やがて男が離れ、女の口元が映し出される。

女は涎と精液が垂れている黒い男の縮毛が貼りついた唇を閉じて、んぐっと精液を飲み干した。

赤い鮮やかな舌を出して飲んだことを伝える。

そして、唇に垂れた精液を愛液で濡れた指で掬《すく》い取り、赤ん坊がおしゃぶりをするようにチュウチュウと吸う。

その口角は上がり、惚《ほう》けたように笑っているようだ。

『よしよし、偉いぞ』

『はい……』

その声を聞いたとき、オレの心臓は鷲掴《わしづか》みにされて、一瞬止まったかのように思えた。

いや、でも、ほら……他人の空似ってことも……

映像が顔を映し出すが、まだ暗くて、よく見えないし……

その女——いや少女は……

首輪をはめられ、敵である男のペニスを咥えながら、自慰行為をしていた少女は……

精液を受け止めながら、絶頂して、笑ったその少女は……

オレに一度もそんなことしたことのない、ウブな少女が……

『も、もう……オマ×コが疼《うず》いて限界だよ……』

『そうかい、それじゃあ、チ×コをハメてやるよ』

今まで、オレ以外に許したことのない、その唇の持主が……

オレのユーリであるはずがない。

8（side リュート）

その光景を見たとき、オレは男に対する怒りもユーリが男のチ×ポを咥えているという絶望もなく、ただただ呆然とするばかりであった。全くもって理解ができず、頬を染めたユーリがオレに見せたことのない媚びた表情で男を見つめているのを眺めるだけだ。

「ユ、ユーリ……何やっているんだよ……そんなところで、お前……」

『リュート……』

オレの声に気づいたのか、映像の中のユーリは目を丸くして口もとを手で隠すが、そのおかげでユーリの裸体が丸見えだ。

女としての艶っぽさと幼さが入り混じった肢体からは健康的で瑞々《みずみず》しい四肢が伸びている。胸は小振りであったが、瑞々しい質感に汗が浮かんでおり、健康的なエロスに拍車が掛かっていた。

『簡単に説明すると、お前の相棒は俺に負けたんだ。残念だったな。それで、ユーリはお前を見逃してもらう代わりに、俺との子作りをこれからするってわけだ』

そ、そんな……嘘だろ……。

『ごめんなさい、リュート……』

申し訳なさそうに目を伏せるユーリ。こんなしおらしい彼女は初めてみた。この映像自体嘘という可能性もあったが、ユーリがいない以上、どうなってしまったかは信じたくないが、想像できてしまった。

「くそっ、てめぇ……卑怯な手を使ったんだな……。きたねぇ魔族が……！」

『なにそれ、ウケる。ダンジョンマスターなんだから、卑怯な手を使うのが当たり前だろ。それに魔族って……俺は人間だよ』

ダンジョンマスターを名乗る男は鼻で嘲笑う。たしかに、姿形は人間であるが、自警団のこともある。実は中身が悪魔っていうことも考えられなくもない。

「人間のダンジョンマスターなんて聞いたことねぇぞ！　それに変身できるかもしれねぇじゃねぇか！」

『変身って……くっくっ、あまり笑わせるなよ』

「ユーリ、安心しろよ！　お前がどんな姿になろうが、オレは関係ねぇ！　薄汚ねぇ魔族から必ず助けてやるからな！」

『リュート……』

ユーリが自分を犠牲にして、オレを脱出させてくれるのなら、オレはそれに応えなくてはならない。

『なるほど、人間ってのは信じたいものしか信じないようだな。少し気をつければ気づくものも見ようとしないんだもんな』

「なにを言ってるんだ……？」

ダンジョンマスターはニヤケながらユーリの方に身体を向けると、彼女のトレードマークである帽子に手をかける。

『や、やめてくれ……これだけは……』

帽子を外そうとするダンジョンマスターに、裸を隠そうともしなかったユーリが涙目で抵抗した。震える手になんとか力を入れて、奴の力に対抗する。

なんなんだ……たしかに彼女は帽子を被っていたが、それがなんだというのだ。単なる性別を偽るための服装の一部だろ……。

『いやだ！　やだぁ！　見ないで！』

しかし、普段クールビューティに振舞っている彼女から想像できないような取り乱しようだ。そこに何かあるというのは確実だった。そして、それを見てしまったらオレと彼女の関係が変わってしまう気がした。

そんなわけない……オレとユーリの絆《きずな》はそんなことでは断ち切れない。そうオレは心の中で反芻《はんすう》して、目を開く。

やがて、男の力に敵わなかったユーリの帽子が取られる。

『あ、あぁぁ……』

ユーリの艶やかな青い髪からは、二本の何かが突き出ていた。それは血に染まったような赤黒いツノであった。

ツノは魔族の力の象徴。

ユーリは……ユーリは、魔族だった。

9（side リュート）

「なんという衝撃の事実！　あのクールビューティボーイッシュで性格イケメン風のユーリさんがなんと現在、人間と戦争中の魔族だったとは！　これは驚きです！」

突如、降って湧いてきた妖精が概《おおむ》ねオレが思っていたことを言ってしまった。

あまりの出来事にオレには理解が追いつかない。ユーリがダンジョンマスターに負けて、奴の肉棒をしゃぶっていたことはもちろんだったが、ユーリが魔族だったたなんて……。

「本当にユーリは、魔族なのか……」

「はい、天界からやって来た全知全能ターニャちゃんの目には狂いはありません。あの血の色のツノは間違いなくデーモン――上級魔族のモノですね。人間の血が混ざって、見た目では魔族っぽくありませんが」

魔族と人間のハーフ――いわゆる半魔といわれる存在がユーリであるらしい。もちろん、妖精の言葉を信じるならばだが。

『そうだよ……ボクは魔族さ……。リュートが殺したいほど憎んでいる……』

ユーリは顔を一度も上げようともせず、ポツポツと語り始めた。

『そこの妖精さんの言うように、ボクは人間との混血だけど、立派な魔族だよ。しかも、ボクの家は割と名門な方で人間との戦いで武功を挙げている』

上級魔族というと、尋常ではない魔力を持ち、魔王軍の中でもエリートだと聞く。実際に戦場へ行ったこともないオレでも耳にするのだから、よほど凄いモノのはずだ。

『ボクはその中の落ちこぼれだった。しかも人間の血が混ざってたから、一族の者からは疎まれて、ある時家を出たんだけど……間違いだったよ。今度は魔族の血のおかげで困ることが増えたんだ』

渇いた笑いを上げながら続ける。

『ずっとツノのおかげで居場所が無かったよ。何処《どこ》にいても厄介者さ。さいわい、この王国では半魔を排斥する決まりは無かったから、冒険者にはなれたけど。それでも、差別されないことは無かったね』

『まあ、魔王とやらと戦争中らしいからな。憎んでいる奴は少なからずいるんじゃないか？』

たしかにオレも魔族を憎んでいる。さらにいえば、魔族が忌むべき存在という見方はごく一般的に広まっていた。

『だから、男装なんてしたのか？　普通の奴なら、ユーリの格好を女であることを隠すためくらいにしか思わないもんな。実はツノを隠すためなのにな』

『あっ、うん……そうだよ。よく分かったね』

『勘だけどな。性別を隠しているようには見えなかったし』

オレが今まで知らなかったユーリの秘密を、コイツは出会ってから一日足らずで見破ったというのか!?

『まあ、これくらいのことだったら、一週間一緒にいれば気付くだろ。気付かない奴はよほどユーリに興味が無かったんだな』

『そうなのかな……』

そ、そんなの分かるわけないだろ！　しかし、奴と違ってオレが思い付きもしなかったことは事実だ。この時点でオレはユーリのことを何も知らなかったことになる。

「う、嘘だ、こんなの嘘だ！　冗談だろ……ユーリがダンジョンマスターに負けて、チ×コをしゃぶってたのも、ユーリが魔族っていうのも嘘なんだろ！」

そ、そうだ……これは悪い夢に決まっている。オレたちはどんなピンチだって乗り越えてきたし、これからも冒険者として旅をしていくんだ。こんな何の変哲もない小さなダンジョンでオレたちの冒険が終わってしまっても良いはずがないんだ。

『言うにこと欠いて、今度は現実逃避か。けど、信じたくないよな』

「黙れ、黙れぇ！　テメェ、ぜってぇぶっ殺してやるからな！　ユーリがここに来たなら、テメェのその粗末なソレを細切れにしてから、テメェ自身は生きたまま豚に食わせてやるっ！」

『おぉ、怖い怖い』

大げさに両手を広げて、リアクションをするダンジョンマスター。その余裕もいつまで持つか見ものだ。

そのままオレは画面内のユーリの姿を真似しているクソ魔族を全力で睨《にら》んで続ける。

「そして、ユーリの姿をした悪魔め！」

『えっ……』

目を丸くしてキョトンとした表情を見せる魔族の女。さりげない仕草までユーリそっくりにしやがって……余計腹が立ってきた。

「テメェみたいな淫乱糞豚《いんらんくそぶた》ゲロビッチ魔族の売女がユーリの真似なんかするんじゃねぇぞ！　ユーリはなぁ……テメェなんかよりも比べものにならねぇくらい良い女なんだ！　オレ以外の男のチ×コをしゃぶるくらいなら自殺するに決まっている！」

あんな発情期の牝《めす》のような表情を浮かべるのが、オレのユーリなわけがない。危うく騙《だま》されるところだったが、オレたちの絆の前ではそんなことは無意味だ。

「テメェみたいな下品で野蛮で卑怯な魔族がユーリの姿をするなんて一〇〇万年早いんだよっ！　さっさと、変身を解いて醜い姿を晒すんだな！」

『………』

ユーリの姿をした魔族は黙ったまま俯いて何も言わない。完全に論破してしまったようだな。オレたちの繋《つな》がりの前には、魔族の策謀なんて通用しない。出直してくるんだな。

『くっくっ、酷い言いようだな。仲間にここまで言ってしまうなんて、よほど魔族が憎いんだろうな。俺には興味ないけど』

無言で涙を流す魔族の女。

「はっ、魔族が涙かよ。これもオレをハメるための演技なんだろ？　感心しちまうぜ」

「いやいや。リュートさんを騙したところで、我々にメリットなんてありませんよ」

壁にもたれかかりながら、フヨフヨと浮いている妖精がオレの言葉に水を差す。

「だいたい、我々はリュートさんがここまで魔族が嫌いっていうのを今知ったんですよ。変身できる上級魔族を調達する暇なんて、小さなダンジョンにあるわけないでしょ」

「嘘つけよ、それじゃあなんで魔族がユーリの真似なんかしてんだ!?」

「ううん？　ユーリさんが魔族だからってだけじゃないですかね？」

何を言っているんだ……この妖精は……？

「何を言ってるのか分かんないのはそっちですよ。いきなり現実逃避なんてしちゃって。画面の中にいるのは本物のユーリさんです」

「う、嘘だろ……何か証拠でもあんのかよ……」

「あー、もう！　じゃあ、ユーリさんの所持品全部渡せば良いのですか？」

妖精が指を鳴らすと、そこに彼女の服と細剣と財布が現れた。服は冒険者ギルドでオーダーメイドで仕立て上げたもので、細剣は鍛冶屋で作ってもらった刻銘がしてある。そして、財布はオレが以前彼女にプレゼントした物だ。

「身に着けている服と武器奪われて、生命線の財布を無くしたら、もう終わりですよね？」

「じゃ、じゃあ……あそこにいるのは……」

「本物に決まってるじゃないですか。信じたくないのは分かりますが」

ユーリがダンジョンマスターに負けたのも、チ×コをしゃぶってたのも、魔族だっていうのも……オレが彼女自身を罵倒していたのも……全て事実なのか？

「ユ、ユーリ……そのオレ……」

『………ぐすっ』

「あー、あー。泣かしちゃいましたね」

顔を俯かせて、背中を丸めたユーリはオレの方へと向こうとはせず、小さく鼻を鳴らした。

『すごいな、俺でもあんなこと言わないぞ。仲間だった奴にこんなこと言われているけど、どう思う？　殺そうと思った？』

『別に……言われ慣れてるよ……。家を出てから、そんなことはよくあったし……』

顔を俯《うつむ》かせたまま、ポツポツとユーリは喋る。

『今までだって、よくあったよ。けど、リュートだけは違うと思ってたんだけどね……』

『人間なんて似たような環境で育てば、どいつもこいつも似たような性格になるだろ。それは魔族でも同じことだと思うけどな』

『そうだね……たぶん、そうなんだよ』

オレがやったことは今までユーリを苦しめていた奴と同じってことなのか？　オレはユーリの特別にはなれないのか？

『魔族だろうが人間だろうが、俺には関係ないけどな。異世界にやって来てから日が浅いんだ。そっちの事情なんて知るかよ』

嘲笑いながらダンジョンマスターは言う。奴の目にはユーリしか映っていなかった。

『こんな可愛くて、いい身体をしている女に手を出さないなんて、どうかしているな。おいユーリ、キスしよう』

『う、うん……』

ダンジョンマスターは彼女の顔を自分の方へ向けさせて、ユーリの口に唇を当てた。

ユーリは助けを求めるように身を少し捩《ねじ》るが、すぐに諦めて瞳を閉じる。

『んぐ……んむ、ふーっ、んふうぅん……』

抵抗が止んだのをいいことに、ダンジョンマスターはユーリの口内にまで攻め込んだ。

口を塞ぐように唇を当て、舌を滑り込ませていく。鼻にかかった息遣いと淫らな水音が響く。

こんな下品なキスをユーリがしているのか……!?

その間にも片手はオレが触ったこともない胸を撫《な》でるように揉みしだいている。ピンと張った桃色の乳首はユーリが感じている証拠であった。

『んん……んぢゅ……んむ、んふふぅぅ……ん、ちゅぅっ……』

最初は身を捩っていたユーリに変化が見られた。唇は積極的に舌を絡めるようになり、ダンジョンマスターが胸を弄っていた手を優しく添えて感じる場所へと導く。

『ぷはぁ……すごい……。けど、ボク、さっき精液を飲んじゃったけど平気? そういうのって、男の人は嫌がるでしょ?』

『俺のだけだろ? 俺以外のヤツのが含まれてなきゃ気にするほどじゃない。それに、そんなことが気にならないことをいつかさせるしな』

『うん……えっ、そうなの……?』

いつか、とは時間を表す言葉であり、ダンジョンマスターとユーリとの関係がこの時だけのものではないということを指す。

その言葉だけでオレは吐瀉物《としゃぶつ》をぶちまけそうになる感覚を覚える。

『んちゅ、むちゅっ……あっ、んっ……』

直後、また悩ましげな吐息と水っぽい音が響き始めた。覆い被さったダンジョンマスターがユーリの唇を奪い、彼女がそれに応えているのだ。流石に自分から腕を絡めこそしていないが、その手は控え目にダンジョンマスターの腰に添えられている。オレにはそれが力の籠《こも》った抱擁に見えた。

体の芯が冷たくなるような感覚を覚え、握った拳をいつの間にか解いていた。

『んっ……ング、ングっグっ……』

開かれたユーリの口が咀嚼《そしゃく》するように動き、何かを飲み下すように白い喉が動く。それと共に唇の合わせ目から唾液が零れ落ちる。ユーリは奴の唾液を飲んでいるのだ。

『あ……』

しかも、それが決して強制的なものでない証拠に奴の唇が離れると、ユーリはそれを追いかけるように顔を動かしている。離れていく舌をしゃぶるように引き留めることさえしている。まるで恋人や夫婦のように親密なキスだった。

『情熱的だな。そんなに良いのか?』

『うん……心が繋がっているって感じで……』

『くっくっ、そうかい』

頬を赤らめて、トロンとした瞳でダンジョンマスターを見つめるユーリ。オレが今まで見たこともない女の顔だった。アレがユーリだっていうのか……？

『ねぇ、また、おち×ちん硬くなってるよ……』

『どうしたい？』

『えっと……その……』

ユーリは奴の肉棒に手を這わせて、竿《さお》と玉を優しく揉みながら視線を逡巡《しゅんじゅん》させる。

『おま×こに……欲しいな。ニッタとセックスしたい』

「や、やめろ……ユーリ！」

オレは思わず身を乗り出してユーリがやろうとしていることを止めようと口を出す。しゃぶるだけなら、キスをするだけなら、まだ大丈夫だろう。しかし、繋がってしまったら、ユーリが戻らない気がした。

『と、お仲間が言っているけどな……』

『……………リュートは関係ないだろ。これは、ボクの意思だ』

チラリと見たユーリの視線はハッキリとオレを蔑んでいた。

『それに、ボクは淫乱糞ビッチなんだ。おま×こがずっと疼いて……おち×ちんが欲しい……。ニッタはボクとしたくないの？』

『いや、したいぞ。意地悪言って済まなかったな』

そう言って、ダンジョンマスターが彼女の唇に軽いキスをすると、ユーリはニカリと微笑《ほほえ》んだ。

『んっ……えへへ、許す！』

『じゃあ、いくぞ……』

『うん、きて……』

開けっぴろげに大股を晒すユーリ。オレが今まで見たこともない無毛のワレメから透明の液体が流れている。そして、そのワレメを巨大な棒が蹂躙《じゅうりん》しようとしていた。

『ボクの初めてを破ってください……』

壁に写った映像から聞きたくもない言葉が……。

オレに向けて言ってほしかった言葉が……。

知らない……昨日今日出会ったばかりの男に……。

「お、おい……うそだよな……。冗談だよな……」

頭の中で思考がぐるぐると回り出す。

オレのユーリが……

オレのユーリが……

「やめろおおおおおぉぉぉぉ！！！」

オレはあらん限りの力を込めて腹の底から声を出す。ダンジョンの最下層まで聞こえるような声を、喉が潰れんばかりに張り上げた。

しかし……。

『あっ……くうぅぅぅんっ……！』

ダンジョンマスターはユーリの無毛の恥丘に押し当てたモノをゆっくり、ゆっくりと沈めていった。裂け目を押し広げ、オレのよりもデカイ肉棒が彼女の中に潜り込んでいく。

『ひぐっ、あっあぁあぅうぅぅ……』

ユーリは苦しげに顔を歪《ゆが》ませる。

『大丈夫か？』

『う、うん……思ったよりも痛くないよ。オマ×コをほぐしたおかげかな……。それにしても、意外と優しいんだね』

『壊れたら困る所有物《もの》は大事にするんだよ、俺は』

覆い被さった奴が優しく彼女の頬を撫で、キスを繰り返す。その間も腰は進むが、少し進んでは少し戻る、という具合で細心の注意を払っている。

「なんなんだよ……」

これじゃあ、オレが思っていたやりたいことじゃないか……。いっそのこと、最低のレイプ魔が自分の性欲の趣くまま腰を振って、ユーリが泣こうが叫ぼうが、そんなことをお構いなしに止めないという方がマシだった。それが何よりも悔しかった。

『かはっ……はぁっ、ひぐうぅぅぅうう……』

やがて二人の腰が完全に密着した。

「やめろよ……ユーリ……、これは夢なんだよな……？」

オレはもう取り返しがつかないような感覚に襲われながら、裸で組み合う二人をただ漠然と眺めていた。

これが夢でなくて、なんだと言うんだ。ユーリはオレが憎んでいる魔族で、ただの人間であるダンジョンマスターに奪われる。

『ちゅっ、ちゅっ、ちゅ……んちゅ……。んふうう……』

キスの雨を降らせながら、ユーリは甘い吐息を漏らす。

『ど、どう……？　ボクのお……オマ×コは……気持ちいい？』

『ああ、狭くて搾り取られそうだ。そんなに精液が欲しいのか？』

『ボクだって……女の子だよ。エッチなことには興味あるよ』

熱に浮かされたような声と表情でユーリが言う。

『へぇ、そうか。ところで、お前に仲間がいたけど、そいつには頼まなかったのか？』

『……リュートとはそういう関係じゃなかったよ』

ドキリとする。急に名指しだ。しかも、彼女からどう思われていたかなんて……。

『リュートのことは好きだった……』

こんな状況じゃなかったら、素直に喜べただろう。

しかし、彼女の心の中にオレがいるとしたら、もしもこのあとやり直せるなら……。

『けれど、リュートとは住む世界が全然違う。彼は人間で、ボクは魔族だ。しかも、憎まれている』

申し訳なさそうに目を伏せるユーリ。

「ち、違うっ！　オレは両親を殺した魔族を憎んでいるだけで、ユーリを憎んでいるわけじゃ――」

『くっくっくっ、よく言うぜ。ユーリがフェラしている時にあんなこと言ったくせによ。お前が叫んだことを言ってやろうか？』

ダンジョンマスターがそう言うと、ユーリはビクリと身体を震わせて、奴にしがみ付く。

『下品で野蛮で卑怯な淫乱……なんだっけ？』

『淫乱糞豚ゲロビッチ魔族の売女……だよ。キミまでそんな汚い言葉を言わないで欲しい……』

『おっと、すまんすまん』

オレがさっきつい言ってしまった言葉を、ユーリはそっくり繰り返した。それを聞いたダンジョンマスターは、喉を鳴らして笑う。

『くっくっ……いやぁ、ここまで酷い言葉を浴びせる奴となんて付き合いたくないよな？』

ニヤけるダンジョンマスターの言葉に、ユーリは一瞬だけオレを見てから、コクリと頷いた。

『ユーリはお前を助けるために俺の女になるって条件で、ここまでシてるというのに、その報《むく》いがこれだぞ』

そんな……嘘だろ……。知らなかったんだ、あれが本物のユーリだったなんて！

そう口に出そうとするも、言葉が出ない。どんな言葉が返ってくるか、知るのが怖かったからだ。

『仕方ないよ……。ボクとリュートは住む世界が違うんだから。きっと、キミと出会わなくても、些細なことですれ違ってたと思う……。昨日だって女の子をナンパしてたし……』

なんだよ、世界が違うって……意味が分かんねえよ。それに、お前が抱かれているダンジョンマスターなんて、他に女がいるんだぞ。

「ふ、ふざけんな……そんなので納得できるかよ……！　ユーリは、オレの女だぞ……！　オレのモノなんだ！」

ユーリと一番長く一緒にいたのはオレだ。ユーリと共に苦労を分かち合ったのもオレだ。ポッと出の男なんかに渡してたまるものか！

『言うにこと欠いてソレなの？　ボクはモノじゃないし、リュートの女でもない』

だが、返ってきたのは可愛らしい顔が嫌悪に歪んで呟いた言葉だった。

『くっくっ、まっ、そういうわけだから諦めたまえ、俺のフィリアとアリスに色目を使った罰だ。女の子はお前のトロフィーや勲章じゃないんだぞ』

ニヤリと笑ったダンジョンマスターは、そう言うとユーリの胸を揉みしだく。

『あんっ、あっ……』

胸を玩具のように揉みしだかれているにも関わらず、抵抗しないユーリにオレの中で何かが弾け飛びそうになった。

――びゅっ
触ってもいないのに、ユーリが犯されているのを見て、オレはズボンの中に射精した。何度も身体が痙攣《けいれん》し、べっとりと下着を汚しつくす。

『あっ、見ろよユーリ。お前の仲間、触ってないのに射精したぞ』

『それより、ねぇ……ぎゅーってしてよ』

オレのことは『それより』という一言で済まされ、再び奴はユーリに覆いかぶさる。絡みつく手足に力が籠もり、上げる喘ぎが一層の艶を帯びたことが、内心を端的に表していた。

奴の動きが激しくなった。しなやかに身体を波打たせ、叩《たた》き壊すような勢いで腰をユーリの身体にぶつけている。

ユーリはそれを悦んで受け容《い》れているようだった。

『ふひゅいいぃいぃ!! あっあっあっ！ い……いいっ！ ボク、死ぬぅ……しぬううぅぅっ……!!』

高らかな嬌声が上がり、結合部からは下品な水音が響く。ギシギシとベッドが壊れそうな勢いだ。

唐突にダンジョンマスターは嗜虐的《しぎゃくてき》な笑みを浮かべると、一旦、ペニスを引き抜いた。

『四つん這《ば》いになれよ』

『こ、こう……？』

奴の言う通り四つん這いになると、彼女は小振りのお尻をあちらに向けていた。もちろん、オレの方からは見ることはできない。

『ははっ、こういう体位もいいな。ユーリの尻が丸見えだ』

『んふぁあっ……あ、おち×ちんが、熱い……あっ、あああぁぁ！！』

奴は手を伸ばしてくびれを軽く掴むと、クッと腰を突き出し、ペニスをユーリの膣《ちつ》内に思いっきり突き入れた。

あの極太ペニスがユーリの中に入ったのだ。彼女の顔は蕩けたものになっていた。オレが知っている凜々《りり》しい姿も、実は少女っぽい可愛らしさも薄れ、一人の牝がいるだけであった。

『んひぃ！ ふぁっ！ ひゃうっ！ 後ろから中を掻き分けてくるの、いいっ……！』

おもむろに抽送が再開される。クチュクチュといやらしい水音を立てて、ユーリの濡れそぼった穴を突く。突かれるたびに水音は増していった。

『んひぃっ！　ふぁっ、ひゃあんっ！　ずんずんおち×ちんが当たって……んふぅぅっ！』

『こっちも、ま×こが締め付けてきて、とても気持ち良くなっているぞ』

ダンジョンマスターは前かがみになって、ユーリのツノを掴む。

『んふぅ！　ひゃぁん！　ツノ、掴まないでぇ……！』

『こういう体勢だと、まるで獣が交尾しているみたいだ』

『やぁんっ、ボク、サカッちゃってるよぉ！　だから、おま×こもっと！』

力強くダンジョンマスターが突くと、官能的な喘ぎ声を高めるユーリ。

動物のように後ろから責められるという淫猥な行為に、興奮を覚えているかのようだった。

『だめっ……んんんんっ、ボク、イッちゃううぅぅっっ!!　ひとりでイキたくないよお……一緒にイッてよ……』

『中で出してもいいのか？』

『うんっ！　あかちゃんつくろ！　あんっあんっんんんんん！』

腰の動きが激しくなって、しばらくしたあと……

『……っ出る！』

『来て！　来てぇぇぇぇ!!　んんんんふぅうううううっっっ!!』

そう叫び、奴がぐっと全身をユーリに押し付ける。微かな、しかし激しい水音からユーリが絶頂を迎えたのを見た。

僅《わず》かに覗く肉棒の付け根が不気味に脈動している。

今、まさに……最愛の女の体内に別の男の精液を注入している。

顔も体も性器も征服されている。

『んぶっ……んっ……んぅ、ぷふぁ……。あ、熱いのが……びゅっ、びゅってぇ……』

不意に下半身が爆発した。またも、震えているモノから精液が飛び散り、ズボンにシミができるほど大量の白濁液を吐き出してしまう。

オレのモノが力を失っても、奴の射精は未だに続いていた。力強い脈動がユーリの中で渦巻いている。

『あひゃん！　もうっ、おち×ちん、ぐりぐりしないでよぉ！』

オレの射精の倍以上の時間をかけて奴はユーリの中にたっぷりと精液を出し、余韻を楽しむかのようにユーリの中を堪能したあとゆっくりと引き抜いた。

『んひぃいぃいぃいいい！　ズルズルって……！　ズルズルってぇ……！』

未だに硬度を保ち続けるソレはユーリの子宮を引きずるかのようだった。

ぐちゃぐちゃになったユーリのアソコからは、少しの血と固形物のような白濁液が流れ出る。ぽっかりと空いたアソコは少女から女になってしまったのだ。

ダンジョンマスターがユーリの後ろに回り込み、彼女を支えるように抱き起こす。全身を火照《ほて》らせながら汗だくになったユーリと視線が合った。

『ぜぇ、はぁはぁはぁ……、リュート……んっ』

ユーリは短距離を全力疾走して体力を使い果たしてしまったような、虚ろな目をしていた。滅多に疲れを見せないユーリがあんなになるなんて……。

『見えるだろ、ユーリのマ×コ。俺のチ×コが良かったのかぐちょぐちょだろ。それに俺も気持ち良くさせてくれたから、こんなに出しちゃったし。ほら、ユーリも何か言えよ』

『うぅ、あぁ……リュート……』

蕩けた顔でオレを見るユーリ。泥酔したようにぐったりとした顔は、涙と鼻水と涎でぐしゃぐしゃになっていた。

その瞳は、オレを見ているようで別のモノを見ているようであった。

『ボ、ボク……初めてだったけど、すごい感じちゃった……。セックスって凄いんだね。たまに一人でリュートに抱かれる妄想をしながらオマ×コを弄ってたこともあるけど……それよりも、ずっとずっとずーっと気持ちよかったよ……』

聞きたくない。耳を塞ぎたくなるが、それができなかった。

『ふふふ……これがボクの本性さ……。キミが思っている卑怯で浅ましい下衆な魔族。その通りだね……』

「ち、違う……オレは……」

オレはユーリのことをそんな風に見たことはない。だが、それが彼女を知らずに傷付けていたとしたら……。

全てはオレの責任なのか……？

『軽蔑してくれても、憎んでもいいよ……。ボクは、これから魔族としてでもなく、人間としてでもなく、ただの性奴隷として生きることにしたんだから……』

「ゆ、ユーリ……」

オレが彼女のことをしっかり見ていて、全てを受け入れられるようになっていれば、こんなことにならなかったのか？

『でも、ボク……幸せなんだ……。くだらないことを全て忘れて、気持ち良く、なっちゃって……。彼のおち×ちん、硬くて……ごつごつしてて……お腹の中、一杯で……良いところに、一杯、当たって……』

『へえ。嬉《うれ》しいこと言ってくれるじゃないか。これは二回戦も期待できるな』

『に、二回戦……!?』

ダンジョンマスターは憎たらしい笑みを浮かべながら、汗でべとべとになった胸を撫で回すように揉む。ユーリは驚いた声を上げるものの、頬は紅潮していて半開きの唇から、蕩けた調子の声が漏れていた。

『嫌なら止めるけどな』

『う、ううん……嫌じゃないよ』

『何が？』

『子作りセックス』

もういいだろ……。満足しただろ……。だから、頼むから戻って来いよ、ユーリ！

『それじゃあ、続きは向こうの部屋でな』

『うん……んっ、ちゅるれろ……』

そんなオレの心の叫びを打ち消すように奴はユーリの唇を奪う。オレがしたこともない、舌を絡める情熱的なモノだ。

やめろ……。やめてくれ……。

『というわけだ侵入者。あとで適当に地上に出しといてやるから、これに懲《こ》りたら、真っ当に生きるんだな。近くにある街への交通費も渡しておくよ。ユーリと交換とでも思ってくれ。くっくっくっ……。ユーリも何か言っておけ』

『えっと……リュート……。ボクのことは忘れて幸せになってね。キミの復讐は全面的に応援はしないけど、いつか復讐を忘れることができれば良いね……』

その言葉を最後に壁に映し出された映像は途切れた。

後に残ったのは、みっともなく暴発させて股間を汚したオレだけだ。

そして、いつの間にかオレの目の前には、かなりの量の魔石が詰まった袋が転がっていた。

魔石の鈍い輝きが、オレを嘲笑《あざわら》っているかのようだった。

10（side リュート）

気がつくと、オレはダンジョンの外にある森にいた。自分を縛るロープはなく、五体満足で出されたらしいが、側には誰もいない。あたりを見渡してもユーリは何処《どこ》にもいなかった。

「はぁーい、私はターニャちゃん！　さっきぶりですね、侵入者さん！　これ、忘れ物です」

声がする方を振り返ると、そこにはダンジョンにいたピンク色の妖精がいた。妖精が何かを投げたので、オレはそれをキャッチする。

それはユーリの財布であった。

「ちなみに所持金は半分減らしておきました。ゲームなんかでは、全滅すると所持金は半分になってお約束ですからね！」

「ユーリは……ユーリは、どこにいるんだ!?」

「あなたの目は節穴ですか？　ユーリさんなら、あなたを裏切って新田さんの性奴隷になったじゃないですか。まったく、新田さんは飼えるか分からないものを拾ってくるんだから……はぁ」

やっぱり、さっきの映像は本物だったのか……？　だとしたら、ユーリが言っていたことも、あそこで起きたことも、現実だったのか……？

「まあ、良かったじゃないですか。ユーリさんと別れられて」

なにを言っているんだ……こいつ……。

「だって、ユーリさんは魔族なんでしょ？　あなたの仇の一族なら、憎まないといけないじゃないですか」

オレはユーリを憎んでいたわけじゃない。ふざけやがって……。オレがどんな思いで……。オレは手を伸ばして、妖精の身体を握る。

「テメェらふざけんなよ……絶対に復讐してやるからな……特にあのダンジョンマスターだけは八

つ裂きにしてもオレの気が収まらねぇ！」

「ぎゅむ……復讐するのは個人の勝手ですから、別に構いはしませんが……ていうかお風呂入ってくださいよ！　くっさい精液まきちらしたせいで臭いますよ！　どういう神経でこの神聖で偉大な美少女ターニャちゃんに触れようとしているんですか？　あーもー、これだから童貞は……ぐにゅう……！」

　オレは奴の部下だと思われる妖精を握り潰すために手に力を込める。

「かはぁっ！　魔族の次はウチのダンジョンマスターに復讐ですか。良いんじゃないですか。どうせまた惚れた女を寝取られるんでしょうが、ケケケ……げほっ！」

「黙れよ！」

「くっくっく、そんなことしても、あなたの彼女は戻ってきませんよ……。それに復讐は何も産み出しません。だから、この失敗をバネに新たな挑戦を……ぐぎゅう！」

　戻って来ないことくらい分かっている。しかし、こいつの言っている綺麗事には異常に腹が立つ。

「ふざけるなよ……。オレが……。オレが……」

「かっ、かはっ……！　しぬぅ」

　だから、関係ない抵抗もできない小さな女であっても……。

　そもそも、いつから間違えたのか？

　あのとき、オレたちがゴブリンに分断されたときか？

　ダンジョンの下調べをろくにしていない状態で潜ったときか？

言動がおかしい奴に不用意に案内させたときか？

新造ダンジョンという情報に釣られて、のこのことこの地域に来たときか？

それとも、オレがユーリに自分の野望を打ち明けたときか？

それ以前に、彼女の正体に気づいていれば……。

いや、オレがユーリのことをしっかり見ててやれば良かったんだ。そうすれば、あんな奴に……。

「気が済みましたか？」

いつの間にか、オレの目の前には握り潰したはずの妖精が。ふいに激痛に気付いて目を落とすと、オレの手の甲に穴が。

「まだなら、もう少し八つ当たりしても別に構いませんよ。次は私の番なのですから、私も気が済むまでやっちゃいますし！　ここのところ、ストレスが溜まりまくりで……。それに私を殺す気だったってことは、殺されても別に文句はありませんよね。それが復讐の原則なのですから！　ヘイヘーイ！」

11（side リュート）

「よう、久しぶりだな、リュート」

「そうそう、久しぶりアルね」

「…………」

あれから一週間。いつの間にかオレはダンジョンから離れた街に戻っていた。その間の記憶はなく、気がつくとギルドに預けっぱなしになっていた過去の報酬を受け取っていた。

その金で酒場で酒を飲んでいると、昔の仲間が話しかけてきた。

「ようリュート。どうだ？　儲かってるか？」

「おっ、それは魔石ね。かなりの量だけど、どこで手に入れたアルか？」

「……………お前ら、結婚したのか？」

チャイナドレスを着た女の仲間の薬指に指輪が輝いているのがチラリと見えた。

「そうだぜ！　オレもそろそろ結婚して足を洗わねえとな。いつまでも遺跡荒らしやモンスター退治なんてしてないで、こいつを幸せにしねぇとな」

「もう、キョースケったら……！　リュートもユーリを大切にネ」

「えっ、あいつって男じゃねぇのか？」

「そんなわけないネ。あの子は可愛いところがある女の子アルよ」

ユーリ……。

何もかもオレの招いた結果ならそれを全て受け容れてやる。オレがこうなったのも、オレ自身が招いたオレの罰だ。

だが、自分一人でそれを受け止められるほど、オレの度量は大きくない。それにオレと似た奴ら、同じ稼業の奴らが、オレよりも幸せになるなんて許せるわけないだろ。

「そうか……。なら結婚資金を集めなきゃな……。オレがこの魔石を見つけた稼ぎ場を教えてやるよ。すっげ～儲かったんだ。ホラ！」

オレはユーリの代わりに手に入れた魔石の袋を奴らに見せた。これ一袋で一年は働かずに生きていける。

「本当か!?　いやー、やっぱり持つべきは同じ仲間だぜ！」

「これで結婚して、この稼業からも足を洗えるネ！」

「あぁ！」

オレは奴らにあのダンジョンの場所を教えたあとに、再び酒を浴びるように飲んだ。

オレが罰を受ける以上、奴らにも罰を受けてもらわねば、オレが納得しない。精々、あのダンジョンでゴブリンどもにでも恋人を取られれば良いのだ。そう考えたら、少しだけ胸がスッと晴れた。

「ふふふ、どいつもこいつも不幸になってしまえ」

もはや、魔族だのダンジョンマスターだなんてモノには興味ない。これはオレがオレ自身に対して行う復讐なのだ。

奴らが去って行ったあと、オレは手で顔を覆い、むせび泣いた。

第五章　決意と妥協は紙一重

1

ダンジョンの入り口前で、俺はそれなりの人数を乗せた馬車を引き連れた、露出度の高いヒャッハー気味の連中と向き合っていた。

すげぇな、モヒカンとかトゲ付き肩パッドとか初めて見たよ。

連中は人身売買組織のメンバーである。この辺りはど田舎とあって人が少ないので、奴隷《どれい》となる人間を捕まえられるのか？　なんて思ったが、どうやらこの辺は密輸するための通り道でもあるらしい。

現在は、商人とかが護衛を雇って商売上がったりなので、俺が倒した村長と結託して、従わない村人や高く売れそうな村娘を買い取っていたそうだ。ターニャ曰く〝ウルトラパネェ〟連中であるが、実際は村長ありきの組織だったらしい。

「えー、我々の採石場で採《と》れた魔石で、そちらの奴隷全員を購入、ということでよろしいですね？」

双方共にターニャの確認に合意する言葉を吐き、書面にサインをする。

所詮、相手は悪人であるので、いざとなればこのような紙切れは破ってしまえばいい。

まあ、ただでさえ狭い世界をこれ以上小さくしたくもないので、基本的には破る気は無いが。

「それで、あんたらは本当にここを引き払うのか？」

「おうよ。元々こんなしけたところ、引き上げたかったからな。ここにいたのは村長のジジイとの取引があったからだが、それももう仕舞いだ」

何故《なぜ》か胸元が開けた肌の露出部が多い服を着た組織のリーダーは、そう言って肩をすくめる。

「それにこの国じゃ勇者が幅《はば》を利《き》かせているから、俺らみたいなアコギな商売をしている者にとっちゃやりづらいぜ」

勇者か……。俺のクラスメイトのことだろうが、いつかは戦わなければならないはずだ。元クラスメイトだとかは関係ない。俺がダンジョンマスターで、奴らが勇者というのなら衝突するのは必然だろう。

「どうも冒険者ギルドにも目をつけられているみてえだし、隠れてコソコソするのも限界だ。とりあえず、隣の共和国へでも逃げることにするぜ」

リーダーはチラリと俺の側にいるユーリを見るも、彼女は澄まし顔で特に反応しなかった。

「ここもギルドの奴らに目を付けられてるんだろ？　あんたらの方も逃げた方がいいんじゃないか？　よく見りゃウホッって言いたくなるようなイイ男だし、どうだ……俺の配下にしてやろうか？」

「……俺はダンジョンマスターだ。今更何処《どこ》へ逃げろってんだ？」

ダンジョンコアが俺の命と直結している以上、俺はダンジョンを見捨てて逃げるなんてことはできない。それに、直結していないにしても、俺はこの生活を自分から手放す気はない。この世界に来るまでのような惨《みじ》めな気持ちで過ごすなんて、死んでもゴメンだ。

「ともかく、私たちには奴隷が。ヒャッハーのおっさん共には金になる魔石が手に入って、双方ともＷＩＮ－ＷＩＮですよ！」

「その言葉、気に入ってんの？」

ＷＩＮ－ＷＩＮって言葉、最近じゃあまり聞かないけど、大抵その言葉ってどちらかが損しているものだよな。この場合、どちらとは言わないが。

しかし、奴らも逃げるための口実が欲しかっただけだとしたら、これで良いのかもしれない。逃げるためには奴隷なんて足手まといにしかならないからな。

「あの、すみません。三年前に売られた私の両親……ナミとガルドを知りませんか？」

会話が一旦途切れたのを見計らって、フィリアが小さく手を挙げて組織のリーダーに尋ねる。

「母の髪は私と同じ色でウェーブがかかっていて、父は角刈りなのですが……」

「すまねぇな、お嬢ちゃん。その頃のリーダーなら居場所を知っていたかもしれなかったが、勇者に血祭りに上げられちまってな」

「そ、そうですか……」

リーダーの言葉に落胆するフィリア。心が読めるというターニャの方に顔を向けても、首を振るだけだ。リーダーは嘘を言っていないことになるが、情報が無いことが分かっただけだ。それでは何の意味もない。

「まあ、あの当時は王都の方で奴隷を売ってたから、いるとしたらソコじゃねぇか？」

「そうですか……」

フィリアは残念そうにしていたが、その後は無事に交換が済み、交渉は終わった。奴らが馬車に荷物を詰め込んで去っていくのを見送ろうとすると、アリスに腕を掴《つか》まれた。

「ちょっと、新田！　アイツらそのまま逃しておいていいの!?」

「どうしてだよ？」

「だって、アイツら、村人やフィリアさんの両親を売った奴らでしょ……。悪い奴らじゃない」

「村長と取り引きしただけだろ。まあ、悪い奴っていうのはその通りだろうが」

村長からぼちぼち村人を仕入れて、どこかに売りとばした以外、目立ったことはしていない、何処にでもいるような普通の悪人だ。この世界では奴隷商売なんてよくあることらしいので、こういう手合いは限りなくいるだろう。

「じゃあ、今から奴らを背後から攻撃して、皆殺しにしてくるか？」

「それは……」

やったらやったで、外道どころではなくなるな。見境なく人を襲うなんて化け物がすることだ。

「怒る気持ちは分からないでもないけど、アレは放っておいても大丈夫な部類だよ。それに、怒るとしたら、フィリアさんの方じゃないかな？」

組織に潜入していたユーリが、横目でフィリアに視線を送る。アリスよりも両親を売られたフィリアの方が怒るのが筋が通っている。とはいえ、フィリアの回答は予想の範囲内なので、聞くまでもない。

「分かったわよ……それで、奴隷を買ってどうするのよ。まさか、エッチなことを……」

「奴隷を買う目的なんて決まってるだろ。労働力の増強だ」

村の財政改善計画は、俺とターニャが労働基準法を軽く違反するレベルでつきっきりで取り組んだのだが、問題が多々あった。そのうちの一つが労働力不足だ。

俺とターニャがダンジョンの防衛を頑張ったおかげで、自警団が壊滅してDPになってしまったために若くて健康な男が少なくなってしまった。農作業や力仕事ができる者が少ないためにオナホ量産計画が進まないので、ユーリの紹介のもと、人身売買組織に連絡を入れたというのが今回の経緯だ。

ゴブリンや、今回新たにダンジョンに召喚したオークを送るなんて案もあったが、人間の土地は人間に任せるのが一番だ。

「男連中は村に送るとして、女はどうしますか？　村の方じゃ、若い女は足りてますよ」

「ダンジョンの方で使う。ゴブリンらの飯炊きや補助兵にもなるしな」

男はともかく女は、人身売買組織でも売れ残った類なので、顔はもとより能力にも期待していない。ゴブリンらには掃除する習慣がないので、掃除が人並みにできるくらいは役に立ってくれれば上等である。

「でも、マスターだって男なんだから、奴隷とエッチなことをしたいんじゃない？」

「いや、お前らがいるから十分だ」

「えへへ……」

一応本音ではあるものの、言っていて歯が浮きそうなセリフをユーリに吐いてしまう。これで忠誠心が上がるのなら安いものだけどな。

別の理由もあって、エロいことだけに精を出してもしょうがないからだ。一人くらいならＤＰも僅《わず》かに溜《た》まるし構わないが、全員が全員俺の娼婦になったら、ダンジョンの風紀が乱れるし、本来の業務すら滞ってしまう。それに効率で考えれば、フィリア以下のＤＰしか稼《かせ》げないので、今の時点でそういうことをしようとは思わない。

「奴隷の教育はフィリアに任せる。モンスターの世話の仕方から教えてやれ」

「はい、マスター」

元の世界においても、自分の部屋を『近代社会の成れの果て』という題名でアートに出せるくらいの家事掃除スキルを持っている俺には、到底奴らの教育なんてできるわけないだろう。

女同士ということでフィリアに任せることにした。

「ボクも何か仕事はあるかな？」

「ユーリにはダンジョン防衛を任せる。有事の時に備えて警戒していてくれ」

「了解、分かったよ」

今のところ、ダンジョンの防衛戦力の中で最も使えるのはユーリなので、ゴブリンの訓練なんてる。

ユーリとフィリアがそれぞれ持ち場に戻ったあと、俺はコントロールルームに戻って高笑いをする。

「ふははは、使える手駒が増えたから俺の負担も減るってものだな。しばらくは楽できるぞ」

「そんなわけないでしょ。人手が増えたことで、そのぶん、高度なことができるようになったってだけです。選択肢が増えた分、やることがむしろ増えてます」

「なん……だと……」

ダンジョンマスターっていうと、部下に仕事を任せて高笑いができると思っていたのに、これではあまり変わってないだろ。むしろ、負担が増えて胃が痛くなる予感がした。

「ダンジョンのためを思うなら二十四時間働くのは当たり前ですよね。無理？　そんなの一度やってしまえば、無理じゃなくなります。この考えを奴隷たちにも浸透させましょう」

「おい、ばか、やめろ」

俺のほのぼのダンジョン経営ライフを現代日本ばりのブラック経営にするつもりか、コイツ……。

「まあ、やると決めたからには最後まで面倒を見ましょうよ。フィリアさんもユーリさんも村もダンジョンも……いざとなったら、ファンタジーでお馴染《なじ》みのヤクソウなんていかがですか？」

腐った魚の目をしている俺に向かって、何処かで見たことのあるような葉っぱが差し出された。

「薬草か……まあファンタジーではお馴染みだな」

「はい、あっという間にファンタジー世界へＧＯできます！　疲労もポンと抜けて、人間を止められますね。冒険者のクエストでもお馴染みで、私の友達のアーニャちゃんもアヘ顔を晒《さら》してどハマりしてました」

たしかにヤク草だな。というか、冒険者ってこんなものを集めて売ってるのかよ。しかし、その辺で摘める葉っぱを取ってきて金を貰《もら》えるなんて普通はおかしいよな。

「言っておくが、絶対に流行らせるんじゃないぞ」

「分かってますよ。これは医療用ですし、ダンジョンの皆さんのことは好きですから、辛い辛い現実の中で苦しんでもらいます。逃避なんてさせません」

それはそれで嫌な言い方だ。

「それはそうと、今回もかなりなＤＰが貯まりましたね。自警団と違って人数が少なかったにもかかわらず、今回の方が多めです」

「ユーリが魔力持ちだったからだろ。いやぁ、魔法剣は強敵でした」

良い意味でも悪い意味でも、例のターニャの触手が無ければ、どうなっていたか分からない戦いだった。無論、それまでのフィリアの努力やモンスターたちの足止めのおかげでもある。

それでも、ユーリたちが最初から本気だったり、チームを分断できなかったら負けていただろう。

「それもありますが、リュートって人から採取できたＤＰも凄《すご》いですよ。アリスさんにフェラさせたときくらいあります」

「ほう、魔力持ちでもないのに凄いじゃないか」

ユーリがアリスのフェラ程度の価値ならガッカリであるが、野郎のリュートからそれだけのＤＰ

を稼げたのなら儲《もう》けた気分になる。例えるなら、何となく買った服のポケットに一〇〇〇円くらい入っていた感じだ。

「どうやら、恋人や想い人を目の前で寝取ると感情が爆発して、このＤＰになると思われます」

そういえばアルトとアリスのときもそうだったな。女しかＤＰを得られないと思っていたが、男からも取ろうと思えば取れるわけだ。これは思わぬ発見だ。

「ところで、今もＤＰが増え続けているのは？」

「牢屋《ろうや》に閉じ込めているアルトさんがいるでしょ？　あの人にアリスさんとフィリアさんが犯されている映像を見せてます。リュートさんだけが特別じゃないって証拠ですね」

鬼かよ、コイツ。というか、仮説の検証を行うために映像を撮っていたのか。

「私も鬼ではないので、アルトさんにも良い思いをさせてやりましたよ。なんと、オークに命じて彼の童貞を奪っておきました」

悪魔かよ、コイツ。たしかにコントロールルームで召喚したオークはメスだから、目隠しをして耳栓と鼻栓をすれば女代わりに使えると思わなくもないが。

「それと、リュートさんだけではなく、ユーリさんの方も予想よりも稼げていますね。彼女の感情を揺さぶったおかげのようです。新田さんも成長したんですね。イヒヒ」

ユーリに関しては必要であったから、行動に移しただけだ。それ以外の意図は特にない。

「ともかく、これで我々も多少は戦えるようになりましたが、まだまだ盤石《ばんじゃく》なものとはいえません。なので、しばらくは死ぬ気で働いて貰います。周辺勢力が消えた今が無理をできるチャンスですからね」

「……マジで？」

「まじです。大丈夫です、私も死ぬ気でやるつもりなので、まずは二十四時間死ぬ気で頑張れ♡頑張れ♡」

ぐるぐるとした目をしたターニャを見て思う。コイツ、冗談抜きで俺にやらせる気なのだ。

その後、本当にブラック企業さながらの仕事をやらされたわけなのだが、その途中で幻覚が見えたり、ダンジョンで死んだ者の生き霊が現れるなど貴重な体験ができた一週間となった。充実しすぎたこの怒りは、今度やってくる侵入者にぶつけることにしよう。

2（side アリス）

「はぁ……」

私の身分はダンジョンの奴隷という立場だけど、基本的には監視が付いたり移動の制限が付くことはない。居住区と呼ばれる場所への出入りは推奨されていないけど、居住区はダンジョンのモンスターが住む場所だ。危ないから近づくなという意味の方が強い。

それ以外だったら、自由であるし、平時においては何かを強制されるってことはない。あるとすれば、身体《からだ》を要求されてエッチなことをされるということくらいか。

「人前でため息なんてするものじゃないよ。幸せが逃げちゃう」

ダンジョン地下の最下層にある空き部屋にて、食事を摂っていると、最近入ってきた新人に声をかけられる。赤と黒を基調にしたジャケットに、猫耳帽子が特徴的な凜々《りり》しい格好をしている女の子が、ニコニコと佇《たたず》んでいる。

元冒険者であり、魔族であるユーリ。ただでさえ異色の経歴の持ち主であるのに、目立つような格好をしているので忘れようもない。

「どうも、スミマセン」

「あはは、タメ口でいいよ。ここに来たのはキミの方が先だろ」

「好きで居着いたわけじゃないわ」

私がそう言うと、ユーリは小さく苦笑する。村の食堂で出会ったときからそうだけど、下に穿《は》いているスカートとハイソックスが無ければ、キラキラとした美少年と思うだろう。

地方の村で、魔王とか魔族について耳に入らないから偏見になるけど、魔族というと、もっと偏屈そうで、じめじめとした陰湿そうな奴かと思っていた。だからこそ、コントロールルームのモニターで彼女の正体を知った時には衝撃だった。大きすぎるイメージのズレは修正に時間がかかる。

「ところで、ニッタ――マスターは？」

「さあね。寝ているんじゃない？」

「そういえば、ここのところ忙しそうだったもんね。仕方ないか」

詳しくは知らないけど、ダンジョンマスターというのは、ただ椅子に座ってあれこれ指図しているだけで良い、という仕事ではないらしい。

侵入者を倒すための作戦を練るのはもちろんのことだけど、その他にもモンスター同士が喧嘩《けんか》をしないように居住区のナワバリを決めたり、魔石の採掘を効率化する方法を探したりと、多岐に渡って仕事をしているらしい。ダンジョンマスターとは、ダンジョンの運営を全ておこなう人間であるのだ。

「で、何か用事でもあるの？」

「いや、なに……マスターにはダンジョンの防衛をしろなんていわれたんだけどさ……。ここのところ、侵入者なんて来ないじゃないか」

ユーリがここに来てから一週間。その辺の野生動物が迷い込んでくるくらいで、侵入者らしい侵入者はやって来ていなかった。まあ、ここは王都から離れている辺境の地にあるわけだし、村人も好き好んでやって来るはずもない。

「そんなわけで、暇なんだよ。やることなんて、ダンジョン外での狩りくらいでさ」

朝食は村人から頂いたパンとスープがここしばらくの食事なのだけど、ユーリのおかげでスープに肉が入った。

「暇が悪いってわけじゃないいんだよ。侵入者が来なければ、誰も犠牲にならなくて済むしね」

「そうね……」

ダンジョンに侵入してくる人たちは、必ずしも私にとっての助けというわけではない。自警団らにダンジョンマスターが負けたとしたら、私とフィリアさんは彼らの奴隷になっていたかもしれない。それに、ユーリの仲間だった人が私たちに向けていたいやらしい視線を考えれば、今回も負ければどうなるか分からなかった。

彼らは善人じゃなかったかもしれない。けれども、ダンジョンマスターがやったことをされるべきとも言えない。侵入者が増えれば増えるほど不幸な人が増えると考えれば、以前ほど誰かにこのダンジョンを攻略してほしいとも思っていない。

「けど、まあ……ボクとしては、仕事をしてた方がいろいろと考えないで済むし、マスターの負担も減るでしょ」

たしかに時間が膨大にあると、ついつい何かを考えてしまいがちだ。ユーリの場合、出自やここに来た経緯を考えると、暇であるよりも忙しい方が精神的に楽なんだと思う。

「それにさ、頑張って成果を上げれば、マスターにご褒美を貰えるかもしれないじゃないか」

顔を紅潮させて、頬《ほお》に手を当てるユーリ。恍惚《こうこつ》とした表情を見せて、舌で唇を舐《な》める仕草をするのを見て、どんなものがコイツにとってのご褒美かを察してしまう自分が恨めしい。

「アンタさ……実は首輪で洗脳されているとかない？」

「さあね。コレを着けたのはダンジョンに来てからだし」

ユーリは首元に着けた私と同じ首輪をチラつかせる。彼女曰《いわ》く、ダンジョン側に付いた際に、自ら首輪を着けることにしたらしい。

「なんやかんや言っても、ボクは仲間だった人を裏切ってこのダンジョンの方についたからね。仕方ないんじゃないの？」

「仕方ないって……」

「ボクとしても、一度仲間を裏切った者に何の対策もしないで仕事を与えるような愚図《ぐず》をマスターなんて呼びたくないよ。一応、これでも命を預けているんでね」

命を預けるか……。そういえば、ユーリがダンジョンに侵入したときに、フィリアさんが捨て身で戦うと主張したら、アイツは命を捨てるななんて言っていたっけ。アイツのことだから、フィリアさんもただの駒くらいにしか思ってなくて、簡単に切り捨てるものかと思っていたから意外だった。

もしかしたら、ユーリやフィリアさんが惹《ひ》かれるような何かがアイツにあるのかもしれない。

「ボクたちが頑張れば、マスターもあんな無茶しなくて済むだろうしね。ボクと戦ったときは半ばヤケクソみたいなものだったし」

半ばヤケクソな行動であっても、結果としてはフィリアさんは生きているし、ユーリもなんやかんや幸せそうだ。

彼女らに比べれば、私はどうなのか。仮にここから脱出できても、幸せになれるのだろうか。アルトと一緒の暮らしに戻るだけだ。けど、彼は私の痴態まで見ているので、元の関係に戻れるとは限らない。王都あたりに出るにしても、今は魔王軍との戦いの最中だ。王都に危険が無いとも言い切れないだろう。

仮に魔族が襲ってきたとして、ユーリくらいの実力者だったら、私は勝てるだろうか？

「仕事は増えるだろうけど、冒険者をやっていた頃に比べれば、楽なモノだよ。それに今は、ボクみたいなのが地上でウロウロしていると、勇者に目をつけられるし」

「前から聞きたかったんだけど、勇者ってどういう人間？」

「そっか、こんな田舎には来たことないよね。勇者は、異世界から召喚されたっていう特殊な力を持つ者だよ」

そう言えば、ここのダンジョンマスターと似たような世界からやって来た、みたいなことは少しだけ耳に挟んだことがある。

「その中にヤバイのがいて、モンスターと魔族は徹底排除する気らしいんだ。半魔だろうと、獣人だろうとお構いなしにね……。ダンジョンだって、いくつも壊滅させられたって話を聞くよ」

「それは……」

ユーリの話を聞く限り、危ない人なのはなんとなく分かった。

魔族やモンスターというと、卑劣で危険で獰猛《どうもう》というイメージだったけど、ユーリのようなマトモな者もいる。逆に人間であろうとも、村長のようなのやダンジョンマスターみたいなのも大勢いるので、種族で善悪を測ることはできない。

彼らを容赦なく倒していく勇者の話は、諸手を上げて喜べるような話ではなかった。

「その点、ここは地方だから彼らの耳に入らないし、侵入者も少なくて噂《うわさ》が広がることもないから、勇者連中には目をつけられづらい。ふふふ」

どこからか、それはフラグだ、という声が聞こえたけど気のせいだろう。

3（side アリス）

「…………」

「……なにこれ」

ユーリの仕事を増やすことについて相談しにコントロールルームへ足を向けたら、妖精が倒れていた。一瞬、殺人事件が起きたかと思ったけど、呼吸音がかすかに聞こえるので、生きてはいるようだ。

「だ、大丈夫かい……？」

「う、うぅん……」

ユーリが駆け寄って妖精の身体を揺さぶると、彼女はゾンビが目覚めるように目を開いた。

「あー、うん、はい……侵入者でも来ましたか？」

「い、いや……少し相談がね……」

妖精の目の下にはクマができており、目の焦点《しょうてん》が合っていない。

「まあ、首輪の盗聴機能で把握してますよ……。ユーリさんは冒険者の経験を活かして罠《わな》の配置とかすれば良いじゃないでしょうか？　一応、新田さんと相談してですが……ふぁ……」

「あ、あぁ……」

一瞬、聞き捨てならない言葉が聞こえた気がするけど、睡眠を邪魔されて怒っている瞳に気圧《けお》されて口を噤《つぐ》んでしまう。

「お疲れのようだね……」

「そりゃ、まあ……私の身体は地上用に受肉されてますから、食事は要りませんが、不眠不休で働けば生理的消耗が生じますよ……殺すなら今が狙いどきですね。まあ、私に死という概念はありませんから、無駄ですけど」

その言葉に嘘偽りはないだろうけど、こんな時でも相手を挑発するその姿勢には感心してしまいそうだ。

「もっとも、私が仮に死んだとしたら、アリスさんの村の発展は無理ゲーになりますけど。あなたの村って本当何も無いんですね。人間を売り飛ばしたくなる村長の気持ちも多少理解できました」

「え……？　私の村を……」

てっきりダンジョン絡みのことかと思っていたら、村のことを口に出されてドキリとする。

「服従させたなら、面倒は見ないといかんでしょ。一応、少ない予算と多少のＤＰを村の方に回して、オナホ製造業を軸にした経済活動ができるようにしてあります。とりあえず、新田さんに言われたやるべきことはやったので、私は寝ますね……。ユーリさんのことは後回しでいいですか？」

「そ、そうだね」

てっきり、悪巧みのための計画を立てていると思っていたから意外だった。村の発展はこいつらとダンジョンにとってメリットになるかもしれない。けれども、放っておけば村長がやったことが再び起こるかもしれないし、フィリアさんみたいな人が出てくるかもしれない。

「ちょっと、待って……。私も、何か手伝えることある？」

それを黙って見ているだけというのも嫌だった。たとえ、彼らの得になってしまうことであっても、何もしていないというのは駄目な気がする。

ユーリが部屋を出て行ったあと、私は妖精に何かすることがあるかを聞く。

「では、新田さんと子作りでもしていてください」

「……アンタに真面目な答えを聞いた私が馬鹿だったわ」

「いえいえ、真面目に答えてますよ」

弱々しく口元に人差し指を当てる。

「聞きますが、アリスさんには畑仕事の経験はありますか？」

「他の人の手伝いをするくらいなら……」

村では魔法の修行をしていたし、親が商人をやっていたので、畑に触れることなんて、ごくごくたまにお小遣い稼ぎとして草むしりをした程度だ。

「それじゃあ、怪我人に対して適切な対応をすることは？　適切な量の食料を効率的に配給するだけの計算能力は？　丸一日働き続けるだけの体力は？　それらの能力を統括して、ダンジョンのために働けるだけの頭脳はありますか？」

「そ、それは……」

「まあ、それら全ては求めませんがね……。私としては、アリスさんは善悪の区別がついちゃっていますので、これくらいできる人じゃないと扱いづらいです。正直、思想がない分、ゴブリンの方が仕事を任せきりにできるのでマシですね」

頭をフラフラ動かしながら、ターニャは言葉を続ける。何かを企んでいる笑みもなく、嫌がらせを言っているような楽しそうな様子もない。疲れ切った顔で事実をそのまま言っているだけのようだった。

「ダンジョン防衛に配置するって手もありますが、ユーリさんがいるので無理して置く必要ありませんし……」

反論しようにも、ユーリの魔法剣に比べれば、私の魔法は微妙なところだ。そもそも、魔法を得意とする種族である彼女に魔法で勝てるとは思えない。

「所詮、アリスさんは他人の幸せを願うしか能のない……ただの『いい人』なのですよ。ああ、顔とおっぱいは一流なので、少し違いますか……」

「………っ」

否定できなかった。ダンジョンで捕まってからこの二週間ばかりで、私ができたことといえば、ダンジョンマスターに嫌味を言うことと、抱かれることくらいであった。自分では何一つやっていない。

「ですから、アリスさんにできることといったら、いやらしい身体を使って新田さんを興奮させて、子供を作ることですね。DPも稼げますし、産んだ子供をダンジョン防衛に回せばある程度役に立ちます」

瞼《まぶた》に鉛でも付けているかのように妖精の目が半目になる。

「まあ、村のことは頼まれたのでしっかり復興くらいはしますよ……。その役に立ちたいというのなら、黙って私を寝させてください……。その間の仕事は新田さんにやらせますので、起こしてきてください。それくらいなら、あなた程度でもできますよね？」

コントロールルームの機械というものには触れないし、そもそも動かし方が分からない以上、私がアレコレするよりもターニャにやらせるのが賢明だろう。私がここにいてできることなんて一つもなかった。

4（side アリス）

ダンジョンマスターの部屋は不用心にも鍵がかかっていなかった。誰かに襲われるとか思わないのだろうか。他人のことを舐《な》めているのか、それとも信頼しているのか。いや、この半月ばかり共にいたけど、わざと他人を煽《あお》って喧嘩を売るという風に見られる。それが故意にせよ無意識にせよ、ダンジョンマスターを構成する要素なのだろう。

「あら、アリスじゃありませんか」

大人が十人くらい乗っても平気そうなベッドの上でフィリアさんが正座をしていた。また、フィリアさんの膝の上には黒い頭が乗っている。

「マスターでしたら、お疲れのご様子なので、できれば休ませてあげたいのですが……」

「妖精がグロッキー状態だから、交代だって」

フィリアさんに膝枕をされているダンジョンマスターは普段の下劣さとは無縁の寝顔をしている。けれども、フィリアの言うように彼もまたどことなく疲れている様子だった。

「ターニャ様がですか……。たしかにあの方もここ数日休んでいるところを見ていませんが……」

「こいつも大変なんだなぁ」

「はい、マスターはいつでも頑張っております」

そう言って、彼を撫《な》でるフィリアさんの表情は慈愛に満ちた母親のようだ。いや、というよりも、長年連れ添《つそ》った夫婦のそれに近い。

もやもやした感情が胸中で渦巻くのを自覚する。だが、それを態度に出すのは憚《はばか》られて、私は細く嘆息した。

「ねえ……少し聞きたいんだけど……」

「なんでしょうか？」

「フィリアさんは首輪の効果で洗脳されているんだよね？」

少しずつであるけど、私の中でのダンジョンマスターの存在が大きくなってしまっている。まだ、彼のことをフィリアさんのように崇拝しているまではいかないけど、いつかそうなるのかと思うと恐怖があった。

「ええ、そうですけど……首輪が無くてもおそらくマスターのことを慕ってたと思いますよ」

「えっ、どうして？」

「村長から次の生贄《いけにえ》として売られると知って逃げたとき、私の逃げ場所はこのダンジョンにしかありませんでしたので」

ほとんど消去法じゃない。村長が嫌だから、ダンジョンマスターを好きになったという風に感じられる。

「初めは見ず知らずの他人を慕うのは少し嫌でしたが、マスターは私を守ると言ってくれました。そしてその通り、村の連中からお守りくださり、さらには仇《かたき》も討つことができました」

ここへ来た当初であったなら、否定していただろうフィリアさんの言葉に反論できなかった。やり方はともかくとして、結果としてフィリアさんは誰かに売られることもなく、こうして元気でいられている。

「でも……それだったら、アルトだって守ろうとしていたじゃない」

「アルト……？　ああ、彼だったらそう言うでしょうね。けど、彼にマスター以上のことができると思いますか？」

想像してみるけど、できるとは思えなかった。アルトは強いけど、組織の力に一人で対応できるほどのものではない。それに、村長が村人を売って金を得ていたのは財政が傾いていたからであって、村長一人を倒せば終わりという簡単なものでも無かった。アルトがどうにかできたとしても、問題の先延ばしくらいのものだ。

「もはやマスターのことしか考えられません。マスターのためなら、命だって惜しみませんし、子供だって何人でも喜んで孕《はら》みます」

恍惚とした表情でダンジョンマスターのことを語るフィリアさん。洗脳によるものなのか、それとも元々そういう性格だったのか分からなくなってきた。

「このマスターをお慕《した》いする気持ちが洗脳による作られたものだとしても、この胸の鼓動と温かみは本物ですよ」

そう言ってフィリアさんは屈託のない笑みを浮かべる。

認めたくないけど、この人は洗脳なんかされなくてもこうなっていたのではないか。それを確かめるすべはないけれど、私には全ての人格が変わったとは思えなかった。

「うーん……」

「あら、マスターが目覚めたようです」

近くで話しているというのに、今まで起きていなかったのか。目はかなり眠そうであるが、ターニャのような死にそうな気配はない。

「マスター、起きてください。どうやら、ターニャさんが倒れたようです」

「マジかよ……もう交代なのか」

「コントロールルームの機械を扱えるのがマスターとターニャさん以外いませんので、仕方ありません」

フィリアさんがダンジョンマスターを揺さぶりながら、覚醒させていく。彼は鬱陶しそうに目を細めるけど、されるがままで抵抗などはしなかった。

「…………」

なんとなく。なんとなくではあるけれど、その光景を見ているのが嫌になった。

この世界に一人きりになったような、そんな感覚だ。

「……それじゃあ、用件を伝えたから私は部屋に戻るわ」

言うだけ言ってダンジョンマスターの部屋を出ていく。ここにいても私がすることは何もない。

胸中に渦巻く感情を抑えながら、扉を閉めることにした。

5（side　アリス）

これからの私はどうしたら良いのか。

これまでの私はどうしたら良かったのか。

これまで生きてきてこんなにも悩んだことは無かった。それほどまでに平凡でつまらない人生を歩んできたのかもしれない。

自分の生き方は自分で決めるものだと考えていたけど、選択肢は限られているものだ。私は魔法が使えるから、家にもそれなりの資金があるから、そういう理由でこの国で一番栄えている街の魔法学校へ行こうという将来設計だったけど、それが見事に崩れた。

今決めようとしているのは、ダンジョンマスターに協力するかしないかということだ。

少し前までだったら、死んでもしなかっただろう。フィリアさんを洗脳して自分の駒にして、私の処女を奪ったクズ野郎なので、普通に考えればよほどの限りがなければ従わない。

けれども、あの村の村長が村人を売って、私利私欲のためにお金を稼いでいたと知ってからは、アイツが悪い人間かよく分からなくなってきた。

アイツのやったことは許されることではない。けれど、私にどうにかできたかと言われれば、できなかっただろう。村長は自警団という武力を持っていたわけだし、こんな田舎の村をわざわざ摘発しようなんて暇な人はいない。地方領主や国の役人だって、今は魔王軍との戦いで忙しいからと相手にしてくれない。

あのまま放っておけば、フィリアさんも私も彼らの餌食になっていたと考えるとゾッとする。まあ、ここもそう変わらない気がするけど……複数人を相手にするよりは……楽なのかな。

初めて処女を奪われてから、何回もセックスはしている。膝の上に乗せられてキスをされながら丹念な愛撫《あいぶ》を受け、アソコもたっぷりほぐされると、自分でも驚くほどアソコがジュンと潤《うるお》った。自分で弄《いじ》ったことなどほとんどないのに、指を抜き差しされると痺《しび》れたように気持ち好く、後から後から愛液が溢《あふ》れて太ももまで濡らした。

この前なんて、小一時間ほどの愛撫ですっかり発情してしまって、全て脱がされて部屋の壁に手をつき、あいつと裸同士になって立ちバックで貫かれた。あいつのおち×ちんは、私の中を割り裂くように入ってきた。

棍棒のような肉棒が奥を小突くまで往来するというのに、昂奮《こうふん》の方が遥《はる》かに勝っていて、痛みは思ったほど感じなかった。

一時間以上は繋《つな》がっていただろうか。頃合いを見ての膣内射精《ちつないしゃせい》。激しく突き、立ちバックで膣奥に子種を注ぎ込んだのだった。その頃には私はもう正体をなくすほどイかされていて、アイツの為すがままであった。下半身もアソコも溶け落ちてしまいそうなほど熱く、崩折れないようになけなしの力を脚に籠めるのが精一杯であった。

いったん膣内射精がおこなわれてしまえば、得体の知れないさらなる快楽が生まれ、我を忘れるほど気持ち良かったのを覚えている。

悔しいけど、アイツはエッチの技術だけなら上手かった。

「あっ……」

思い出しただけで、股間が既に濡れていた。ケダモノのような快楽を貪るだけの交尾であっても、自分の意思とは無関係に身体が熱くなる。

「っ……はぁっ」

ふと、何げなしに太腿の間に手を入れて、股間を指で強めになぞると、思わず声が出てしまう。

「ん、ひぅっ！」

指を股に食い込ませるとグチュリと湿ったいやらしい音が布の中からした。

上から指を股間に食い込ませて前後に往復させると、身体を貫く電気のような快感が走る。

股間は下着の中でクチュクチュと愛液が垂れて泡立ついやらしい音を鳴らし、指にまで熱い湿り気が届いた。

自分の両手が、意思とは関係なしに、自分の身体をまさぐっている。快感の前に、こんなことしちゃダメと冷静な声が頭をかすめるが、すぐに理性は塗り潰された。

「だめ…っ…ぁああっ！」

甘い快感を楽しむような優しい手つきではない。機械のような冷酷さを帯びた淡々《たんたん》とした動きが、私に快楽を与え続けた。

涎《よだれ》を垂らしながら、歯を食いしばって快楽を耐え忍んでも、自身の指先の前には長くは続かない。

「あ…あぁぁ…っ…あ…ぁあっ…」

少し前まで、恋愛小説片手にやっていた頃とは比べものにならない、はしたない自慰行為だったけれども、これでは全然足りない。

一度、強い快楽を知ってしまったからには、自分の指という細くて弱いものでは、もはや足りなくなってしまった。

「はぁ、はぁ……ん、んはぁ……」

太腿を伝って流れる汗や膣液が混ざり合った液体がシーツに染みをひろげていく。絶頂は何度かしているものの小さいもので、満足するには至らない。それどころか、小火に油を垂らしていくようなものだった。じりじりと焦《じ》らされるように大きくなった欲望に対抗するには、もっと大きな快楽が必要だ。

それを求めようと私の指は膣内をぐちゃぐちゃとかき回す。

「あ…あぁぁぁ………!!」

もう何度目かにならないくらいの絶頂。けれども、求めていたものとは違っていた。繰り返していくうちに虚《むな》しさまで感じる。一体、私は何をやっているのか。

止めようかと思ったそんな時に、部屋のドアが開いた。

「よう、楽しそうなことをやっているな」

「ひゃぁっ！」

部屋に入ってきたのはダンジョンマスターだった。ニヤリと笑みを浮かべて私を見下ろす。それは、新しいオモチャを手にした少年のような笑みであった。

「な、なんでここにアンタが……!?」

「鍵も掛けずに、オナニーしている奴がいたから入った。それだけだ」

「そうじゃなくて……コントロールルームへ行ったんじゃ……」

妖精の代わりとして、コントロールルームへ向かったなら、近くにはいないはずだと思っていたから、こんなことをシてたのに……。

「殆《ほとん》どターニャがやってくれたおかげで俺の分はすぐ終わったんだよ。それでも多少残っているが、それよりもモニターに映るお前の方が気になったんでね」

ダンジョン戦でダンジョン内の様子が見られるのなら、私の部屋の様子も見られるのは当然だ。

なんでそんな簡単なことも気付かないで、こんな真似をしていたのだろう。

「それに、自分が作業をしているときに、周りの奴がサボっていたら腹が立つだろ？」

見るからに口角を上げて楽しげに語るダンジョンマスター。狩りの獲物にされる草食動物の気持ちが分かったような気がする。

「これはオシオキだろうなぁ……くっくっ」

これから自分がされることが想像できるくらいに、私はコイツに調教されてしまっていた。

しかし――

「まあ、嫌なら……」

「――いいよ」

「うん？」

「――エッチなことしてあげるから、イかせて……」

これこそ、私が望んでいたことなのかもしれない。認めたくはないけれど、彼にオシオキをしてもらえると知ったとき、胸中を占めていた虚しさは薄れていっていた。

6（side アリス）

「あ、うぅ……こ、こんな格好するの……？」

「オシオキも兼ねているんだ。これくらいやってもらわないとな」

がばぁっという感じで、ベッドに横になり、あいつの前で脚を大きく広げる。

お父さんお母さんはもちろん……アルトにも決して見せてはいない秘部を他の男に向けて曝《さら》け出してしまってる。しかも、自分で脚を開いて……。

「それにしてもエロい格好。恥ずかしくないの？」

「恥ずかしいに決まってるでしょ！」

隠しておかなくてはいけない部分を、よく見えるようにパックリと私は開いて見せ付けてしまっている。

あまりのみっともなさに、ここから逃げ出したくなる。

「へぇ、アリスのマ×コってこんなになっているんだ。フィリアやユーリとは違うなあ」

息がかかりそうなくらいに近くで股間を凝視される。そのことで羞恥心がさらに刺激された。

今までとは、なんだか恥ずかしさの感じが違う。一番秘めていた部分をマジマジと見られて、身体が燃えるように熱くなった。

「味見させてもらおうかな」

ダンジョンマスターは、下品な音を立てて私の股間を思いっきり舌を這《は》わせた。

「ひぁっ……あぁあああ……」

舌を使って恥部を舐め上げられる。まるでいやらしいキスをしているかのように股間に舌が這う。

「ひゃうっ……んんっ……！」

身体の中を直接舐められるようだ。ザラついた舌の感触が、私の敏感なところを舐め回していく。

「やっ……あ、ぁあ……うぅっ……はう、うぅうっ……」

あいつの舌が上下に動き、私のクリトリスを転がすように舐め弾く。突起を舌で嬲《なぶ》られて、強い刺激に身体が反応する。自分でするのとは全然違う。

「うん、アリスのはやはり美味《うま》い。おかげで、こんなに勃起ができたぞ」

——びくんっ……！

言葉通り、勢いよくそそり立つそれは、天へと登るようで、そのカリ首たる亀頭は厚く広がり、太い。これで私はメチャクチャにされてしまうのだ。

「さて……今回はやけに素直なアリスに免じて優しくしてやるよ」

優しく……。その言葉に胸が高まる。今まではコイツの道具のようにしか扱われていなかったから。

「んっ………っぅ」

ゆっくりと唇が重ねられていく。久々に他人の熱が、唇を介して伝わってきた。

ちゅっちゅっと何度か吸い付くような唇の感触が続く。

少し離れるとゆっくりと彼の唇によって自らの唇が開かされる。

その合間を縫《ぬ》うように、彼の舌がゆっくりと私の上唇をくすぐっていく。合わせるように、指が離れて、私の身体を抱き寄せる。そして、そのまま首筋から胸元へと手を撫でていく。

服をあっさりと脱がされ、胸元がはだけて、温かい外気に包まれる。乳房の上部から、ゆっくりと直《じか》に指先が這っていくのが分かった。

嬲られるたびに、私はお胎《なか》の奥から身体が熱くなっていくのを感じていた。自慰行為では決して得られなかったモノだ。

舌同士が触れ合うたびに、頬が、顔が、熱くなっていく。乳房に指が埋もれていき、揺らされる感触に、自然と吐息が溢れ出す。

舌先が舌表面を擦るように動かされると、身体が悦ぶように震えるのが分かった。

ゆっくりと舌が引かれていき、そのまま口内から抜かれると、少し物足りなさすら覚える。

うっすらと目を開けると、そこにはニコリと笑うダンジョンマスターの顔があった。

「アリス……唇を開けて、舌を出せ」

「……うん」

言う通りにするのは癪《しゃく》だなんて思わなかった。彼の言う通りにすれば、気持ち良くなれる。逆らおうなんて気は無かった。

私は言われるがまま、大きく唇を開き、ゆっくりと舌を出す。その舌の上に、彼がだらーっと唾液を落とした。

舌を辿《たど》って、喉から胃に少年の唾液が落ちていくと、それが身体の中に広がりお胎《なか》の奥を熱くするようだ。

彼は嬉《うれ》しそうに微笑みながら、再度舌を重ねてくる。れろれろっと、舌へマーキングしていくように唾液を擦りつけ合う。その動きに重ねるように、乳房がぐっと強く揉みしだかれていった。

揉まれるたびに、身体が熱くなり汗ばんでいくのを私は感じる。その熱を伝えるように、私は彼の肩に手を置き、背まで回すと、そのまま抱き寄せた。

細身の身体で強そうという感じはしないけど、雄の体格は感じさせる。

「そろそろ、挿《い》れてもいいよな？」

この男は雄《おす》だ。彼のおち×ちんがビクビクとひとりでに動いて私の中に入りたがって、私のことを孕ませたがっていた。

先端から漂ってくるいやらしい匂いに、心の奥から、何か、期待にあふれてぞくぞくしたものが湧き出してくる。

「――いいよ……」

そして、自分が女であることを実感させられた。お腹の奥が熱く、溢れださんばかりだ。少しでもその熱を逃がそうと、吐息を漏らすけど全然冷める気はしない。

「おち×ちん挿れて、私の中で気持ち良くなって……私を気持ち良くして……」

「くっくっ、そうやって素直になれば可愛《かわい》いな」

仕方ない。これは女の本能だと。どうしようもない期待感がせり上がってくるのだ。頭のなかの何かが、もっとと叫ぶのだ。理性も、背徳も、スパイスにならないくらいお胎《なか》が気持ちいいのだ。

「あ、はぁ……あぁぁぁ、あふぅ」

そうでなければ、今ずぶずぶと、身体の中に入ってくるこの肉棒を、股を開いて受け入れるはずがない。

「あはぁん！」

ずぶり、とダンジョンマスターの肉棒が私の股間に沈んでいく。擦られた膣壁からどんどん愛液が溢れだす。

「んはあぁぁ……奥まで届いてる……あはっ」

案の定、指では決して辿りつけない箇所まで私の中は犯されて、指では決して埋まらない肉の隙間は埋められて、その硬いカリが心を弄《もてあそ》ぶように蹂躙《じゅうりん》していく。

ぐちょっ、ずちゅっ、と彼の腰が動くたびに、いきりたつ肉棒がぬかるんだ膣に出入りを繰り返す。そのつど、いろんな箇所を突かれて、頭が蕩《とろ》けそうな悦楽に見舞われていた。

迫り来る絶頂感を少しでも遅らせようと、悦楽に染まる顔を歪《ゆが》ませて、奥歯を噛《か》み締めると同時にお尻にも力を加える。しかし、そんな努力を嘲笑うかのように、彼は責めを加える。

「あぅん、あぁん、そんなズンズンしないでぇ！　あぁあん！」

抉《えぐ》られては擦られ、擦られは抉られる。その度に押し寄せる快楽の津波に、大きく喘《あえ》ぐことで気をそらせる。

ぐっちゅぐっちゅと、肉が擦れあい、愛液をかき混ぜる音が身体の中に響き渡る。それがまた、快楽を煽り、身体を熱くするのだ。

「気持ちいいか？」

「んっ、ぁぁあ！　き、きもちいいわっ！　だから、もっと……んぅうぅぁぁ！」

素直になると、彼は嬉しそうに笑い口付けを何度も繰り返してきた。

そして、それに合わせて、腰が前後に動く。手前まで引いたかと思うと、そのまま一気に奥まで突かれる。

奥にある壁におち×ちんの頭があたると、さらに一層大きな波が私を襲う。

「あぁぁああ！　んはぁ、んちゅぅ、あんっ、そこは……赤ちゃん作るところだから……んんんぅ！」

触れ合い吸い合うたびに、心の奥が弾み、お胎《なか》の奥が熱くなるのが分かった。

溶けていく。彼と一緒に溶けて身体が一つになるような錯覚を覚える。そして、そうなることに、とてつもない魅力を感じている自分に気づいた。

「はぁ、あっ、あっ、あぁんっ、あっ、ふぁああっ！」

そんな私を追い込むように、きゅぅっと彼の手が両方の乳首をつまみ上げる。さらに、それに合わせて腰が打ち付けられ、子宮の中までおち×ちんが入ってしまいそうだった。

両の乳首からの刺激と、奥が擦れ抉られる快感に心を絡め取られていく感覚に全身が震え、頭が白くなる。

ぐんっぐんっと腰が打ち下ろされ、肉厚のカリ首が膣壁をえぐる。そして、溢れ出す愛液を押し出しながら、奥へと届く。

快感がお胎《なか》から頭のてっぺんへと響き、空気が触れるだけでも、悦楽を覚え始めてしまう。

「俺のモノになれっ！　アリスっ！」

「あぁぁ！　だめ、だめぇぇぇ！　それ以上、それ以上、言われながら、突かれたら……んちゅぅんんっ！」

まるでその言葉を無理やり飲み込ませるように、唇を塞がれる。そして、ぐんっぐんっと激しく腰が動き、おち×ちんの先と子宮口もまたキスをするかの如く重なり合う。

彼は乳首から指を離すと、手をまわして私を抱きしめる。

まるで全身を犯されてしまっているような、一つに蕩け合わされるような感覚だった。

身体中に快感が溢れ出し、頭の中を溶かし、熱を帯びたモノを胎内が欲しがっていた。

身体が彼のモノを欲しがっている。

ダンジョンマスターが唇をちゅぱっと離すと、彼の瞳がまっすぐ私を見据える。

いつも淡々としていて掴み所がないが、フィリアさんやユーリといった二人の美少女に慕われている新田という男が、喜びに満ちた顔で、真剣に私を見てくれている。

「あ、あぁぁ……」

一呼吸して、彼の瞳を見つめ返す。逆らえない。逆らいたくない。

「い、いいよ……新田のモノになる……だから、私のいやらしい……い、淫乱《いんらん》ま×こに、新田の精液をちょうだい……」

言ってしまった。もう後戻りはできない。首輪が一瞬、光ったような感覚を受けたけど、そんなことはもはやどうでも良かった。この快感に浸っていたい。

微笑んで見つめ、新田の身体をぎゅうっと抱きしめる。腕と足で、その体格と体温を感じられるように。

ぐぃっと、子宮口めがけておち×ちんが押し付けられるのが分かった。その瞬間、今まで感じたことのない快楽を味わう。

「いいぞ、アリスっ！　孕ませるくらい出してやるから、エロくて可愛いところを見せてくれよ！」

「うんっ、見てぇ、いっぱい、いっぱい、わたしだけを見て、あっ、あっはぁぁぁ！」

私がこんな甘え媚《こ》びた声を出せるなんて知らなかった。

こんな風にエッチで感じている姿を見られるなんて恥ずかしいことなのに、こうしていれば彼は私だけを見てくれる。エッチに喘ぐ私を見て、可愛いとか言ってくれるのがすごい嬉しい。

「あうっ、あっ、あぁぁぁ、はぁ、あっ、あぁっあぁ！」

今までそんなことを考えたこともないのに。今は新田のおち×ちんを感じるたび、褒められるたびに、あまり意識していなかった、女の私を強く意識させられる。

この人のために、少しでも可愛くて、エッチな女になりたい。フィリアさんやユーリ、ターニャにも負けないくらい。

「アリスのま×こ気持ち良すぎて……腰が止まらないな」

「あっ、あぁ、あぅんっ、はぁ、あっ、あぁぁぁっ！」

そう思えば思うほど身体が熱くなって、あそこから響くグチュグチュというエッチな音が大きくなっていく。

「あぅ、あぁ、ぁあん、にったぁ、もう……」

「くっ、アリス……そろそろ」

互いに名前を呼びあって、ひたすらケダモノのように求め合ううちに彼の息が荒くなってきて、おち×ちんが張り詰めてくる。今まで何度も経験したから分かってしまう。彼がイこうとしていることを。

そして、彼と一緒にイこうとする実感が私のお胎《なか》を疼《うず》かせる。

「アリス、このまま中にだすぞ！」

「はぁっ、あっ、あっ、んくぅっ、ふぁぁあっ！　うん、出して、出していいよ！　私の中に新田の精液いっぱいちょうだいっ！」

安全日とか危険日とか考える間もなく、答えてしまう。私の牝《めす》としての本能が彼の子種を欲しがっていた。彼の精液を中で受け止めたい。受け止めてあげたい。それで、新田をいっぱい気持ち良くさせてあげたかった。

「よーし、いい子だ、アリス。なら、遠慮なく……」

「んはあぁぁぁぁぁああ、あっ、あぁ、イくぅぅう、あっ、あぁぁぁぁあ!!」

――どびゅううぅぅ、びゅるびゅるびゅるるるるるっっ!!

ん…
ん…
ん…
ん…

新田が低く呻くと同時に私のお腹の中で温かいものが広がっていくのを感じて、それに背中を押されるように私はこれまで感じたことのない絶頂を迎える。

全身が震え、ぴんっと足が伸び、心が達するのが分かった。

「はぁーーっ……はーっ……いっぱい、いっぱい、きてるぅ……」

子宮の奥の奥にまで、彼の精液が満たされていくのを感じる。そして、指で感じていた頃の空虚さが嘘のように無くなっていた。

「ふぅ、やっぱりアリスのマ×コに中出しするのは最高だ。仕事の後なら、格別だな」

「はぁ……んっ、わ、私もすごくよかった……」

お互いの絶頂の熱が多少過ぎて落ち着いてくると、彼が私に抱きついてきた。腰をぐりぐりと押しつけて、汗と唾液でべとべとになったおっぱいを、撫で回すように揉まれる。

「んぅ……にったぁ……」

もう片方の手で頭を撫でられた。さっきまでの激しさが嘘のような優しく穏やかな手つきだ。子供扱いされているみたいでなんだか照れくさいけれど、振り払う気にはならなかった。

こうやって、新田に胸を揉まれながら、頭を撫でてもらえるととても幸せな気持ちになれる。心が満たされていくような気がした。

「もっと、ぎゅってして……」

「こうか?」

だから、甘えたくなって彼におねだりをする。彼は嫌な顔せず私の願いに応えて、より強く抱きしめてくれた。

「ねぇ……新田、私にでもダンジョンで手伝えることあるかな？」

村のためとか、フィリアさんやユーリに負けたくないという気持ちもあったけど、それ以上に彼の役に立ちたかった。そうすれば、また気持ちいいことをしてもらえるから。

けれども、私にできることなんてあるのだろうか？

フィリアさんのように動物の扱い方が上手いわけじゃないし、ユーリみたいに冒険者の経験があるわけじゃない。妖精の言うように何の役にも立たないかもしれない。そう思うと、怖かった。

「そうだな……一番良いのは魔法戦力の拡張だけど、今のＤＰじゃ無理だから、良さそうなところが見つかるまで色んなところで体験してみるか？」

「えっ……いいの？　私なんかがやっても……」

「人手はいくらあっても足りないくらいだから、助かるぞ。それに、部下の適性を見極めるのもダンジョンマスターの役割だ」

そう言って、再び頭を撫でてくれると、不安感は少しだけ拭《ぬぐ》えて安心した。その暖かな温もりを感じると、自身のお腹が疼くのを再び感じた。

だから――

「ねぇ……新田」

「なんだ？」

「もう一回……シてもらってもいい？」

「くっくっ……嬉しいこと言ってくれるな。なら、もう一回なんて言わないで、何十回だってシてやるよ」

「ぁあぁ……いっぱいシて、にったぁ。あぁあっ、ああっ、もっと……もっとしてぇ！」

私は本能に身を任せるまま彼を求めた。

7（side ターニャ）

『くそっ……くそっ！』

深夜の森の中、ガサガサと草の根を掻き分けて走る男がいた。格好は腰布を巻いただけの貧相なもので、一歩間違えれば、不審人物として通報されるだろう光景だ。

男も好きでこのような格好をしているわけではない。彼は、数日前までダンジョンに囚われていたが、隙を見て逃げ出した脱走者であった。

『俺に力がもっとあれば……アリスを守れたのに！　フィリアさんをあんな風にさせなかったのに！』

彼の名はアルト。ダンジョンマスターになった新田さんがアリスさんとともに捕らえた相手であった。当初は、幼馴染のアリスさんに言うことを聞かせるための交渉道具として生かしておいたが、もはや捕まえている意味は無くなった。せいぜい、幼馴染や元婚約者が犯される姿を見せつけてDPを稼ぐ養分くらいにしか役に立たない。

逃げ出したのは知っていたが、わざわざ連れ戻す必要を感じなかったので、放置している。まあ、こういう輩《やから》は飼っておくよりも放しておく方が面白くなる。

『なんで、あんな奴にフィリアさんもアリスも……！　くそっ、くそ！』

やがて村からだいぶ離れた草原でアルトは寝転ぶ。

アルトに見せた映像は、新田さんと彼女らが日常的に子作りをする風景を撮影したものだ。アルト以外の男を受け入れて、媚びた表情を見せる。

男として相手にされないアルトはたまらなく悔しそうで、彼を嫉妬に追い込み、その感情がＤＰへと変換されて、結果として彼の敵に利することとなった。

『フィリアさんもアリスも渡してなるものか……！』

星がハッキリと見える空をアルトは睨《にら》みつける。そして、自分に言い聞かせるように呟《つぶや》いた。

よくもまあ、諦めが悪いことで……普通ならば寝取られたと思わせられる映像を見せつけられたら諦めるはずだ。そうしなかったのは、彼の出自が多少なりとも関係あった。

『くそっ……オレは転生者だぞ……！　この異世界でハーレムを作るんだ……！』

彼は〝転生者〟であった。転生者とは、新田さんと同じ世界で居場所のない人間が死ぬことによって、この世界で再び人生をやり直すというものだ。

無論、新田さんと初めて出会ったときに、アルトさんは彼が同じ世界の出身だと気付いていた。

『なんで……あんなオレよりも苦労もしていないクソガキなんかが、ああいう調子に乗った奴はすぐ死ぬのがテンプレだろ！』

前の現実世界ではクソな人生だったが、この世界の自分は違うと信じているのだ。自分はこの世界の主人公だと疑っていなかった。

アルトにとって、アリスさんとフィリアさんは、初めてできた、友達であり、恋愛対象であり、性的対象である。必ず取り戻せるものだと信じていた。

『ああ、でもフィリアさんのあの身体……アリスのおっぱいは良かったな……』

映像を見せることでアルトを絶望させることができたが、同時に希望も与えてしまった。彼が知らなかった……おそらく一生知ることのできないであろう魅惑的な痴態を見せてしまったのだ。

『オレが彼女らを救い出したら……むふふふ』

私が唯一誤算であったのは、アルトという男が上等な料理を食べる映像を見て、自分も食べたいと思う人間であったことだ。それに、フィリアさんは洗脳されているだけで、アリスさんは自分が人質に取られているから抱かれているに過ぎないと思い込んでいる。彼女らがもはや自分の意思で抱かれていると思っていない以上、助けられると踏んでいるのだろう。

ポジティブなのかオメデタイ頭をしているのか。

「けれど、そんな輩が真に絶望したときの魂は上質で、最高に美味です」

千里眼で眺めていた脱走者が自慰行為を始めたので、これ以上観察するのも無駄だと理解した私は他の者の観察に移る。

勇者として召喚させられた勇者たち。新田さんのご学友の皆さん。

「ほほう……これはこれは……」

ある者は異世界に迎合することもなく死に、ある者は世界に順応して生を全うする。ある者は職務を全うするために戦いに赴《おもむ》き、ある者は人間としての倫理を守るために戦地から逃げ出す。ある者は友のためにその場に踏みとどまり、ある者は自分のために自由に羽ばたいた。

彼らは魔族に対抗する勇者として召喚させられた者だ。それ相応の力を持っている。が、それが良いか悪いかというと判断しかねる部分がある。

他者に勝る力を持っているということは、自分の意思を貫きやすいということだ。最初から自分のために使おうとする者もいれば、他者のために使おうとする者もいる。

様々な意思が混ざり合い、いつか爆発するであろうことは目に見えていた。まあ、それはそれで面白い。

なんにせよ、今の私には干渉する権限はないのだ。観察は続けるが、放置することにした。

「しかし、面倒……もとい面白い時代に来たものですね……」

転生者も転移者も勇者も魔王も混在する世界において、誰が勝者になるか。誰が勝者になろうとも、時代が動くというのは期待できた。

「けれど、私はあなたに勝ってほしいです」

自室のベッドの上で、幾人もの美少女に囲まれながら下種な笑みを浮かべている誰よりも愚かで誰よりも弱い、そんな外道なダンジョンマスターを眺めながら、私は小さく欠伸《あくび》をした。

【書き下ろし短編】

学園ダンジョン

1

「ヘイヘーイ、起きてくださーい」

女の声が聞こえる。これは誰だろうか。俺の交友リストの中で女は少なく、声からすると歳下っぽいので、妹だろう。

しかし、妹は俺の部屋で自作の使用済みオナホールを発見して以来――うん……なんかデジャブ？

ゆっくりと目を開けると、意識がぼんやりと焦点を結んでいく感覚。眠っていた自分が世界を認識し始めるのが、はっきりと感じられる。しかし、そのとき目の前に広がっていたのはいつものコントロールルームではなく、全く見覚えのない――いや、メチャクチャ覚えのある光景だった。

ズラリと並べられた椅子と机。さらには窓からは青空が広がり、その下には校庭のトラックが見えている。

間違っても、ここはダンジョン内ではない。教室だ。さて、一体どうしたのだろう。ターニャに押し付けられた仕事をこなした後に、アリスやフィリアに搾られたことが死因なのか。異世界で死んだ場合、生命保険は下りるのだろうか。

「起きてください……新田さん……」

「そ、その声は……ターニャか？」

そんな不安に駆られる中、この空間に響き渡る美しい声があった。明らかに人ではないと悟らされる神性に満ちたものであるが、今の俺には押しかけ営業が来たような嫌な予感しかなかった。

「その通りです……あなたの幼馴染《おさななじみ》のターニャちゃんです」

「いや、誰だよ、テメー」

いつの間にか傍《かたわ》らに、胡散臭《うさんくさ》い笑顔を貼り付けながら笑うピンク色の女がいた。ショートカットで癖っ毛が多い、ドブ川のような心の清さを持った妖精。それがタイタニアであるが、今の彼女は羽虫から人間サイズになっている。

身長は俺の知る中で最も小さなユーリよりも低いが、いつもの握り潰せそうなサイズではない。

そして、何よりも俺にこんな幼馴染なんていない。

「そうだ、これは夢だ」

「うん……？」

そう、夢なのだ！　ただの夢である。ターニャに水を浴びせられたり、こき使われたり、罵声を掛けられたりしている俺がコイツのことを夢で見てもおかしくない。

それで、夢と分かったらどうしたものか。今目の前にはターニャが一人。性格はともかく顔なら一級品である女が眼前に立っている。しかも、ここは夢の中。やることは決まってる。

「ちょっ……新田さん、なにやって……」

そりゃ、もう夢と分かれば何をやっても良いってことだろ。俺はおもむろにターニャの胸に腕を伸ばしていた。

「んっ……そんな純真無垢な目で語らないでくださいよ」

アリスらに比べて控えめな胸であったが、触ると意外にも柔らかく、掌からは感動的な感触が伝わってきた。白いワイシャツの上から触る胸は指を沈ませればピクリと肢体が反応し、まさに夢心地。というか、夢だけど。

「んんっ……いくら新田さんでもやって良いことと……きゃん！　そこ……乳首ですっ！」

俺の悪ふざけに対して、さすがに怒るターニャ。しかし、下着を着けていないようで、服の上からでもぷっくりと膨らんできた乳首をつまんでやると、顎を反らして声が跳ねる。どうやら感じてくれたらしい。再びこちらを向いた時には完全に蕩《とろ》けた表情をしていて、なんというか……たまらない。

これは日頃、頑張った俺への神様がくれた理想のドリームってやつだ。楽しまなきゃ損ってものよ。ふはははは。

「きゃっ、激しい……っ！　だめぇぇ！」

そんなわけで、俺は夢の中で思う存分、ターニャの乳肉を楽しんだわけだが――いつの間にか意識がブラックアウトして、気付いたらさっきの光景をリピートするように、ターニャが起き抜けの俺の顔を覗《のぞ》き込んでいた。

「ふぅ……もう、真面目にやってくださいっ！」

「うん、さっきのは……？」

「夢です！」

そうか、夢だったのなら仕方ない。真面目にやるとするか。いつの間にか全身がびしょ濡れなのはきっと寝汗だろう。

「それで、なんでダンジョンのコントロールルームが教室に化けてるんだよ」

「ほんのサプライズとダンジョンの拡張機能のテストですよ」

「拡張機能？　何かアップデートされたのか？」

「ええ、ダンジョンのシミュレーター機能が使えるようになりました。これにより、擬似空間で様々なことができるようになります」

元の世界で流行ってるＶＲみたいなものか。アリスの村がえらく中世チックなくせにここだけ俺の世界よりも最先端になってしまって、カルチャーショックを嫌というほど受けてしまいそうだ。

だが、このシミュレーター機能は上手く使いこなせれば、エロにも侵入者打倒にも、色々と役に立たせられるだろう。

「しかし、なんで学園モノなんだ？」

「新田さんの浅い人生経験からすれば、学校という場所が割と全てですから、イメージを抽出するならここが最適だったんです。それに制服って可愛くないですか？」

言いたいことを述べると、ターニャはクルリと一回転してみせる。たしかに制服は似合っているが、実は自分がそれを着たいがためにこういう設定にしたんじゃないんだろうか。

「今回はシミュレーターのテストも兼ねて、新田さんには恋愛シミュレーションを攻略してもらいます」

オイオイオイ、俺に恋愛シミュレーションだって？　死んだわ、アイツ。こう見えても、俺はエロゲーの経験は豊富である。クリアしたゲームの数は星の数ほど。抜いたゲームの数も星の数ほど。

「こう見えてもって……いえ、なんでもありません」

ターニャが意味深なことを呟《つぶや》くが気にしたところで何にもならん。それよりも、エロゲーにとって大事なのはキャラクターだ。シナリオも大事であるが、キャラクターが魅力的じゃなきゃお話にならない。

「ちなみに私が攻略キャラです」

「あっ、コレ、糞ゲーだわ」

こんなイカれピンクの女を落とすシナリオなんてクソに決まっているし、そもそもキャラクターが駄目だと俺は思う。というか、シナリオ書いた奴なんてターニャ以外に考えられないから、地雷が既に見えている。

「まあまあ。あくまでこれはテストですし、人助けとでも思ってやってくださいよ。登場人物は十八歳以上なので安全ですし、陰キャラの新田さんでも、擬似空間だけならリア充学園生活が送れるんですよ。しょせん二次元限定ですがね」

コイツ……人にやる気を起こさせる気はあるのか？

「まあ、いいだろ。たまにはこんなお遊びも良い」

「流石は新田さんです。空気に呑まれやすくて扱いやすい」

褒めてんのか貶《けな》しているのかハッキリしろよ。

まあ、どちらにせよ、擬似空間に入ってしまっているようなので、出られるかはコイツ次第ってところか。さっさとやって、さっさと終わらせるのが無難な選択だな。

「それじゃあ、頑張って私を射止めてくださいね、へイへーイ！」

ターニャが屈託のない笑みを浮かべながら指を鳴らすと、聞き慣れたウェストミンスターの鐘が鳴り響く。それと同時に黒板側のドアの方から誰かが入ってきた。

スーツ姿の男。顔にはハッキリと担任と書かれており、どう考えても適当に作られたモブキャラにしか見えない。そして、その隣にはユーリが俺と同じ格好——男子の制服姿で教室に入ってくる。

「今日から転校してきました。ユーリです。よろしくお願いするね、子猫ちゃんたち」

「「「キャーッ!!」」」

ユーリが自己紹介をすると、いつの間にか湧き出した女子生徒がワッと黄色い歓声を上げる。この前、人身売買業者から買った女奴隷《どれい》たちだ。こいつらもターニャの実験に付き合わされたのか。

というか、日常会話で女のことを子猫ちゃんなんて言う奴、初めて見たぞ。ちょっと感動。

「ちなみにユーリさんは暇そうにしていたので、新田さんのライバル役を演じてもらっています。恋愛には障害が付きものでしょ。あ、奴隷は太鼓持ち役です」

「たしかに顔だけならライバルに使えそうだな」

下手したら主役になってしまいそうだが、エロゲの主人公は特徴のない顔が必須なのだ。この点なら俺はユーリに優っている。まあ、これがＮＴＲゲームなら俺の敗北が確定しているわけなのだが。

「あっ、何処かで会ったよね。君の名は……」

隣の席のターニャと会話をしていると、突如俺と奴との間に割って入ってくるユーリ。正直、ライバルキャラというよりもチャラいナンパ男にしか見えない。人格が誰かと入れ替わってんじゃないのか？

「タイタニアです。ターニャって呼んでください」

「タイタニアか……。まるで、妖精のような名前で君にぴったりだね」

ユーリが跪《ひざまず》いて忠誠のポーズを取る騎士のようにターニャの手を握ると、ターニャは満更でもない表情を浮かべた。コイツ……実は自分がチヤホヤされたいだけなんじゃ!?

「じつはボク……ターニャに一目惚《ひとめぼ》れしちゃって」

「まっ、待ってください……。私には好きな人が……」

「だ、誰なんだ、キミの好きな人っていうのは……!?」

やはり、ユーリにもこの三流シナリオはキツかったようで、見えないところでターニャの影を足で踏みつけていた。不満をためつつもこんなクソ脚本を演じているのは、ターニャに弱味でも握られているのか。とりあえず俺は、あの羽虫に借りを作るのは死んでもやめておこう。

「キミか……彼女の好きな人っていうのは！　どっちが彼女にふさわしいか、ボクと勝負しろ！」

「「キャー！　ステキー！」」

どーぞどーぞと言いたくなるが、勝負をしないとゲームが続きそうなので仕方なく承諾した。ノリが良いのは女奴隷くらいだ。

「うーん、二人の人間が私を巡って争うなんて……なんという優越感」

コイツのようなのが出てくるゲームがあったら、確実にコイツは不人気キャラになるだろう。

2

それから俺とユーリは適当に勝負することになった。といっても、運動系は一〇〇％勝てないので勉強系やゲーム系で勝負したところ、ルールすら知らないユーリとイカサマの方法まで知っている俺とでは勝負にならず、俺の連戦連勝が続いた。

まあ、一応この世界ではあくまでこれは恋愛シミュレーションなのだ。選択肢とフラグ管理さえ間違えなければ、簡単に勝つことができる。

さらに言うと、ライバル役とやらのユーリはターニャに依頼されたからその役を引き受けたらしいので、やる気がほとんど0に等しい。ぶっちゃけ、負ける要素とかなくね？

まあ、そういうわけなので、簡単にエロシーンまで進むことができたというわけだ。

「んっ……あっ、んんぅ……」

ぬぷぬぷと、俺の反り返ったチ×コが飲み込まれていく。夕暮れの教室でこのような行為ができるとは人生の中で俺は予想だにしなかった。

「あっ、ん……はぁ、くぅ……」

彼女の両膝を持ち上げて、ゆっくりと腰を前後させる。ペースを上げるとすぐにでもイってしまいそうな程に、膣《ちつ》は締まりが良い上に絡みついてきた。仮想空間だというのに、否応無しに伝わる極上のヒダヒダ。

「んっ、んっ……奥、だめぇ……」

「奥弱いのか？」

「子宮までやられると、子供……ほしくなっちゃう、んっあっ……はぁっん……」

制服を着ているというのに、妊婦にされたいという願望を口にする。それだけで、射精して孕《はら》ませたくなりそうだ。

「少し激しくするけど、いいか？」

「うん……あっ、あっあぁ！」

教室の机をベッド代わりにしているおかげで、ガコンガコンと音を立てながら、喘《あえ》ぎ声が空間に響いた。

「痛いか？」

「ううん……でも、突かれるたびに、すごく、ビリビリくる、あんっ……あっ、あっ、あぁんっ！」

制服を全開に、ワイシャツのボタンの一部を開けて覗かせる胸は小振りながらも、動くたびに揺れて汗ばんできた。

「ひぅっ、くうぅぅんっ、ひうっぐっ……はあっ、はあうっ……」

じんわりと健康的な肌に薄い汗が浮かんできている。

「はうぅンっ！　はあぁんっ、あんっ！　あっ、あんんんっ！　奥っ、だめっ、あっ、あぅ！」

たまらないといった様子で俺に手を重ねてくる。じんわりと火照《ほて》った汗の感触が伝わってきた。

「はぅうんっ、はあぁんっ！　あんっ、あっあくうぅうっ！」

「オイオイ、そんなに声を出したら聞こえるぞ」

目の前の美少女は甘ったるい呼吸を繰り返しながら、ウットリとした様子で首を傾《かし》げる。

「ドアの方を見てみろよ」

「んっひっ、あぁあぁ……」

嬌声《きょうせい》を漏らしながら、彼女が廊下側の扉へ目を向けると、そこには女奴隷たちが情事を熱っぽい視線を送りながら見ていた。

その瞬間、膣内がギュッと締まる。ただでさえキツキツの膣壁が、ぎゅっと手で握り込まれたかのようであった。

「ひんっ、あっ……あーっ、見ないでぇ……」

顔を隠しながらも甘い声を漏らす。その間も、きゅんきゅんと膣肉が肉棒を締め付けてくる。

「はぁっ、っく、ひゃん！　動いちゃだめぇっ！」

「いいじゃないか、いやらしい牝《めす》ってことをみんなに見てもらえよ」

ぬちゃぬちゃと結合部の愛液と我慢汁とが混ざり合う音を鳴らしながら、大袈裟《おおげさ》に動く。誰がどう見ても交尾をしているのが分かるような光景であった。

そんな情事を見せつけられ、女奴隷たちは声もなく羨ましそうに見入っている。頬《ほお》を紅潮させて、モジモジとする者もいた。自分たちがしている行為がとんでもなくイヤらしいことだと自覚させられる。

「はぁあ、くうぅ、あっ、あ、あああぁ！」

トロトロした愛液を満遍なくまぶされて、ぬるぬるの女壁が全方向から圧迫される。根元から先端まで、繰り返し何重にも締め付けられるようだ。

「あうっ、あっ、あっ、あくぅ、こんなの、だめなのにぃ！　あっ、あんっ！」

彼女の身体《からだ》から女の香りと混ざり合った汗の香りがフワリと舞う。汗と愛液の芳香に鼻が刺激されて、肉棒の硬度がますます上がった。

「ひあっ、あっ、あうっ、あああっ、あぁん！　ニッタ、おっぱい、いやっ、あぅ、あぁぁン！」

目の前で揺れる小さいながらも感度の良い胸を舐《な》める。谷間に湿らせる汗と彼女の匂いを胸いっぱいに吸い込む。そして、女の身体を抱きしめて、快楽を貪るように力任せに前後する。

「あっ、ああっ、あああっ、あくぅっ、ん、そんな、ギュッとされたら……あんっ、あぁんっ！」

男と女が重なるストロークは激しく早くなっていく。彼女はショートカットを振り乱し、快楽を逃すように背中に腕を回して身体を押し付ける。

「いまどんなんだ？　言ってみろ」

「ふうぅ……熱くて硬くて、あふぅ、奥まで届いてぇっん！」

快楽で頭が回らないのか、それとも羞恥ですら快楽に変えようとしているのか、自分がされていることを実況する。

「おち×ちんで、お腹……いっぱいに、されて、あんっ！　あうっ、あひっ、アナタのモノになっちゃう、あううっ、んむむっ！」

そんな彼女に俺は覆い被さり、唇を奪う。彼女を抱きすくめ、肉棒で膣内を練るように回しながらキスを続ける。

「んむむっ、んふぅ……んっ、んっ、はふんっ！」

彼女は嫌がることなく、それどころか大胆に舌を絡ませる。そのまま、舌の感触を味わいながら、交尾を続ける。

「んむ、んむむっ、むちゅっ！　んちゅ。んちゅ、ちゅぱっ！」

0距離で伝わってくる女の身体の感触。彼女と接触する皮膚が熱を持ち、燃えだしそうなほどだ。ヒリつくような熱さはたとえようもない快感となり、舌を絡ませるたびに、膣媚肉《ちつびにく》がきゅうっと肉棒を抱きしめた。

「んっ、んふっ、んふぅ！　ちゅぷ、ちゅぷ……んんっ、んふぅ……！」

ぐちゅぐちゅと音がするほどに腰を動かすと、机の上で肢体を曝《さら》け出している美少女の身体が、ビクビクと電気を浴びせたようになる。

一旦、唇を離すと、ショートカットの髪を震わせながら、瞳を潤ませて子種をねだる雌の顔になっていた。

「もっと……もっと突いて！　あっあぁっ……んぁあっはぁぁあああああ！」

そんな彼女の要望に応えるように、ズンズン突き上げえぐるチ×コの動きに変えると、歓喜の涙を流して反応する。

制服の匂いを胸いっぱい吸い込みながらの弱点連続攻めで、彼女を孕ませようとする。

そして、とどめといわんばかりに圧《の》し掛かり肉棒を深く挿入すると、もう彼女はこみ上げる快感を隠そうともせず絶頂する。

「やっ……ああっ、んあああぁぁぁぁぁぁあああああっっ!!」

はっきりと快楽の嬌声をあげて、彼女は腰を大きく浮かせた。柔らかい膣肉が小刻みに震えて収縮によって肉棒を搾る。その心地よい圧迫感が、尿道の栓を開けた。

――びゅく、びゅくびゅくびゅくびゅるるるる!!

「あっあああああぁぁぁあっ!! きてる、せーえききてるっ!」

とうとう我慢の限界が達し、鈴口が爆ぜて白濁を吐き出した。後先を考えない大量の中出し。彼女の蜜壺《みつつぼ》にはどっぷりと子種がぶちまけられて、清さの残る子宮に次々と流し込まれていく。

それを実感した彼女は、濡れた眼差しをぎゅっと閉じて全てを受け止めた。

「はぁはぁ……あぁ、こんなにたくさん、溢《あふ》れて……もったいない……」

尻肉を震わせてしっかりと子宮に浸透するまで繋《つな》がり続ける。びくん、びくん、と背筋をわななかせて全身で余韻を噛《か》み締める。

「気持ち良かったよ……ニッタ」

「俺も満足できたぞ、ユーリ」

孕ませる云々《うんぬん》、いろいろと言ってきたわけなのだが、よくよく考えたらここは仮想現実のヴァーチャル空間。普通に考えたら子供なんてできるわけないのであるが、そこは雰囲気というものでごまかそう。

3

やはり、クソゲーより現実だななんて思っていたら、いつの間にか光に包まれて、気が付いたら別の教室の中にいた。

「……新田さん……アンタ、一体何をしているんですか？」

ショートカットのピンク髪に、青筋を立てながら俺を見下すターニャ。表面上はニコリと笑っているものの、明らかに俺に殺意を抱くレベルで怒っていた。

返答を間違えれば、首を斬られるかもしれない。仮想現実だから死ぬことはないかもしれないが、それが却《かえ》って奴の暴力を促進するものであったらヤバイ。

「落ち着けターニャ。ギャルゲーで横道に逸《そ》れてしまうことは仕方ないことだ」

そう、俺は特に悪くない。ギャルゲーにおいて、俺は攻略する順番を隠しヒロインから始めて、サブヒロイン、メインヒロイン、メインの推しヒロインとしているだけなのだ。

ちなみにユーリルートには、ターニャを賭けた戦いの勝負方法にセックスを提案することで入ることができた。

「だから、まず攻略できそうもないだろうなー、っていうユーリから始めて、それから女奴隷たち、そしてターニャに行くって感じだな」

「そこは普通に王道を行ってください。というか、そこまで行くのに何日かかると思っているんですか」

本音を言うと、メインヒロインに魅力を感じなかったというだけなのだが、そこは黙っておこう。

「新田さんの考えていることは分かってますよ。いつもならスルーしておくべきことですが、今日の私は虫の居所が悪いのです」

「うぐっ……」

奴には考えていることを読む力があったことをすっかり忘れていた俺は、金縛りにあったように動けなくなってしまう。

人間大のターニャは、そんな俺の前でゆっくりと靴を脱ぐと、笑顔のまま俺を蹴り飛ばし、床に転がす。そのまま、露出した股間をむぎゅと踏みつけられた。

「ふふふ……逃がしませんよ。新田さんには私の神聖なる魅力をたっぷり味わって貰います」

黒いストッキングに包まれた足を払いのけようとするも、肉棒をきつく踏みしだかれた。思わず抵抗の意を失い、そのまま脱力してしまう。

「私の足は神聖なるもの。もっと敬《うやま》っても良いのですよ」

「だ、誰が……」

ターニャはさらに足に力を込めて、肉棒を踏みしだいた。ストッキング越しに小さく柔らかな足裏が、チ×コをギュムギュムと圧迫する。時には足をねじるように動かし、捻るような動作で踏みにじる。ターニャの足下で、肉棒は圧迫刺激が与えられた。

「くっ……」

思わず脱力してしまうような、甘い刺激。まるで足で調教されているかのようだ。

「私の身体は天が与えしもの。下界の者にとっては極上の代物なのです。私には分かってますよ。新田さんは足で弄《もてあそ》ばれて感じてしまうのでしょ？」

俺を見下しながら肉棒を踏みにじってくるターニャ。足で肉棒に刺激を与え、じっくりと虐待をしていくかのようだ。

俺は身をよじって抵抗するも、足の親指と人差し指がカリをぎゅっと挟んでくる。一瞬の痛みについ身体を強張らせた。

「イヒヒヒ、逃げちゃ駄目ですよ新田さん……」

その直後、指が亀頭をこね回すように動く。痛みはたちまち快楽へと変わり、甘い刺激を与えてきた。

その足指からくる刺激はとても甘美なるもので、極楽浄土にいる気分だ。足を跳ね除《の》けようとしても、力が抜けて動けない。

「ふふふ、こうすれば新田さんは無力……。私の足で感じさせられ、抵抗もできないなんて無様ですね～」

サオをむぎゅむぎゅと踏みにじり、亀頭を足指でこね回す。巧みな足づかいで、ターニャは俺を追い込んでくる。

亀頭にまとわりつく、ストッキングに覆われた足の滑らかな感触。認めたくないが、ターニャの足はとても気持ちよかった。

「イヒヒヒ、踏まれて気持ちいいのですか？　せいぜい我慢してくださいね」

くすくす笑いながら、足をじっくりと上下させてくる。時にはぐりぐりとねじり、肉棒を踏みしだいてきた。

「うっ……くぅっ」

肉棒をむにむにと踏まれ、俺は屈辱と快楽に身をよじる。

肉棒が足蹴にされる屈辱感。そして、足で肉棒を刺激される背徳感。それらが混ざり合った結果、射精欲求がじんわりと湧き上がり、腰のあたりで疼《うず》き始める。

ターニャの足さばきは、巧みに俺を追い詰めてきた。足の指が亀頭に押し付けられ、じんわりと圧迫された。

裏筋をぐりぐりと足指で刺激され、ピンポイントで嬲《なぶ》られる。絶妙な足技で、ペニスが徹底的に弄ばれたのだ。

「へイへーイ……そろそろイッちゃいますか？　良いのですよ、私はどのような新田さんでも決して見捨てはしません」

不意にターニャはストッキングをところどころ破り、最後に股間を大きく裂くと、しゃがみこんで女性器を見せた。

そして、両足を俺の股間に伸ばし、むぎゅっと足裏で肉棒を挟み込んできた。

「ふふふ……アリスさんもフィリアさんもユーリさんもこんなことしないでしょう。私だけがシてあげるのですよ、感謝しなさい」

目をぐるぐると回しながら、両足に力を込め、足裏でペニスをギュッと挟み込んだ。さらに足裏を上下させて、器用に肉棒を扱《しご》きたててくる。

左右の足裏に擦り付けるように、ずりずりと動かし、ときにはその動きを止めて、ギュッと締め付けるようにきつく挟み込まれた。

ストッキングですべすべしている足裏の感触が、亀頭を甘く擦る。カリ首に指が何度も引っかかり、腰が震えるほどの快楽をもたらした。

そして足裏で挟み込まれると、温もりが伝わってくる。そのまま肉棒がきつく圧迫されてしまえば――

「くっ……」

「イヒヒ、射精しちゃうのですか？　赤ちゃんの素を、私のおま×こに射精すれば、子供を作れるというのに足に射精しちゃうのですか？」

突然に激しくなった刺激に、俺は声を上げた。ターニャはこのまま一気に射精させる気だ。

俺の眼前ではターニャが足を大きく開き、その魅惑的な秘部が晒されていた。足が動かされるたび、女性器がパクパクと口を開ける。

「まあ、この仮想空間では、いくら膣内射精しようとも無駄ですけどね～。無駄撃ち精子を無駄な空間で射精するなんて、なんという背徳感なのでしょう」

穴あきストッキングに包まれた足裏を、肉棒を圧迫しつつ上下に動かされて、まるで手で扱かれているかのようだ。同時に足の指が亀頭をこね回し、俺はその快楽に身を任せてしまう。

たちまち男を無力化させるような足技を受けてしまい、我慢しようにも放出感がみるみる湧き上がり――

「ほら、イってください！　私の足に精液を撒《ま》き散らしてくださいね！」

――びゅるるるるるるるぅぅぅ!!

足で弄ばれている肉棒が、びくびくともがくように脈動する。肉棒が脈打つたび、びゅるびゅると精液が噴き上がった。

放たれた精液は、ターニャの足どころか腰あたりまで飛んでしまう。それを眺め、彼女はニンマリと笑みを浮かべた。

「これを毎度、アリスさんたちは受けているのですか……こんなケダモノ精子を受けたら、孕ませられちゃいますね」

くすくすと嘲笑しながら、ターニャは魅惑的なピンクにぬめる秘部を見せつける。まるで誘うように淫口《いんこう》を広げながら――

「ふふふふ……そんなに私と子作りがしたいのですか？」

奴の問いに、脱力しながらもコクリと頷《うなず》く。

「まだ、駄目ですよ。私のオマ×コは人類が生まれるときから神聖なるままなのです。新田さんにはもっと立派な男になってもらわないと……」

さらに激しく、ターニャは足を動かしてきた。巧みかつ激しい足さばきで、徹底的に俺のモノが嬲りたてられてしまう。

柔らかな足裏で挟み込むようにギュッと圧迫し、そのままズリズリと扱《しご》くように上下に動かす。

「新田さんの人間や魔族くらいしか孕ませられない精子でも、ローションくらいには役に立つんですね、へイへーイ」

足指が巧みに動き、ぐりぐりと亀頭をこねり回す。先ほどの精液が潤滑油となって、その感触はより艶めかしいものになった。俺のモノは、足裏や足指で揉《も》みくちゃにされている。

ストッキングごしの足指で亀頭を挟み込み、こね回す。そんな巧みな足技に、俺は身体を震わせて身悶《みもだ》えた。

射精感が湧き上がり、腰がガクガクと震える。早くも音を上げつつある俺を眺めて、ターニャはくすくす笑った。

「そんなに悶えて……しかし、私の足は気持ち良すぎるから仕方ないのです。ほら、ターニャお姉ちゃんの足にオモラシなさい」

亀頭をじっくりと揉み潰すかのような、足指の動き。裏筋がこね回されているうちに、じんわりとした感覚が湧き上がり――

「ほぉら、イッちゃえ♪」

――ぶびゅるるるるるるる、びゅくっ！

なすすべもなく、またもターニャの足でイカされてしまった。びゅるびゅると噴き上がった精液が、その足に降りかかる。

「あ～あ、こんなに漏らしちゃって……私の足の裏、ドロドロじゃないですか」

ターニャは足を離して、足裏を汚す精液を見せつけた。大量の白濁がべっとりと糸を引き、否応もなく屈辱感が植え付けられる。

いつか、コイツを犯してやろうと深く俺の心に誓った。

4

「はぁー、スッキリしました！　新田さんのおかげでまあまあテストもできましたし、ストレスも解消できました。ご協力、ありがとうございます」

「とんでもなくグダグダだったがな」

仮想現実から抜け出したら既に昼くらいになっていた。夢を見たのと同じようなもので、時間の感覚がなくなっているのが恐ろしい。個人的にはクソゲーで過ごした無駄な時間くらいに思える。

「今回は恋愛シミュレーションということでしたが、何か成長とかはありましたか？」

「ああ、一応あったな」

恋愛シミュレーションのくせにシナリオライターと主人公とメインヒロインが駄目すぎて、もはやシミュレーションという形すら無かったが、一つだけ分かったことがある。

俺に正攻法は無理だということだ。これからも、陵辱と洗脳を駆使して女を支配していくことでハーレムを増強させていくことにしよう。

「うわー、さすがは新田さん。外道ですね」

「嫌か？」

「いえ、私はどのような新田さんであっても好きですよ」

悪魔のような笑みを浮かべる妖精を前に、俺は畏怖を抱くと同時に、初めて会ったときのように見惚れてしまった。

あとがき

初めましての方は初めまして。Ｗｅｂ版からお付き合い頂いている方は、書籍でもお付き合い下さりありがとうございます。この本を書いているたけのこです。

この度は、本作をお買い上げ下さいまして、ありがとうございます。

この本は二〇一五年からノクターンノベルズにて連載している作品『外道転移者のダンジョン製作記』を大幅に改稿し、改題して世に出しております。少しでも、面白い、エロいと思って下さるなら、これ以上の喜びはありません。

本作を作るキッカケとしては、大学時代に学んでいた経営学の話を一部でも活かせれば良いなと思いながら書きました。主人公をダンジョンマスターにしたのも、その辺のところが大きいです。まあ、活かせている部分はかなり少ないですが。

本作は、一巻目ということで序盤です。ＲＰＧでいうところのチュートリアルが終わって、最初のボスを倒したところくらいです。本来であれば、主人公が転移者ということを象徴するような、クラスメイトとの戦いも収録したかったりもするのですが、書きたい描写とエロがありすぎて、ページ数が足りなくなってしまいました。二巻以降を刊行できるようなら、新たなヒロインや世界観の広がりといった要素をお見せできるかと思います。

また、エロの傾向として、本作は寝取りの度合いが強くなっております。これは作者が好きなシチュだからというのもありますが、ラノベを読んでいて、「こんな可愛い子がフリーなわけないだろ！」みたいなことを常々思ってるので、その反映です。

普通のラノベであるなら、アルトとアリス、ユーリとリュートは、彼氏彼女の関係になってもおかしくありませんが、彼らにとって不幸なのは主人公と出会ってしまったことでしょう。

新田という主人公は、控えめに言って性格が悪いです。能力も作中では中の下くらいのもので、RPGなら序盤にやられる中ボスくらいの立ち位置にいます。能力も作中では中の下くらいのもので、本人もそれを自覚してます。ですので、どんな策でも勝つことができれば採用します。やっていることは世紀末のモヒカンみたいな主人公ですが、エロ小説の主人公としては最適だと思います。

最後になりますが、この書籍の編集O様、並びに素敵なイラストを描いて下さいましたちり先生、本書の出版に携《たずさ》わって下さった関係者の方々、そしてこの作品を読んで下さった読者の皆様には深く御礼申し上げます。二巻でまたお目にかかれましたら、幸いです。

平成三十年五月上旬　たけのこ

Gedou tenisha no harem dungeon seisakuki

DUNGEON MAP

ヘイヘーイ！　侵入してきた女の子を次々に洗脳調教して調子に乗っている新田さんですが、強敵はまだまだやって来るんですよ！　そんな新田さんが迎撃のたびに作り変えてきたダンジョンの地図をご紹介します！　ここは新田さんにとって命綱であると同時に虫けらのように果てるかも知れない舞台なのです！

ちなみに各ダンジョンの名前はこの有能で優しく愛らしいマスコットであるターニャちゃんが考案してあげました！　辺境の低レベルダンジョンにふさわしい命名ですね！　ゲラゲラゲラ

LEVEL1 ダンジョン素人のウサギ小屋

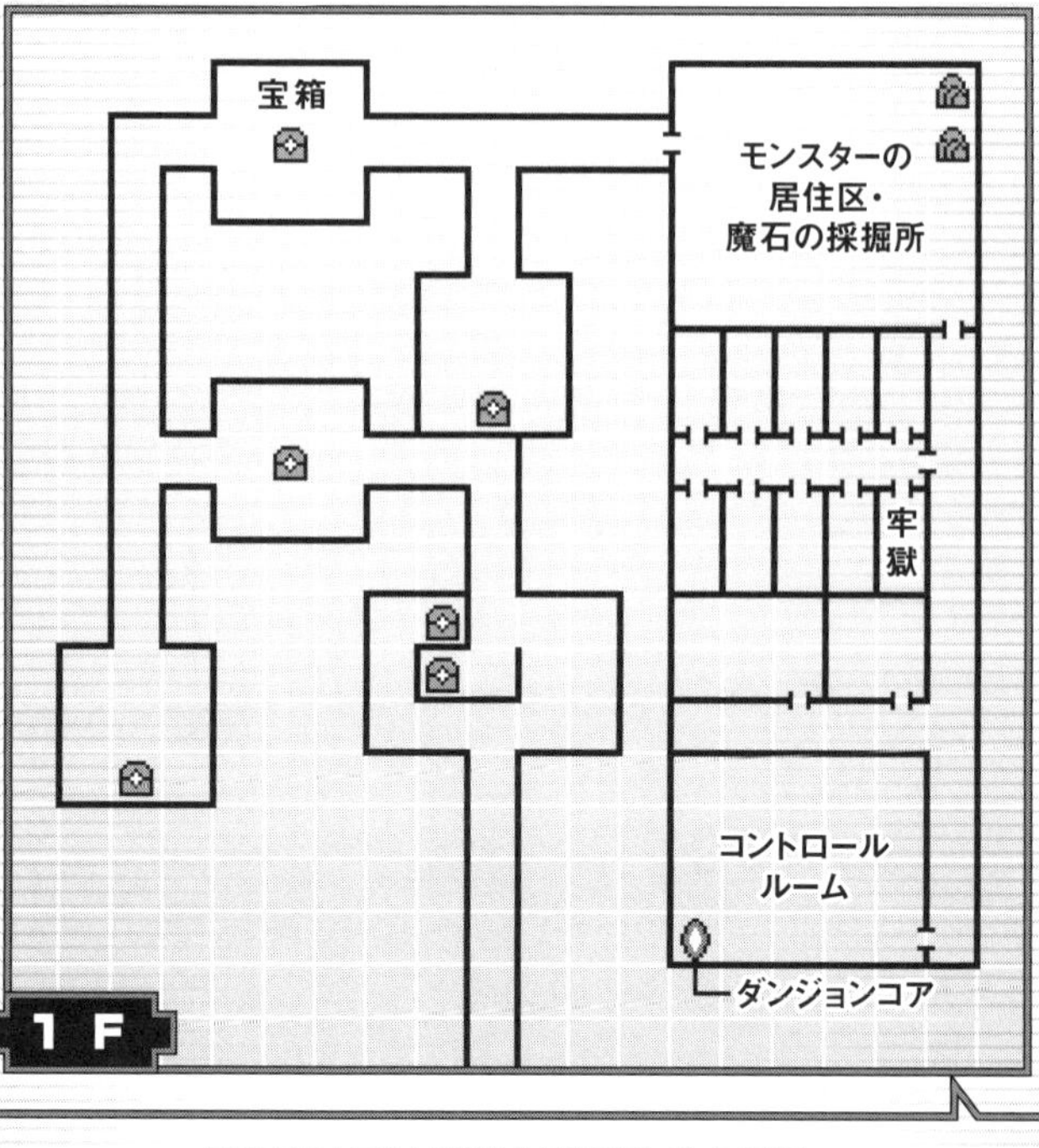

アリスさんとアルトを捕らえた際のダンジョンですね。
まだまだ未完成なダンジョンなので、宝箱で侵入者を誘導するくらいしか打つ手がない状態です。
二人が油断してなかったら、あっさり攻略されてましたね！

Gedou tenisha no harem dungeon seisakuki

DUNGEON MAP

LEVEL2 バカしか引っかからない一本道

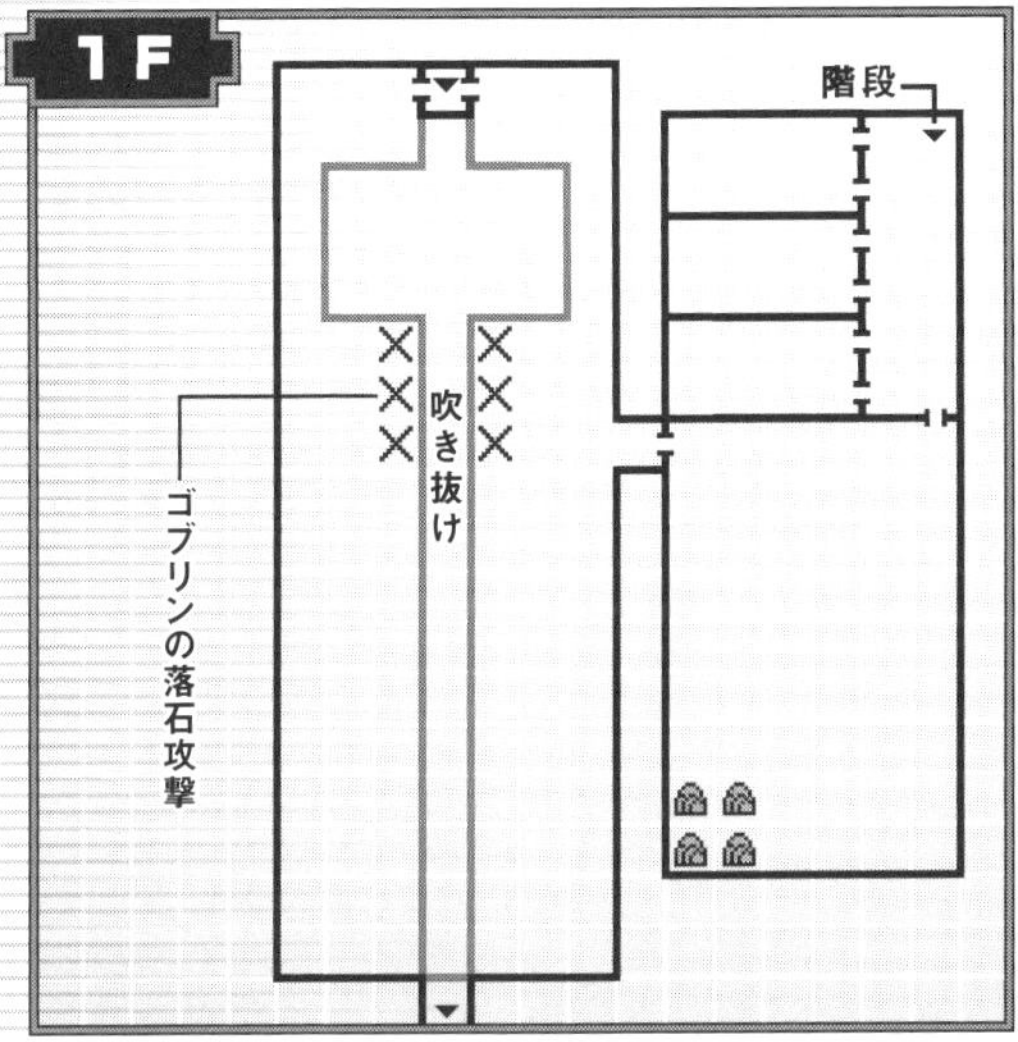

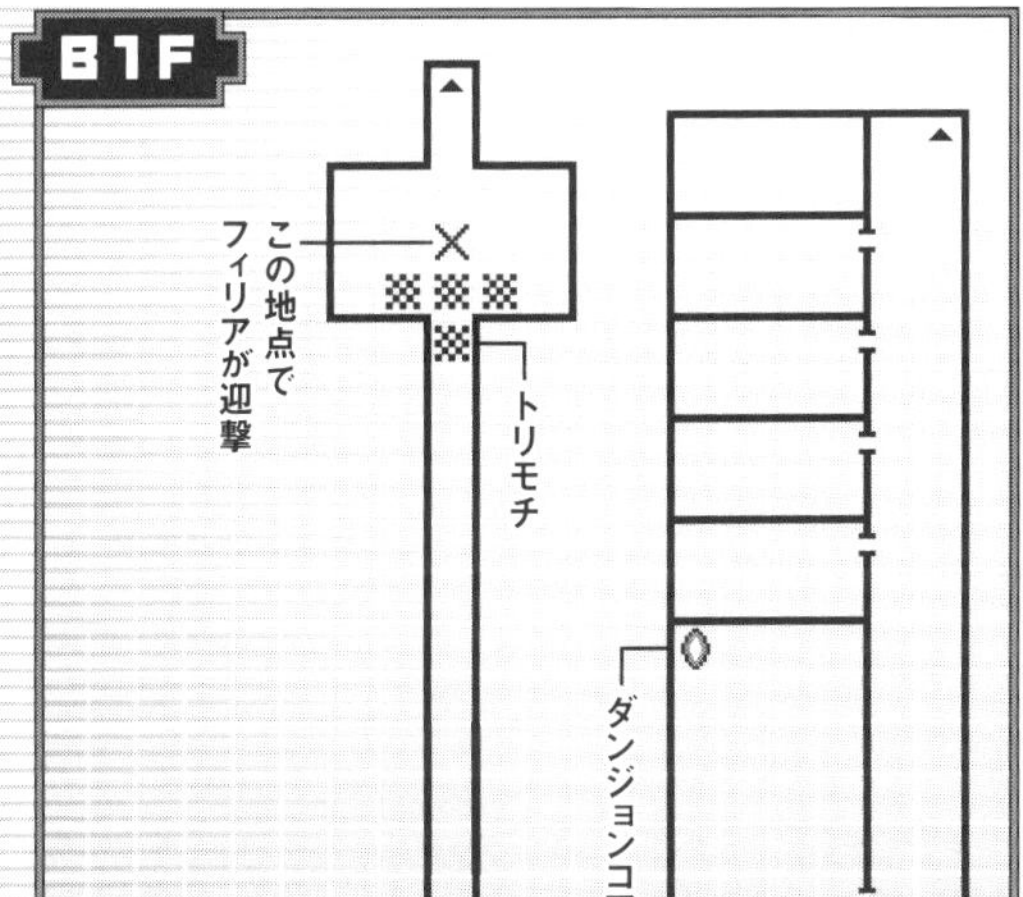

初めての迎撃用の仕組みを持ったダンジョンです。立体構造を活用して吹き抜けから落石攻撃を行うんですよ。マスターが私を村の自警団から守るために構築してくださいました!
　でも、そう申し上げるとマスターが居心地悪そうになさるのはなぜなんでしょう…?

Gedou tenisha no harem dungeon seisakuki

DUNGEON MAP

LEVEL3　自称中級者になら通用しそうなボロ砦 Part1

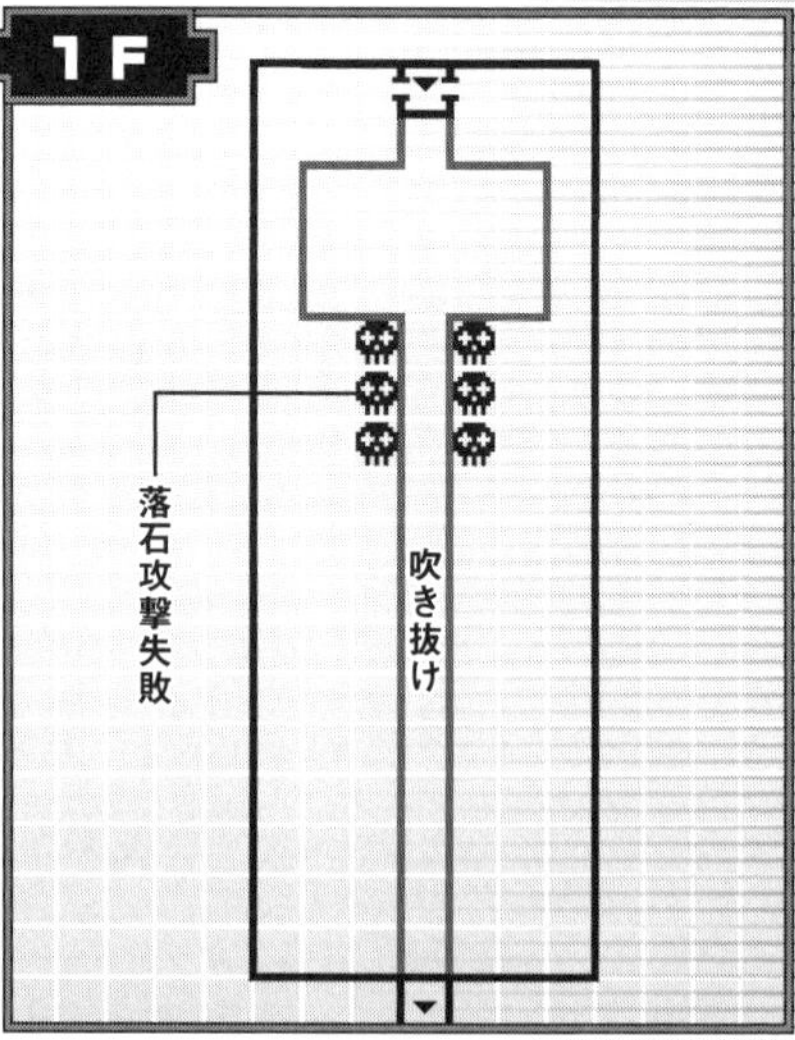

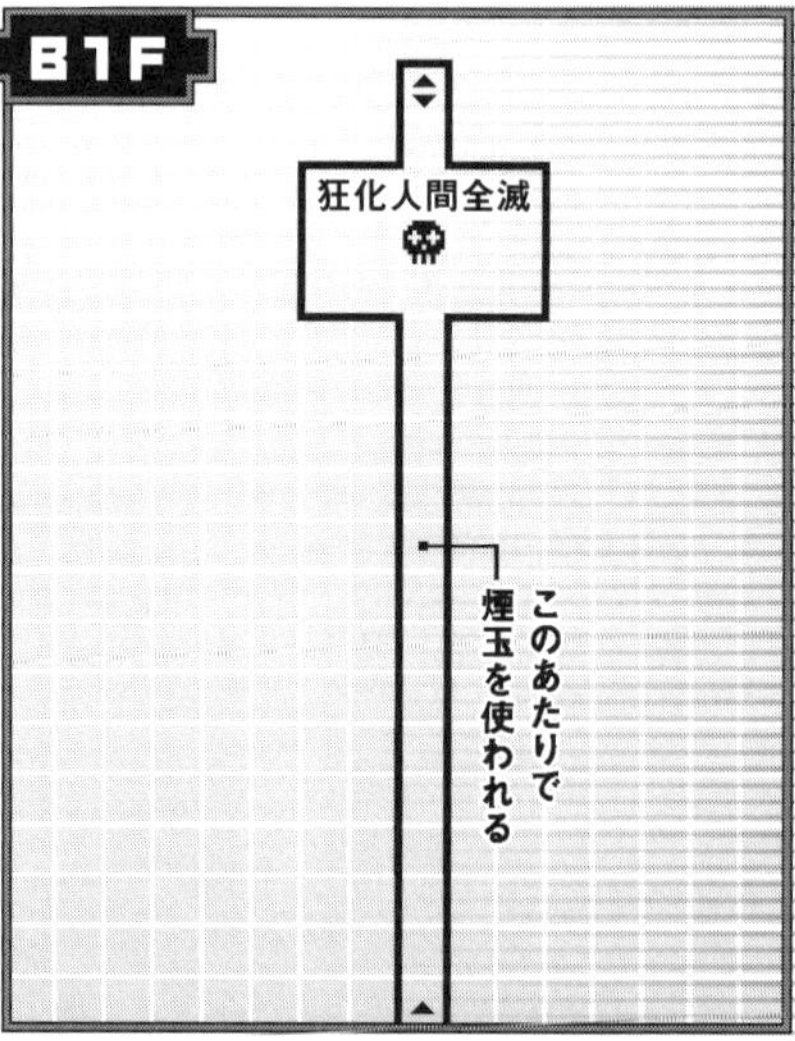

前回と同じ罠が通用すると信じていたら、煙幕ごときでいきなり対策されてたのが無様でしたね! ターニャちゃんが開発した触手のおかげで九死に一生を得た新田さんは、これから毎朝起きるたび「美しいターニャ様のおかげでポンコツダンジョンマスターの俺がボス面させていただけてましゅううう」ってアヘ顔ダブルピースして感謝するといいですよ!

Gedou tenisha no harem dungeon seisakuki

DUNGEON MAP

LEVEL3 自称中級者になら通用しそうなボロ砦 Part2

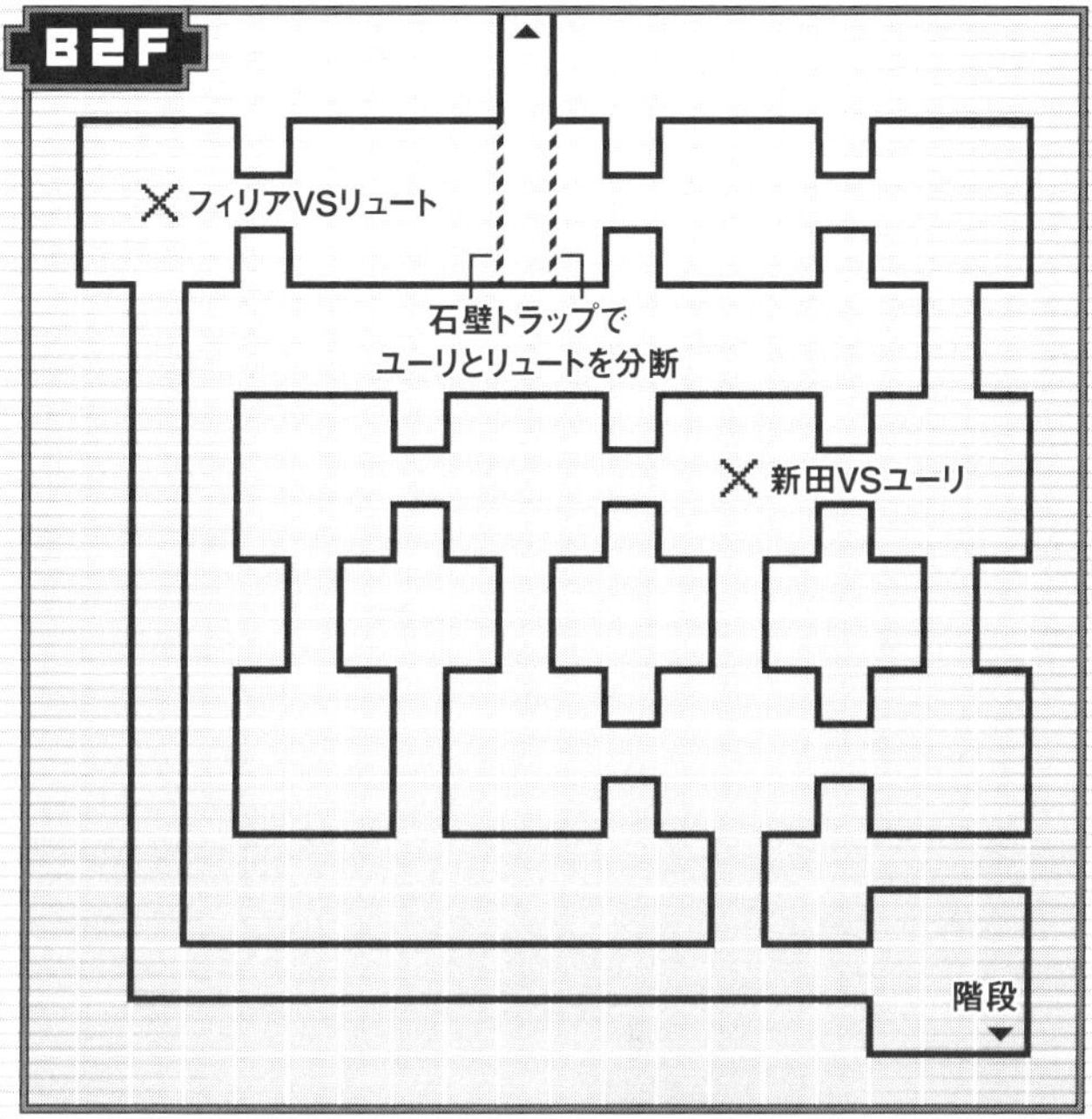

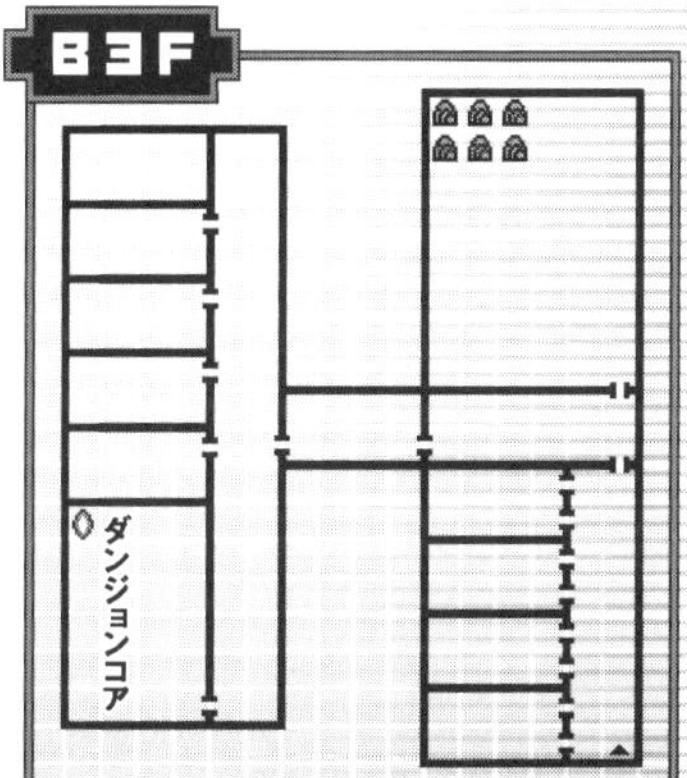

実力のあるユーリたち相手に、まずは戦力を分断したのね。でもそのあとは基本的に逃げ回ってるだけだったのが、ニッタらしいというかなんというか…。わ、私が迎撃に参加してたらあんな卑怯な手は使わせなかったんだからね!

●本作は小説投稿サイト「ノクターンノベルズ」（https://noc.syosetu.com）に連載されている『外道転移者のダンジョン製作記』を修正・改題したものです。

Variant Novels

外道転移者のハーレムダンジョン製作記 1

2018年6月22日初版第一刷発行

著者……………………………… たけのこ
イラスト……………………………… ちり
装丁……………………5gas Design Studio

発行人……………………………………後藤明信
発行所………………………………株式会社竹書房
〒102-0072 東京都千代田区飯田橋2－7－3
電 話：03-3264-1576（代表）
03-3234-6301（編集）
竹書房ホームページ http://www.takeshobo.co.jp
印刷所………………………………共同印刷株式会社

ISBN978-4-8019-1503-9 C0093